런던
LONDON BOULEVARD
대로

LONDON BOULEVARD by Ken Bruen

Copyright © 2001 by Ken Bruen
All rights reserved.
This Korean edition was published by Sigongsa Co., Ltd. in 2011 by arrangement
with Ken Bruen c/o Author Rights Agency through KCC(Korea Copyright Center Inc.), Seoul.

이 책의 한국어판 저작권은 (주)한국저작권센터(KCC)를 통한 저작권자와의 독점 계약으로 (주)시공사가 소유합니다.
저작권법에 의해 한국 내에서 보호를 받는 저작물이므로 무단전재와 무단복제를 금합니다.

런던
LONDON BOULEVARD
대로

켄 브루언 장편소설

박현주 옮김

시공사

미국의
버나데트 케네디와
아일랜드의
엔다 오번 박사에게
이 책을 바친다.

PART 1

교도소에서 이것을 배웠다. 무엇을 되풀이해서 하는 것은 강박행위, 무엇을 되풀이해서 생각하는 것은 강박관념.

물론 다른 것들도 배웠다. 그처럼 명쾌하지 않은 것들.

그처럼 정의할 수 없는 것들.

출소하던 날, 교도소장이 얘기 좀 하자며 나를 불렀다.

교도소장은 책상 위로 몸을 굽히고는 나를 계속 기다리게 했다. 산처럼 쌓인 서류와 산업 모형 위로 고개를 숙인 채로. 교도소장은 찰스 황태자처럼 머리 한 부분이 휑했다. 그걸 보니 기분이 좋아졌다. 그래서 머리숱이 없는 쪽만 집중해서 쳐다보았다. 마침내 교도소장이 고개를 들더니 말했다.

"미쳴."

"네, 소장님."

좀 놓아줄 수도 있다. 그러나 석방이 코앞이었다. 섣불리 행동하진 않을 작정이었다. 교도소장은 억양으로 보아 북부 지방 출신이었다. 지금은 많이 갈고 닦았지만, 여전히 요크셔푸딩 냄새나 점잖은 척하는 허세가 섞여 있었다.
"여기 얼마나 있었더라?"
모르는 척하긴.
"3년입니다, 소장님."
그는 못 믿겠다는 듯 코웃음을 치더니, 내 서류를 후루룩 넘기면서 말했다.
"조기 가석방은 거절했군."
"죗값을 완전히 치르고 싶었습니다."
내 뒤에 서 있던 교도관이 코웃음을 쳤다. 교도소장이 처음으로 나를 똑바로 쳐다보았다. 나는 그 눈을 마주 보았다.
"상습범이라는 말 아냐?"
"네?"
"범죄를 자꾸 반복하는 범죄자지, 감옥에 강박관념이라도 있는 것처럼 말이야."
나는 슬며시 웃었다.
"강박행위와 강박관념을 혼동하시는 것 같습니다."
그렇게 말하고 차이를 설명해주었다.
교도소장은 내 서류에 도장을 쿵쿵 찍었다.
"넌 다시 돌아올 거야."
나는 이렇게 대답할 작정이었다.
"영화였다면 속편에서 말이죠."
하지만 〈터미네이터〉 시리즈의 주인공 아널드 슈워제네거에 대한 농담이라는 것을, 교도소장은 알아채지 못한 것 같았다. 문 앞에서 교도관이 말했다.

"소장한테 말대꾸하다니 좋은 생각이 아니야."

나는 오른손을 들었다.

"말대꾸 말고 달리 할 게 뭐 있나."

나를 데려다줄 차를 놓쳤다.

양키 놈들이 말한 대로다. 감옥 밖에 서서 차를 기다리면서도 절대 돌아보지 않았다. 그게 미신이라면 그렇게 하지 뭐. 칼레도니아로드에 서서 나는 내가 범죄자, 전과자처럼 보일지 궁금해했다.

교활하게 보이겠지.

그래, 그리고 수상쩍게. 그렇게도 보일 거고.

내 나이 마흔다섯. 키는 180센티미터 정도고, 몸무게는 82킬로그램 정도 나간다. 그래도 체형은 괜찮다. 체육관에서 벤치프레스도 할 만큼 했다. 억눌린 엔도르핀을 해방시키기 위해 장애물을 뚫는다. 그러면 자연적으로 환각 상태에 빠진다. 제길, 그 안에서 자연적 환각 상태 따위가 무슨 소용이라고. 정점에 이르고 넘을 때까지 땀을 흘린다. 머리카락은 세었지만 아직 숱은 많다. 눈은 검다. 단지 외관상만 그런 게 아니다. 코가 심하게 깨진 적이 있지만, 입 모양이 너그러워 보여서 인상은 괜찮다.

너그럽다!

마음에 드는 표현이다. 이십 대 때 어떤 여자가 해준 말이다. 그 여자와는 헤어졌지만 그 칭찬은 아직도 붙들고 산다. 건질 수 있는 건 뭐든 건져야지.

밴 한 대가 옆에 서더니 경적을 울려댔다. 문이 열리고 노턴이 내렸다. 우리는 잠깐 말없이 서 있었다. 우리는 지금도 친구라고 할 수 있나?

확실히 몰랐지만, 어쨌든 노턴은 거기 있었다. 거기 온 것만으로도 충분히 친구라고 할 수 있다.

"어이."

노턴이 씩 웃으며 걸어오더니 나를 안아주었다.

여왕님의 감옥 밖에서 서로 안은 두 남자. 교도소장이 이 장면을 봐야 하는데.

노턴은 아일랜드인으로, 속을 읽을 수가 없다. 아일랜드인들은 다 그런가. 무슨 얘기를 해도 속에는 완전히 다른 꿍꿍이를 숨기고 있다. 노턴은 빨강머리에 낯빛이 창백했고, 교활한 사냥개 같은 체격의 사내였다. 그가 입을 열었다.

"세상에, 미치. 어떻게 지내?"

"나왔지."

노턴은 그 말뜻을 이해하고 내 팔을 찰싹 쳤다.

"나왔다니……. 그것 참 잘됐군. 좋아. 가자고. 감옥 근처에 있으면 불안해."

차에 올라타자 노턴은 블랙부시 아일랜드 위스키 한 병을 건넸다. 병에는 초록색 리본이 달려 있었다.

"고마워, 빌리."

"뭐, 별거 아냐……. 석방 기념이지. 대대적인 축하 파티는 오늘 밤에 할 거야. 자……."
 노턴은 호화로운 선홍색 포장의 던힐 담배를 꺼내면서 말했다.
 "그동안 고급품이 얼마나 그리웠겠냐."
 나는 석방할 때 나누어주는 갈색 종이 꾸러미를 들고 있었다. 노턴이 시동을 걸었을 때, 내가 말했다.
 "잠깐 기다려."
 그러고 나서 꾸러미를 내던져버렸다.
 "뭔데?"
 "내 과거."
 위스키 병을 따서 경건하게 한 모금 꿀꺽 들이켰다. 목이 타는 듯했다. 예전에도 이랬던가. 노턴에게 병을 건넸다. 그가 고개를 흔들었다.
 "아니, 운전할 땐 안 마셔."
 웃기고 있네. 노턴은 이미 상당히 취해 있었다. 그는 언제나 이 특제 술을 달고 살았다. 남쪽으로 향하면서 노턴은 파티에 대해서 주절주절 늘어놓았다. 나는 신경을 꺼버렸다.
 사실, 이 자식에게는 벌써 신물이 났다.
 노턴이 말했다.
 "여기 구경을 시켜주지."
 "좋을 대로."
 위스키 기운이 올랐다. 술이 오르면 나는 각종 거지 같은 짓을 하지만, 무엇보다도 예측할 수 없는 짓을 한다는 게 문제다. 나조차도 내가 언제 터질지 알 수가 없다.

마블 아치에서 회전했다가 신호등에 걸렸다. 그 순간, 한 남자가 앞 창문에 달라붙더니 더러운 천으로 닦기 시작했다. 노턴이 고함을 버럭 질렀다.

"어딜 가나 더러운 걸레를 들이대는 씹할 새끼들이 바글바글하다니까!"

남자는 별로 깨끗이 닦으려는 노력도 하지 않았다. 쓱쓱 두 번, 그것도 닦는 척만 하는 바람에 창문에 물 자국이 그대로 남았다. 그러고는 내 옆 창문 쪽으로 와서 말했다.

"4파운드요, 친구."

나는 웃으며 창문을 내리고 말했다.

"다른 일 알아봐."

기름 낀 머리카락을 어깨까지 길게 기른 남자였다. 얼굴은 야위었고, 교도소에서 수백 번은 봤던 그런 눈을 하고 있었다. 바닥까지 떨어진 육식동물의 눈. 그는 머리를 뒤로 젖히더니 침을 뱉었다. 노턴이 말했다.

"에이, 젠장."

나는 꼼짝도 않고 물었다.

"타이어 레버 있어?"

노턴은 고개를 저었다.

"미치, 맙소사, 그만둬."

"알았어."

그렇게 말하고 차에서 내렸다.

남자는 놀란 듯했지만 물러서지 않았다. 그의 팔을 붙잡아

내 무릎에 대고 꺾었다. 다시 밴에 올라타니 신호가 바뀌었다. 노턴은 고함을 지르며 속도를 냈다.

"이 미친 자식! 빵에서 나온 지…… 10분이나 됐냐? 그런데 벌써 또 일을 쳐? 그렇게 성질을 못 이겨서 어떻게 할래?"

"난 성질 못 이긴 적 없어, 빌리."

"뭐야, 저 자식 팔을 작살냈잖아. 그러면서도 성질 낸 게 아냐?"

"내 성질대로 했으면 그 자식 목을 부러뜨렸을 거야."

노턴은 걱정스러운 눈길로 힐끔 쳐다보았다.

"농담하는 거지?"

"어떻게 보여?"

"내가 구한 집을 보면 깜짝 놀랄 거다."
노턴이 말했다.
"브릭스턴에서 가깝기만 하면 괜찮아."
"클래펌 커먼이야. 네가 음……, 자리 비운 이후로 확 뜬 동네지."
"웃기시네."
"아냐, 정말 괜찮은 동네야. 어쨌든 어떤 글쟁이가 빚쟁이들하고 큰 사고를 쳐서 날랐지 뭐야. 옷이며, 책이며, 세간 다 놔두고. 넌 몸만 들어가면 돼."
"조는 아직도 오벌 크리켓 경기장에 있나?"
"누구?"
"〈빅이슈〉* 파는 아저씨 말이야."
"난 그런 사람 모르는데."

* 〈Big Issue〉, 전문 필자들이 쓰고 노숙자들이 파는 거리 신문.

마침 오벌에 가까이 가고 있었다. 나는 말했다.
"저기 있군. 차 좀 세워봐."
"미치, 지금 굳이 그 잡지를 사야겠어?"
나는 차에서 내려 걸어갔다. 조는 전혀 변하지 않았다. 여전히 부스스하고 더럽고 명랑했다.
"안녕, 조."
"미첼! 이게 누구야. 큰집에 갔다고 들었는데."
나는 그에게 5파운드짜리 지폐를 건넸다.
"한 부 줘요."
잔돈 이야기는 꺼내지 않았다. 조가 물었다.
"감옥에서 다치지는 않았어, 미치?"
"눈에 띌 정도는 아니에요."
"잘했군. 한 대 있어?"
나는 그에게 던힐 담뱃갑을 주었다. 그는 찬찬히 살폈다.
"좋은 담밴데."
"조한테는 제일 좋은 것만 줘야죠."
"자네 크리켓 월드컵도 못 봤겠어."
못 본 게 어디 그뿐인가.
"어땠어요?"
"우리 팀이 우승…… 못 했지."
"음."
"크리켓 경기는 언제나 있으니까."
"네, 언제나 있죠."

3년 동안 감옥에 있으면 잃어버리는 게 있다.

시간

동정심

그리고 감정 표현.

나는 그 아파트를 보고도 놀라지 않았다. 2층집의 한 층 전체를 차지하는 아파트였다. 설비도 화려해서 부드러운 파스텔톤 가구로 가득했고, 벽 전체에는 책장이 들어 차 있었다. 노턴은 뒤에 서서 내 반응을 가늠했다.

"그것참."

"그래, 대단하지 않냐? 이리 와서 좀 더 자세히 봐."

노턴은 나를 침실로 데리고 갔다. 놋쇠 틀로 된 더블베드. 그는 옷이 꽉꽉 들어찬 옷장을 벌컥 열었다. 그러면서 옷가게 점원처럼 말했다.

"여기 안에

구찌(Gucci)

아르마니(Armani)

캘빈 클라인(Calvin Klein)

내가 이름도 발음할 수 없는 거지발싸개 같은 옷들이 잔뜩 있어. 사이즈도 중간 사이즈부터 큰 사이즈까지."

"중간 사이즈면 돼."

노턴은 거실로 돌아가 술이 들어 있는 벽장을 열었다. 역시 꽉꽉 차 있었다.

"뭐 마실래?"

"맥주."

노턴은 두 병을 따서 하나를 내게 내밀었다.

"잔은 없어?"

"바깥에서는 이제 아무도 잔에 따라 마시지 않는다고."

"그렇군."

"슬란셔*. 집에 돌아온 걸 축하해, 미치."

우리는 술을 마셨다. 맥주 맛이 죽였다. 나는 병으로 아파트를 가리키며 물었다.

"무슨 일이기에 그 자식은 이런 걸 다 놔두고 헐레벌떡 튄 거야?"

"헐레벌떡 튈 만한 일이었지."

"대부업자들이 좀 챙기려고 하지 않을까?"

노턴은 미소를 지었다.

"제일 좋은 건 내가 벌써 챙겼고."

그 뜻을 파악하기까지 잠깐 시간이 걸렸다. 빌어먹을 맥주 탓이다.

"네가 빚쟁이야?"

함박웃음. 그는 아주 의기양양했고 이 말을 할 기회를 노리고 있었다.

"우리 회사가. 그래서 너도 한몫 꼈으면 하는데 말이지."

---

* Sláinte, 건배를 뜻하는 아일랜드어.

"난 생각 없는데, 빌리."

노턴은 마음 좋게 받아 넘겼다.

"뭐, 지금 당장 시작하란 건 아냐. 여유를 가져. 느긋하게 쉬면서."

느긋하라니.

나는 그 말은 못 들은 척 넘겼다.

"이 은혜를 어떻게 갚아야 할지 모르겠네, 빌리. 대단해."

"걱정 붙들어 매. 우린 친구잖아……. 그렇지?"

"그래."

"좋아, 난 이만 가볼게. 파티는 그레이하운드에서 8시에 시작해. 늦지 말고 와."

"거기서 봐. 재차 말하지만 고마워."

―

　브라이어니는 돌았다. 진실로, 정신이 완전히 나간 미치광이였다. 내가 아는 여자 중에 정신 상태가 상당히 혼란스러운 여자들은 몇몇 있었다. 젠장, 그런 여자들과 데이트도 했다. 하지만 브라이어니에 대면 그 여자들은 아주 말짱한 제정신이라고 할 수 있을 정도였다. 브리의 남편은 5년 전에 죽었다. 어차피 개자식이었으니 엄청난 비극이라고도 할 수 없다. 그렇지만 브리가 남편의 죽음을 믿지 않는다는 게 비극이다. 브리는 남편을 거리에서 종종 보기도 하고, 설상가상으로 전화로 대화도 나눈다. 진정한 미치광이들처럼 브리도 가끔은 정신이 맑아지는 순간이 있긴 했다. 가끔은,

　합리적이고

　일관적이며

　제대로 돌아가는 듯

　……보일 때도 있었지만 그러다 정신이 팩 나가버렸다. 무방비 상태일 때, 숨이 멎을 만큼 제정신이 아닌 짓을 해서 급소를

공격한다.

여기에 더해 그녀에게는 사람을 확 빨아들이는 매력이 있었다. 브라이어니는 주디 데이비스를 닮았는데, 특히 우디 앨런 감독의 영화에서 리엄 니슨과 함께 나왔던 주디 데이비스와 비슷했다. 브리의 취미는 좀도둑질이었다. 어이가 없을 정도로 대놓고 도둑질을 하는데도 한 번도 잡힌 적이 없는 까닭은 알다가도 모르겠다. 브리는 내 여동생이다. 브리에게 전화를 했다. 그녀는 전화가 울리자마자 받아서는 물었다.

"프랭크?"

나는 한숨을 내쉬었다. 프랭크는 브리의 죽은 남편이다.

"미첼이야."

"미치……. 오빠! 나온 거야?"

"오늘 나왔어."

"아, 정말 잘됐다. 오빠에게 할 말이 진짜 많아. 저녁 차려줄까? 배고프지 않아? 거기서 밥도 안 주고 굶긴 건 아니야?"

웃어야 할지, 울어야 할지.

"아니, 아냐. 난 괜찮아. 자, 우린 내일 만나야 할 것 같다."

침묵.

"브리, 듣고 있냐?"

"사회에 나온 첫날인데 날 만나고 싶지 않단 말이야? 내가 싫어?"

정상적인 판단력이 있다면 그런 말은 하지 않았어야 옳겠지만, 그 애에게 파티에 대한 이야기를 해버렸다. 브리는 곧바로 환해져서 말했다.

"프랭크도 데리고 갈게."

"야, 이 미친년아, 정신 좀 안 챙길래!" 하고 소리를 버럭 지르고 싶은 심정이었다. 하지만 대신 이렇게 말했다.

"그래라."

"아, 오빠. 정말 신난다. 선물도 가지고 갈게."

맙소사!

"뭐든 맘대로 해."

"미치 오빠, 뭐 하나 물어봐도 돼?"

"음, 그래."

"거기서 집단 강간 당했어? 그런 거야?"

"브리, 이만 끊자. 이따 봐."

"안녕, 오빠."

전화기를 내려놓았다. 온몸에 진이 다 빠진 기분이다.

* * *

옷장을 쭉 살폈다. 3년 동안 청바지에 줄무늬 셔츠만 입고 산 사람에게는 알라딘의 동굴 같아 보였다. 먼저 타미힐피거를 옷걸이에서 다 빼내서 쓰레기통에 쑤셔 넣었다. 헐렁한 바지 쪼가리들, 옥스팜*에서라도 가져가겠지. 멋지

---

*OXFAM, 옥스퍼드 기아구제위원회의 이름으로 설립된 민간 단체.

게 길든 구찌 가죽 재킷이 눈에 띄었다. 이건 입어도 되겠군. 헤네스 흰 티셔츠, 말런 브랜도가 〈워터프론트〉에서 입고 나와 불멸의 유행이 된 티셔츠가 여러 벌. 감옥에 있던 애들은 근육이 부각되는 티셔츠라면 깜빡 죽는다.

청바지는 없었다.

그건 별 문제가 아니었다.

갭 카키 바지가 여섯 벌에 프렌치커넥션 블레이저 한 벌과 베네통 스웨터도 여러 벌 있었기 때문이다.

이 집에 살던 남자가 취향은 모르지만 돈은 있었던 모양이다. 뭐, 대부업체에서 빌린 돈이겠지만.

바버 재킷과 런던포그에서 나온 레인코트도 하나 있었다. 젠장, 그래 봤자 난 어차피 사시사철 변함없는 전과자다. 괴상하게도 신발은 하나도 보이지 않았다. 하지만 지금 불만을 늘어놓을 때인가. 그러면 내가 우라질 놈이지. 신발 한 켤레는 있으니까.

뜨거운 물로 샤워하고 수건으로 물기를 닦았다. 홀리데이인에서 슬쩍한 수건들이라 그런지 부드럽고 촉감이 좋았다. 맥주를 더 하고 싶었으나 맑은 정신으로 있는 편이 좋다는 건 잘 알았다. 다가올 저녁은 어떻게 흐를지 알 수가 없고, 어쩌면 아주 위험할 수도 있다. 적어도 거기에는 말짱한 정신으로 가야 했다. 책장을 쓱 살펴보았더니 한쪽 벽이 온통 범죄소설뿐이었다. 언뜻 보니,

엘모어 레너드

제임스 샐리스

찰스 윌리포드

존 하비

짐 톰프슨

앤드류 박스*가 있었다.

대충 한 번 훑어보기만 한 건데 그 정도였다. 휴! 밖에 전혀 안 나가도 되겠군. 그냥 범죄에 푹 파묻혀 살아도 되겠어.

스웨터와 카키 바지, 가죽 재킷을 입었다. 거울에 내 모습을 비추어 보았다. 필 콜린스 로드 매니저라고 해도 통하겠다. '돈이 있으면 완전 위험해지겠는걸' 하는 생각이 들었다.

---

*Andrew Vachss, 1942~ . 미국의 유명한 추리소설 작가. 아동성범죄방지협의회 회장으로 오랫동안 활동했다.

클래펌 커먼을 걸어 내려가고 있는데, 한 여자가 나를 보며 미소를 지었다. 재킷 때문일 거다. 올드타운에는 이전에 잘 가던 간이식당이 하나 있었다. 아직도 그 자리에 있었다. 사람들이 주문하지 않을 것 같은 음식은 메뉴에도 없는 그런 식당이었다.

전과자에게는 혼자 식사를 할 수 있다는 게 무엇보다도 즐거운 일이다. 나는 칸막이 좌석을 하나 잡아서, 그 자리를 혼자 차지하는 호사를 누렸다. 무엇을 주문해야 할지도 정확히 알고 있었다.

탄수화물 범벅에 식품가공물에 절어 형광색이 나는 음식들. 예를 들어,

소시지 두 개

베이컨 덩어리

튀긴 토마토

달걀

블랙 푸딩

토스트

쓰게 우린 홍차 한 주전자

대단하군.

내 옆자리에는 괴팍한 영감탱이 한 명이 앉아서 나를 힐끔힐끔 쳐다봤다. 얼굴과 태도에 어떤 전형적인 특성이 보였다. 이름은 앨프리드 정도 되겠지.

물론 모든 사람에게 호감을 사리라. 앨프리드는 술집에서도 구석에 자기 자리를 차지하고 앉아 자기 전용 백랍 잔에 술을 마실 사람이었다.

신참 바텐더에게는 텃세를 톡톡히 부릴 것이고.

내가 주문한 음식이 도착하자, 그는 말했다.

"젊은이. 그 음식들, 그게 다 어디서 왔는지 아나?"

나는 고개도 들지 않고 말했다.

"몰라도 노인장이 곧 깨우쳐줄 것 같은 예감이 드네요."

노인은 화들짝 놀라긴 했지만 그렇다고 그만두진 않았다.

"자네같이 덩치 큰 친구는 감자를 많이 먹어야 해."

나는 고개를 들고 그를 쳐다보았다.

"노인장 같은 늙은이는 자기 앞가림이나 잘해야 하고."

이 말에 그는 입을 다물었다.

음식을 너무 허겁지겁 먹어 치우지 않으려 애썼다. 이제 밖에 나왔으니까 재적응할 필요가 있겠다 싶었다. 음식을 다 먹은 후, 카운터에 가서 돈을 치렀다. 나가는 길에 앨프리드 옆에 멈춰서 말했다.

"이야기 즐거웠습니다."

스트리섬으로 걸어가서 은행에 들어갔다. 은행에서 감옥까지 재정증명서를 보내주진 않기 때문에 계좌에 남은 돈이 얼마나 되는지 확실히 알 수 없었다.

은행가들을 감옥에 보내버렸으면 좋겠다.

나는 인출신청서를 쓰고 줄을 섰다. 줄은 아주 느리게 움직였지만, 시간 죽이는 방법 정도는 훤히 꿰고 있다.

은행원은 돈이 관련된 일들이 그러하듯 공허하긴 하지만 나름대로 친절했다. 내가 인출신청서를 건네자, 여자는 컴퓨터를 두드려보았다.

"어머나."

나는 아무 말도 하지 않았다. 은행원이 말했다.

"휴면계좌네요."

"이젠 아니죠."

여자는 내게 냉랭한 눈길을 보냈다. 가죽 재킷도 냉랭한 분위기를 살리는 데는 별 효과가 없었다.

"확인해보겠습니다."

"그러셔야지."

내 뒤에 서 있는 남자가 한숨을 쉬며 물었다.

"오래 걸립니까?"

나는 남자에게 형식적인 미소를 지어 보이며 대답했다.

"난들 알겠습니까."

은행원이 양복쟁이 한 명을 데리고 돌아왔다. 이 남자를 편의상 능률남이라고 하자. 이 능률남이 말했다.

"미첼 씨, 제 자리로 잠깐 와주실 수 있겠습니까."

가줄 수 있지. 나는 그 자리에 가서 앉아 책상 위를 보았다. 이렇게 쓰인 표지가 붙어 있었다.

우리는 고객을 진정으로 생각합니다.

은행원은 잠깐 동안 은행 업무를 보다가 말했다.

"미첼 씨, 계좌가 3년간 휴면 상태였군요."

"그게 불법이라도 됩니까?"

그에게 한 방 먹였다.

하지만 그는 곧 다시 침착함을 되찾았다.

"아니, 아닙니다. 음, 어디 보자……. 이자가 붙어서 1200파운드가 있네요."

나는 가만히 기다렸다. 그가 물었다.

"계좌를 다시 살리겠다는 뜻으로 봐도 됩니까?"

"아니요."

"미첼 씨, 일단 특별 예비금으로 예치하지 않으시겠습니까? 소액 예금주에게 알맞은 금융상품이 몇 개 있습니다만."

"내 돈을 주시오."

"아……. 물론이죠. 계좌를 해지하시겠습니까?"

"1파운드만 놔두세요. 고객을 진정으로 생각하신다니까."

현금은 받았지만, 따뜻한 악수와 명랑한 배웅은 받지 못했다.
이러니 이 은행이 얼마나 진정으로 고객을 생각하는지는 직접 따져보기를.

파티 시간이 되었다. 낮잠을 자다가 퍼뜩 놀라 일어났다. 심장이 쿵쿵 뛰고 땀이 등줄기를 타고 흘러내렸다. 아직도 감옥에 있다고 생각해서가 아니라 밖에 나왔다는 것을 알기 때문이었다. 감옥에 있는 친구들은 이렇게 경고했다.
"밖에 나가는 것보다 더 무서운 일은 없어."
그렇게 많은 사람들이 돌아오는 까닭이 익히 짐작됐다.
나는 큰 소리로 맹세했다.
"제길, 내가 돌아가나 봐라."

앉았다 일어나기를 100번 하고, 역기를 100번 들었다 올린 후에 공포심이 밀려왔다.
부엌에는 비축 식량이 꽉꽉 차 있었다.
다행히 감옥에서 먹는 죽은 없다.
오렌지주스 조금과 탄 토스트를 먹었다. 전자레인지가 있어서 커피를 잠깐 데웠다. 몹쓸 맛이 나는 것이, 이제까지 입에 익숙했던 그 맛 그대로였다. 샤워를 대충 해치우고 면도는 건너뛰었다. 사흘치 턱수염이 자라도록 놔두자.
어차피 흉한 꼴, 더 나쁠 게 있으려고.
내 몰골이 조지 마이클 아버지와 비슷할 것 같았다.

캘빈 클라인 땀 냄새 제거제를 뿌렸다. 상표에 '무알코올'이라고 쓰여 있었다. 젠장, 그럼 한 병 다 들이켜 봤자 소용없겠군.

잠깐 앉아 있다가 담배 한 대를 말았다. 이제 이 기술엔 아주 통달했다. 한 손으로도 슬슬 말 수 있을 정도였다. 성냥을 이에 그어 켤 수 있으면 완전히 성공이다.

음반이 꽂혀 있는 장을 쭉 살폈다. 이상하게도 최신 유행곡은커녕 CD도 없었다. 레코드판이나 카세트뿐이었다. 그래도 좋았다.

트리샤 이어우드* 판을 걸었다. 〈사랑은 내게 거짓말을 하지 않아요〉라는 곡이었다.

노래가 좋아서 두 번 연속으로 들었다.

나는 런던 남동부 출신이다. 자동차나 축구 이야기가 아니라면 아름답다는 말을 쓰지 않는다. 자동차나 축구 이야기라 할지라도 잘 아는 친구 사이에만 쓰는 게 좋다.

그렇지만 이 노래는 아름다웠다. 이 노래를 들으니 이런 감정이 들었다.

갈망

상실

후회.

젠장, 다음에는 한 번도 만난 적이 없는 여자를 그리워하게 생겼다. 이거야말로 '중년의 위기' 같은 건지.

*Trisha Yearwood, 1964~ . 1991년에 데뷔한 미국 컨트리 가수.

몸을 부르르 떨었다. 이제 록큰롤 시간이다. 카키 바지를 입었다. 허리가 꼈지만, 뭐, 숨만 쉴 수 있으면 되지. 그 위에 하얀 티셔츠를 입고 블레이저를 걸쳤다.

세련되어 보였다.

조무래기 소매치기들이 자석처럼 붙을 정도로.

앨범은 아직도 돌고 있었고, 트리샤는 가스 브룩스*와 마법 같은 듀엣을 선보이고 있었다.

이제 꺼야만 했다.

한두 가지가 아니다. 음악은 별의별 방법으로 사람 머리를 돌게 만든다.

---

*Garth Brooks, 1962~ . 1989년에 데뷔한 미국 컨트리 가수. 컨트리 음악을 세계적으로 퍼뜨리는 데에 큰 공헌을 했다.

처음에는 사소하고 별개처럼 보였던 사건이 전혀 예상하지 못했던 일련의 사건들을 연쇄적으로 불러일으키기도 한다. 자기가 직접 선택했다고 생각하지만, 한 일이라고는 사전에 운명 지어진 결말의 조각들을 끼워 넣은 것뿐이다.
　심오하군, 허!
　지하철을 타고 오벌 경기장까지 갔다. 지하철 노던 라인은 평소처럼 아주 짜증스러웠다. 게저분한 거리의 악사들이 〈런던 거리〉 노래를 아주 망쳐놓고 있었다. 나는 그들이 노래를 그만두길 바라며 잔돈푼을 던져 주었다.
　하지만 악사들은 계속했다.
　연주를 마치자마자, 악사들은 다시 그 곡을 처음부터 시작했다. 오벌 경기장으로 나가자, 조가 여전히 〈빅이슈〉를 팔고 있었다. 나는 말을 걸었다.
　"파티 안 갈래요, 조?"
　"이게 내 파티야, 미치."

어련하시려고.

길 건너, 세인트 마크 대성당 앞에 애스턴마틴 한 대가 섰다. 젊은 여자 한 명이 내렸다. 교회 나무에서 건달 두 명이 뛰어내렸다. 노숙자는 아니었지만, 앤드류 박스 소설에서는 스컬(부랑자)이라고 부를 만한 걸인들이었다. 최하층민들. 이들이 여자와 실랑이하기 시작했다. 나는 끼어들까 말까 망설였다. 블레이저를 망치기 싫었다. 그때 조가 말했다.

"가봐, 미치."

나는 길을 건넜다. 요새 시내에서 펀치기가 유행이라 한다. 한 놈이 앞에서 말을 걸어 정신을 흩뜨리면, 다른 놈이 뒤에서 덮친다.

나는 고함을 질렀다.

"어이, 이봐."

셋 다 돌아보았다. 강도 두 명은 이십 대 초반의 백인으로, 인상이 더러웠다.

한 놈이 말했다.

"뭐야, 저 변태 새끼는."

다른 놈이 말했다.

"그래, 꺼져. 새끼야."

가까이 가서 보니 둘 중 하나는 여자였다.

"숙녀 분은 보내드리지?"

첫 번째 강도는 블레이저를 보더니 나를 좀생이로 착각하고 슬슬 다가와서 말했다.

"그래서 네가 어쩔 건데, 씹할 새끼야."

나는 대답했다.

"이러려고."

그러면서 집게손가락으로 오른쪽 눈을 찔러버렸다. 교도소에서는 흔한 기술이다. 심하면 눈알도 튀어나올 수 있다.

이번엔 그 정도는 아니었다. 그래도 뒈지게 아프다. 나는 두 번째 강도에게로 다가가서 말했다.

"넌 코를 부러뜨려주지."

말이 끝나기도 전에 도망갔다.

하마터면 피해자가 될 뻔한 여자는 나를 그저 쳐다만 보고 있었다.

"여긴 주차하기 좋은 동네는 아닌데."

나는 이렇게 충고하고는 다시 길을 건너갔다. 그레이하운드 술집에서 음악이 흘러나왔다.

그 노래가 〈런던 거리〉가 아니기만 바랐다.

술집엔 손님들이 꽉꽉 들어찼다. 바 위에는 깃발이 걸려 있었다.

축 귀환, 미치.

아르마니 정장을 입은 노턴이 나를 따뜻하게 맞아주었다.

"여기 리볼버 받아."

"뭐라고?"

"칵테일이야."

"뭐가 들었는데?"

"블랙부시하고 쿠앵트로* 작은 컵 두 잔, 진저에일이지, 뭐긴 뭐야."

"고마워, 빌리. 그렇지만 나는 비터 맥주나 마시련다."

별의별 B급 악당들이 다가와서 악수를 청했다. A급들은 자리에 앉아 내가 다가오기를 기다렸다.

그래서 다가갔다.

도미닉 던**이라면 '랫 퍽***'이라고 부를 만한 인간들이었다. 사람이 너무 많았다. 잡다한 일거리를 주겠다고 약속을 해대고 '편하게 불러'라는 표현들이 난무하고. 나는 요새 잘 나가는 마약상 토미 로건을 보고 다가갔다.

"토미, 잠깐 얘기 좀 할 수 있나?"

"물론이지."

토미는 내 나이 반밖에 되지 않았다. 그는 말했다.

"몸 좋아 보이네, 미치."

"하지만 그래봤자 뭐하겠어, 안 그래?"

우리는 이 말에 예의 바르게 웃었다. 나는 물었다.

"내 부탁 하나만 들어줘, 토미."

---

* Cointreau, 오렌지 껍질로 만드는 술.
** Dominick Dunne, 1925~2009. 미국의 작가, 언론인. 사교계 동정을 다루는 기사를 주로 썼다.
*** 1960년대 중반 험프리 보가트를 중심으로 한 유명한 배우 무리인 랫 팩(rat pack)에 비유해서 욕설을 섞은 랫 퍽(rat fuck)이라고 한 것.

그는 나를 바 끄트머리로 데리고 갔다. 손이 안 닿는 곳 정도는 아니었지만, 말이 들리지 않을 정도는 됐다. 나는 숨을 깊이 들이마셨다.

"약이 좀 필요해."

토미와 같은 일을 하자면 감정이나 생각은 드러내지 않는 게 원칙이다.

그러나 이번에는 의외라는 표정을 지었다.

"네가 약쟁이인 줄은 몰랐는데."

"딱 한 번이면 돼. 친구를 위해서."

"이런, 미치. 그게 바로 미끼야. 딱 한 번이라는 말."

그런 후에 토미는 내게 장광설을 늘어놓았다. 나는 중간에 말을 잘라버렸다.

"줄 수 있어? 또, 기구도 필요해. 피하 주사기나, 뭐 그런 것."

"알았어. 영업시간 끝날 때까지 가져다줄게."

토미는 머리를 흔들더니 말했다.

"난 너를 좋아해, 미치. 그러니 내가 할 말은 마음 편하게 먹으란 거야."

"아이리스 디멘트* 노래 중에 〈편하게〉라는 곡이 있지."

"누구라고?"

---

* Iris DeMent, 1961~ . 미국의 싱어송라이터. 1992년에 데뷔했으며 컨트리와 포크 장르로 유명하다.

───

　　브라이어니는 형광 가방처럼 보이는 옷을 입고 도착했다. 마치 명품 쓰레기봉투를 뒤집어 쓴 것 같았다. 브리는 나를 한 번 세게 껴안더니 물었다.
　"내 옷 어때?"
　"음……."
　"비비안 웨스트우드 상점에서 훔쳤어."
　내가 뭐라 대답하기 전에 브리가 물었다.
　"오빠, 글록 좋아해?"
　"리볼버는 이미 싫다고 했는데."
　브리는 실망한 기색이 역력했다.
　"9밀리미터 구경인데."
　"이럴 수가, 브리. 너 진담이구나."
　브리가 핸드백 속으로 손을 넣었다.
　"보여줄게."
　나는 그 애의 손을 잡고 말렸다.

"제발 이렇게 사람이 바글바글한 데서 총을 꺼내진 마라. 나중에 가져갈 테니. 알았지?"

"알았어, 미치 오빠."

노턴이 고함을 질렀다.

"브리, 뭐 마실래?"

"하비 월뱅어."

한 여자가 술집 안으로 들어왔다. 애스턴마틴을 타고 왔던 여자였다. 나는 브리에게 말했다.

"나 잠깐만."

"프랭크가 이따가 온대, 미치."

죽은 프랭크가 말이지. 나는 여자에게로 다가갔다.

"또 만났네."

여자는 펄쩍 뛸 듯 놀랐지만 곧 평정을 되찾았다.

"아깐 고맙다는 말도 제대로 못했네요."

"도움이 되었다니 뭐, 다행이네. 설마 나를 따라서 여기 들어온 거요?"

"뭐라고요? 어머나, 아니에요. 이야깃거리가 있나 해서 들어왔어요."

심장이 쿵 내려앉았다.

"기자요?"

"네, 남동쪽 악당들 모임이면 뭐든 뉴스가 되죠."

여자는 바 쪽을 쳐다보았다. 음침한 얼굴을 한 사내 한 무리가 악의를 마구 내뿜으며 대화에 몰두하고 있었다. 여자가 말했다.

"저 사람들은 아주 고약한 무리들 같네요."

"맞소. 저 사람들은 경찰이니까."

여자는 웃음을 터뜨렸다.

"진심이에요?"

"한잔할 거요?"

"그냥 물이면 돼요. 난 세라예요."

"미치라고 부르쇼."

물에 약을 좀 타서 여자가 흐트러지도록 해볼까 하는 생각을 했다. 하지만 곧 생각을 고쳐먹고 되는 대로 놔두기로 했다. 여자는 물을 한 모금 마시고 말했다.

"이 모임은 교도소에서 갓 나온 악당을 위한 파티라던데요."

"그게 난데."

"오."

나는 맥주를 마셨다.

"그렇다고 교도소나 들락거리는 인간은 아니요. 그저 직업이 없을 뿐이지."

세라는 이 말을 음미했다.

"여자를 구해주는 일 말고 달리 뭘 하죠?"

"뭐든 말해 봐요, 다 할 수 있으니."

"잡일도?"

세라는 생각해보더니 다시 물었다.

"확인을 해봐야겠네요. 전화 있어요?"

그녀에게 전화번호를 주고 물었다.
"전과자를 추천하는 게 거리끼지 않나?"
"그 일을 하게 되면 조심해야 하는 건 당신 쪽이에요."
나는 그 말을 진심으로 받아들이지 않고 웃어버렸다. 줄줄이 이어질 그릇된 판단 중 첫 번째였다.

세라는 말도 없이 가버렸다. 조사할 게 남아서 간 모양이라고, 나는 멋대로 추측해버렸다. 잠시 후, 토미 로건이 다가오더니 꾸러미 하나를 슬쩍 찔러주었다.
"신세 한 번 졌는걸, 토미."
브리가 나를 붙잡았다:
"오빠, 방금 아주 근사한 남자를 만났어."
"흠."
브리는 어떤 펑크족 녀석의 손을 잡고 있었다. 열아홉이나 스물 가량 되었을까. 병에 걸린 데이비드 베컴 같은 몰골이었지만, 갱스터 지망생에게 필수인 히죽 웃음을 띠고 있었다. 녀석이 말했다.
"요, 형씨."
흑인이 아니라면, 여기 마땅히 대꾸할 말은 하나도 없다. 옆통수를 한 대 갈겨주는 것 말고는. 하지만 지금은 그럴 기분이 아니었다. 브리가 재잘재잘 지껄여댔다.
"오빠가 얘를 오빠 밑에 넣어줄 거라고 내가 이야기했어."
"그럴 일은 없어 뵈는데."

브리는 정말로 놀란 표정을 지었다.

"얘가 마음에 안 들어?"

"브리, 난 얘가 누군지도 모르고 알고 싶지도 않아. 그러니까 이 건은 그냥 넘기자."

브리는 인파 속으로 사라져버렸다. 잠깐 동안 사람들과 어울리다가 이 정도면 충분하다고 생각하고, 마침 노턴이 보이기에 말했다.

"빌리, 이제 찢어지자."

"뭐, 벌써?"

"난 일찍 자는 데 익숙하잖아."

"아, 그렇지. 이거 봐, 일 말인데……."

"대부업?"

"네가 생각하는 그런 일은 아냐. 일주일에 한두 번씩 나랑 같이 다니기만 하면 돼."

"빌리……."

"아니, 들어봐. 네가 살고 있는 아파트, 입고 있는 옷……. 세상에 공짜는 없다는 말을 굳이 해야 할 필요는 없겠지."

빈약한 원칙 따위는 이만 됐다. 나에게는 아파트와 옷, 그 생활이 필요했다. 그래서 물었다.

"언젠데?"

"금요일이면 되겠어? 정오쯤 데리러 갈게."

"정오?"

"그래. 우리 고객은 아침잠이 많거든. 그래서 땡전 한 푼 없이 살고 있지만."

명배우 잭 니콜슨이 〈애정의 조건〉에서 이런 말을 했다.
"들키지 않고 깨끗하게 빠져나갈 뻔했는데."
문에 가까이 갔을 때 토미 로건이 나를 불렀다.
"저기 뒤에서 아주 난리가 났네."
"나랑 무슨 상관이라고."
"상관있을걸. 네 여동생이던데."
아주 잠깐 걔를 그대로 놔두고 갈까 하다 침을 뱉었다.
"씹할."
다시 뒤로 향했다. 쌓인 맥주 상자와 텅 빈 통을 지나 마당으로 나갔다. 펑크족이 뺨에 피를 흘리며 벽에 붙어 있었다. 브리가 남자 얼굴에 총을 들이대고 있었다. 내가 소리쳤다.
"브리, 브리. 미치 오빠야."
브리는 꿈쩍도 하지 않았다.
"이 자식이 지 거시기를 내 입에다 쑤셔 넣으려고 하잖아."
나는 좀 더 가까이 다가갔다.
"총은 내 선물이라며."
"그래."
"그러면 내가 가져야지, 응?"
브리는 펑크족을 매섭게 쏘아보았다.
"그래."
그러면서 총을 건네주었다.

펑크족 애송이는 기절하기 직전 같았다. 그대로 푹 주저앉아 버렸고 얼굴 난 상처에서 피가 줄줄 흘러내렸다. 나는 녀석 위에 몸을 구부리고 서서 주머니를 뒤졌다. 브리가 물었다.

"강탈하는 거야?"

신경 쓰여서가 아니라 그저 궁금해서 묻는 것이었다. 나는 대답했다.

"꼬불쳐놓은 약이 있나 찾는 거야. 코카인 중독자잖아. 아까 들이켜는 걸 봤지."

"오빠도 하나 하게?"

나는 비닐꾸러미를 찾아서 찢었다. 코카인 가루를 상처 위에 뿌리자 피가 멈췄다.

브리가 물었다.

"뭐 하는 거야?"

"진통제야."

"어떻게 그런 걸 다 알아?"

"약쟁이랑 같은 감방을 썼으니까."

나는 일어서서 동생의 팔을 잡았다.

"가자."

브리는 나를 따라 나오면서 물었다.

"클럽 갈래?"

택시 한 대를 잡아 동생을 그 안에 쑤셔 넣었다.

"내일 전화할게."

"오빠, 프랭크가 오지 않았다고 너무 언짢게 생각하진 마."

"아니, 아니, 괜찮아."

지하철로 향하는 나의 수중에는 헤로인과 총 한 자루, 코카인 반 봉지가 있었다. 세상에, 런던 시내에서 이보다 더 멋진 밤을 기대할 수 있겠는가.

다시 아파트에 돌아와서 신발을 벗어버리고 맥주 한 병을 손에 들고 소파에 털썩 누워버렸다. 잠시 후에 똑바로 일어나 앉아 코카인을 한 줄 깔고 재빨리 들이마셨다. 곧바로 정신이 멍해졌다.

빌어먹을 최상급이로군.

브리에게 약쟁이랑 같은 감방을 썼다고 한 말은 사실이었다. 그 친구는 헤로인에 대한 이야기를 자주 했다. 별까지 날아올라 신과 입 맞추는 느낌이라나.

그때 나는 석방 첫날밤에 딱 한 번 해보리라고 결심했었다.

밤마다 감방 동기는 처음 기분이 솟구쳤던 경험을 되풀이해서 말해주었다. 평생 어둠 속에 살다가 갑자기 빛 속으로 걸어들어간 느낌이다. 큰 소리로 웃음을 터뜨린다. 신경은 마치 벨벳같이 매끈하고 피부에서는 빛이 난다. 초능력자가 된 것처럼 힘이 솟는다.

또 기분이 뚝 떨어지는 경험에 대해서도 말해주었다. 나는 잘 견딜 수 있을 것 같았다.

하지만 오늘 밤은 아니었다. 기분이 이상했다. 침실로 들어가서 마약 기구를 스웨터 속에 숨겼다. 권총은 매트리스 밑에 넣었다. 코카인을 흡입하자 기분이 들뜨면서 오락가락했다. 책꽂이로 가서 제임스 살리스를 꺼냈다.

시.

상실.

중독.

완벽하다.

형기를 반쯤 치렀을 때, 교도소 목사가 방문을 한 적이 있었다. 감방 침대에 누워 책을 읽던 참이었다. 감방 동기는 금주 모임에 가고 없었다. 교도소 목사는 예의 바르게 물었다.

"들어가도 됩니까?"

"그러시죠."

다른 핑계도 없었다. 목사는 반대편 침대에 앉아 내가 한 줄로 죽 꽂아놓은 책들을 훑었다. 모두 이런 책들이었다.

철학

문학

스릴러

시.

"전방위적으로 책을 읽으시는군요."

나는 목사가 전기적으로 읽는다고 말한 줄로 오해하고 대답했다.

"전류가 통할 만한 책은 뭐든 읽죠."

목사는 종교적인, 가식뿐이고 따뜻함이라고는 하나도 없는 미소를 짓더니 말했다.

"아니, 전방위적이라고 했어요. 다양한 방면을 좋아하신다고."

나는 그 말이 마음에 들었다.

"마음에 드네요."

목사는 시집을 하나 집었다.

"릴케, 놀라운데요."

나는 구절을 하나 외워보려고 했다. 이렇게 말이다.

"흉악한 것들은 모두 우리의 사랑을 필요로 한다."

효과가 있었다. 목사는 아연실색했다. 나는 좀 더 밀고 나가 물었다.

"여기 있는 범죄자들도 사랑이 필요하다고 생각합니까?"

목사는 전도사답게 대답했다.

"여기 있는 사람들은 대부분 그렇게 흉악한 사람들이 아닙니다, 단지……."

하지만 더 이상은 적절한 표현을 찾지 못했다.

"우리랑 같이 살면서 본때를 못 봐서 그런 거지. 어제만 해도 한 남자가 크림캐러멜 때문에 얼굴에 칼을 맞았는데."

"정말 운이 나빴군요."

"그런 식으로 말할 수도 있겠죠."

나는 일어나 앉으며 담배를 말아 목사에게 권했다.

"됐습니다. 하지만 고맙군요."

나는 그에게 반쯤 흥미가 일어 물었다.

"운전은 합니까?"

"네?"

"자동차요. 차 이야기가 좀 듣고 싶어서."

"아니, 난 자전거를 탑니다."

그러시겠지.

그는 두 손을 깍지 껴 무릎 위에 올려놓고 얼굴을 동정 모드로 바꾼 후 물었다.

"뭔가 괴로운 문제가 있습니까?"

나는 큰 소리로 웃어버리며 감방 밖의 세상을 가리켰다.

"어디 한번 맞혀보시죠."

"나누면 좋습니다."

"목소리 낮춰요, 목사님. 그 말 한마디에 폭동도 터질 수 있으니."

임무를 다한 목사는 일어섰다.

"흥미로운 분이로군요. 제가 다른 날 방문해도 되겠습니까?"

나는 침대에 도로 벌러덩 누우며 말했다.

"제 문은 언제나 열려 있습니다."

물론 목사는 두 번 다시 찾아오지 않았다.

다음 날 아침, 라디오 음악 방송을 듣고 있을 때, 전화가 울렸다.

"여보세요."

"미치? 세라예요."

"그래, 기사는 좀 건졌소?"

"아니요. 하지만 당신 일거리를 찾았어요."

"그거 고맙군."

"아직 고마워할 건 없어요. 홀란드파크에 사는 이모가 계시는데요. 큰 집에 사는데, 여기저기 급하게 수리할 데가 많대요. 골칫거리는, 이모가 까다로워서 이젠 다른 일꾼들이 오지 않으려고 한다는 거지요. 전에는 일꾼이 한 부대나 있었다니까요."

"나라고 뭐 다를 게 있겠소."

긴 침묵. 그러다 대답이 돌아왔다.

"뭐, 이모도 잘생긴 남자라면 뭐든 용서해줄 거예요."

"아."

"한번 해볼래요? 보수는 톡톡히 쳐줄 텐데."

"그렇다면 물론."

"이모는 느릅나무 저택에 살아요. 홀란드파크 입구 바로 지나서니까 금방 찾을 수 있을 거예요. 아주 근사한 차로가 있거든요."

"알았소."

"찾을 수 있을 거예요. 혹시 연극에 관심 많아요?"

"아니."

"그럼 릴리언 파머를 본 적은 없겠네요."

"이름도 처음 듣는데."

"그건 상관없을 것 같아요. 어쨌건 그분이에요, 우리 이모가."

"그분 만나기를 손꼽아 고대해보지."

"그렇게 자신하진 마세요. 어쨌든 잘되길 바라요."

나는 한번 대담하게 시도해보기로 했다. 요새 상승세를 타는 느낌이었기 때문이다.

"저기, 세라. 언제 한잔하겠소?"

"그럴 일은 없을 것 같네요. 일거리 보수에 나까지 끼어 있진 않거든요."

그러면서 세라는 전화를 끊었다.

내 상승세는 여기서 끝이었다.

일을 하러 나갈 만한 장비는 없었지만, 되는 대로 할 수 있겠다 싶었다. 뭐든 필요한 걸 빌릴 수 있는 갱 친구를 알 만큼은 알았으니까.

먼저 가서 그 집을 보고 뭐가 필요한지 알아볼 작정이었다. 잡일꾼이 되어야 한다면 편한 옷차림이 제일 좋을 것 같았다. 헐렁한 스웨터와 청바지면 적당하겠지.

지하철로 향하면서 생각했다. '집도 옷도 일거리도 있는데, 아직 사회에 나온 지는 24시간밖에 안 됐군.'

감옥에 있던 친구들은 잘못 생각한 것이다. 바깥세상의 삶은 산들바람처럼 상쾌했다.

금주(禁酒) 모임에서는 HP라는 표현을 쓴다. 더 높은 힘(Higher Power)*을 일컫는 표현이었다. 거리에서도 HP라는 표현을 썼다. 거리에서 이 표현은 노숙자(Homeless Person)라는 뜻이었다. 둘 사이를 묶는 연결고리는 술이었다. 알코올 의존증 환자들은 살아남기 위해서는 술을 끊어야 한다. 노숙자들은 살아남기 위해서 술에 의존해야 한다.

어째서 이런 생각이 머릿속에 떠올랐는지는 모르겠다. 감옥 생활의 여파로 이처럼 생각의 흐름에 따라 떠도는 습관이 붙었다.

어쨌든 그 생각의 선로에서 빠져나왔을 때에는 홀란드파크에 거의 도착했다. 노팅힐에서 내려서 걸어 올라갔다. 문제없이 느릅나무 저택을 찾았다. 세라가 말한 대로 거대한 차로가

---

* 알코올의존증환자자주치료협회(AA)에서 만든 표현으로, "자기 자신보다 더 강력한 힘을 가진 영적 존재"가 있어 제정신으로 돌아올 수 있게 도와준다는 뜻이다.

있었다. 양옆에 늘어선 나무를 바라보며 차로를 느긋하게 걸어갔다.

다 오르자 집이 나타났다.

"오호."

감탄사가 절로 나왔다. 달리 표현할 여지가 없는 거대한 저택이었다.

부티가 철철 넘쳤다.

단단한 참나무로 만든 문으로 갔다. 가까이 가서 보니 집은 낡고 심지어 허름해 보이기까지 했다. 할 일이 많겠군. 나는 무거운 문고리를 들어 크게 한 번 내리쳤다.

문이 열렸다. 성장을 차려입은 집사가 나타났다. 믿을 수가 없었다. 집사란 캘리포니아나 시트콤, 그 두 군데에서만 존재하는 거 아니었나. 집사는 키가 작고 체구가 단단했다. 마치 제임스 본드 영화에 나오는 오드잡 같았다. 나는 너무 얼떨떨해서 아무 말도 못했다. 집사가 말했다.

"무슨 일이시죠?"

나는 이름을 대고 세라 이야기를 한 후, 문전박대를 예상했다.

"마담께서 기다리고 계십니다. 이리로 오시죠."

그래서 그렇게 했다.

커다란 홀로 들어갔다. 집사는 내가 외투라도 입고 있었다면 받아줄 듯한 태도였다. 그는 나를 응접실로 안내했다.

"마담께서 곧 오실 겁니다."

그러더니 쌩 하고 사라졌다.

널찍한 응접실은 섭정 시대의 가구들로 꾸며져 있었다. 한 번도 사용한 적 없는 것처럼 보이는 것들이었다. 금발 여인을 찍은 사진 액자 수백 개가 가구마다 놓여 있었다. 여자는 기질이 사나우면서도 냉담한 로렌 바콜처럼 보였다. 벽난로 위에는 거대한 초상화가 있었고, 벽에는 포스터 액자가 걸려 있었다.

〈욕망이라는 이름의 전차〉, 〈상복이 어울리는 엘렉트라〉, 〈사랑과 정열〉에 출연한 릴리언 파머.

그런 식이었다.

비싸 보이는 액자에 들어 있기는 했지만 포스터는 오래되어 보였다. 창문에 두꺼운 커튼이 쳐 있기에 빛을 좀 들어오게 해 볼까 생각했다.

커튼을 뒤로 젖히니 내닫이창이 드러났다. 웃자란 정원이 저 뒤까지 펼쳐져 있었다. 나도 모르게 담배 한 대를 꺼내 불을 붙였다. 창밖을 내다보는데 바로 가까이에서 불호령이 떨어졌다.

"그 담배 당장 끄지 못해!"

나는 누군지 보려고 돌아섰다. 여자가 고함을 고래고래 지르면서 나를 지나쳤다.

"누가 감히 커튼을 걷으래! 햇빛에 포스터가 망가지잖아!"

여자가 창문을 가리는 동안 그녀를 살펴보았다. 길고 검은 드레스를 입고 금발을 뒤로 넘겨 묶었다. 다음 순간 여자가 몸을 돌렸다.

로렌 바콜하고는 전혀 비슷하지 않았다. 비슷하다면 〈글로리아〉에 나오는 존 카사베츠*의 아내 쪽이었다.

난 사람 나이를 맞히는 데 익숙하진 않지만, 여자가 돈을 많이 들인 육십 대일 거라고 짐작했다.

돈을 들여 관리를 받은 덕에 얼굴을 온전히 유지할 수 있었을 것이다. 여자의 눈은 놀랄 만큼 파랬고 여자는 그 눈으로 나를 찬찬히 살폈다.

"여기 면접 보러 온 거지, 그렇지? 말해 봐. 할 말 있으면."

여자의 목소리는 깊었고, 거칠다 할 정도였다. 담배와 위스키 때문이겠지. 물론 오만함도 한몫했다. 나는 말했다.

"재떨이가 필요한데요."

여자는 커다란 크리스털 접시를 가리켰다. 나는 담배를 거기다 비벼 껐다.

믿을 수 없겠지만 그 꽁초 하나 때문에 방 전체 분위기가 엉망이 되었다. 그 접시에 달랑 담긴 담배꽁초는 모욕적이었다. 나는 꽁초를 주워 주머니에 담고 싶었다. 여자가 말했다.

"그렇게 조깅이라도 할 것 같은 옷차림으로 오면 좋은 인상을 줄 수 있을 것 같아?"

나는 대답했다.

"내게 정중하게 대하실 필요는 없어요. 일자리를 구하는 건 내 쪽이니까요."

여자가 한 발짝 앞으로 나왔을 때는 한 대 치려는 게 아닌가

---

* John Cassavettes, 1929~ . 앤디 워홀, 셜리 클라크 등과 함께 미국 인디영화 1세대로 분류되는 감독. 〈글로리아(Gloria)〉는 그의 아내인 여배우 지나 롤랜즈(Gena Rowlands, 1930~)가 주연을 맡은 최고작이자, 카사베츠의 대표작이기도 한 범죄 스릴러 영화이다.

싶었지만 여자는 웃어버렸다. 뱃속 깊은 데서 우러나오는 더러운 웃음이었다. 웃음 중에서도 최고의 웃음.
그러더니 여자가 말했다.
"세라 말로는 감옥에 있다 나왔다면서. 죄목이 뭐였지? 절도?"
생각보다 뾰족하게 대답이 나왔다.
"도둑은 아닙니다."
"어머나, 내가 신경을 건드렸나? 범죄자 윤리 항목이라도 어긴 거야?"
대사를 하는 듯한 연극적인 어조였다. 마치 무대에 있는 것처럼.
여자는 쉽게 넘어가지 않을 성싶었다.
"싸움에 휘말렸습니다. 그러다 걷잡을 수 없이 됐죠."
화제를 마무리하는 뜻으로 여자가 말했다.
"여기선 싸움은 안 돼."
생각지도 않았는데, 내 안에서 한 가닥 욕망이 솟았다. 믿을 수가 없었다. 내 육체가 그녀에게 반응하고 있었다. 그녀는 알겠다는 미소를 지었고 나는 이 속뜻을 헤아리고 싶지 않았다. 절대로. 여자가 다시 말했다.
"일주간 수습 기간을 주지. 조던이 할 일을 알려줄 거야."
여자는 문으로 가다가 우뚝 멈춰 섰다.
"뭔가 훔쳐야겠다는 생각이 들면 저 혐오스러운 재떨이를 가져가도록 해."

그러더니 나가버렸다.

조던을 따라 바깥 차고로 갔다. 비행기 격납고라고 하는 편이 더 어울릴 만한 곳이었다. 처음으로 눈에 들어온 것은 벽돌 위에 올려놓은 자동차였다. 나는 나지막하게 휘파람을 불고 나서 물었다.
"저게 내가 생각하는 그거요?"
"그렇습니다."
그의 억양으로 출신을 짐작해보았다.
"독일 사람이쇼?"
"헝가리 사람입니다."
집사는 한 팔로 차고 안을 휘저었다.
"필요할 물건은 다 여기 있어요."
연장

작업복

사다리

페인트.

나는 괜찮다고 생각하고 그렇게 말했다.
"훌륭하구만."
집사는 벽에 걸린 표를 가리켰다.
"이게 시간표입니다."
"뭐라고요?"
"마담은 모든 것에 구획하는 걸 좋아하셔서."

집사는 '구획'이라는 단어를 말하는 데 한참 걸렸지만 나는 참을성 있게 듣고 무슨 말인지 이해하고 말했다.

"조금씩 나눠 하라는 거로구만."

집사는 표만 가리켰다.

"확인해보세요."

월요일 - 페인트칠

화요일 - 홈통

수요일 - 지붕

목요일 - 창문

금요일 - 파티오

나는 무슨 말인지 잘 알겠다는 듯 관심 있는 척했다.

"그리고 토요일엔 실컷 놀고."

집사는 그 말은 무시해버렸다.

"7시 반에 맞춰서 오세요. 가벼운 아침식사를 함께하게 될 겁니다. 작업은 8시 정각에 시작하세요. 11시에는 차를 마실 수 있는 휴식 시간이 20분간 있습니다. 1시에는 한 시간 동안 점심식사를 하고, 4시 정각에는 일을 마쳐야 합니다."

나는 히틀러식 경례를 붙이며 고함치고 싶었다.

"Jawohl(잘 알겠습니다), 지휘관님."

그러나 그렇게 하는 대신에 질문을 했다.

"아까 그 여자는 지금도 무대에 서는 거요?"

"쉬시는 중입니다."
"아하, 포스터를 보아하니 30년은 쉰 것 같던데."
"적당한 매체가 나타나기를 기다리는 중입니다."
나는 롤스로이스를 향해 고개를 까닥했다.
"매체라면 저 정도로 충분하지 않나."
집사가 했을지도 모르는 대답은 밴 한 대가 올라오는 바람에 묻혔다. 차 옆에는 이렇게 쓰여 있었다.

리(Lee)
건물 건설 및 보수

뚱뚱한 남자가 차에서 내렸다. 육중한 몸 때문에 내리는 데 한참 걸렸다. 남자는 작업복을 입고 야구 모자를 쓰고 있었다. '리'라는 글자가 거의 보이지도 않는 더러운 모자였다.
그는 흘근흘근 걸어와 조던에게 고개를 까닥하더니 나를 보고 물었다.
"이 자식은 누구요?"
조던이 대답했다.
"리 씨, 이젠 더 이상 이 집에서 할 일이 없을 텐데요. 그 뜻을 명확히 전했다고 생각합니다만."
리는 그만두라는 듯 손을 휘 저었다.
"얼굴 펴요, 조드. 저기 있는 늙은 창녀는 여기 누가 와 있는지 모르잖아. 짭짤한 일을 쉽게 그만둘 생각 없다고."

조던은 한숨을 짓더니 말했다.

"벌써 다른 사람으로 대체했습니다, 리 씨. 여기서 나가요."

리는 웃더니 말했다.

"당신이나 가시지, 조드. 가서 차나 한 잔 갖다주쇼. 설탕 두 개 넣어서. 이 녀석은 내가 처리할 테니."

리가 내게로 다가왔다. 조던이 더 잽싸게 움직이더니 잽 두 대를 번개같이 리의 복부에 날렸다. 그가 휘두른 게 주먹이 아니라 펼친 손바닥이라는 것을 제대로 볼 겨를도 없었다. 리는 끙끙 신음하며 주저앉아 낑낑댔다.

"이럴 것까진 없잖아."

조던은 그 위에 버티고 서서 두 손으로 리의 귀싸대기를 날렸다.

내가 말했다.

"그거 아프겠는데."

그러더니 조던은 리를 밴으로 끌고 가 밀어 넣었다. 몇 분 후, 시동이 걸리더니 리가 서서히 차를 뺐다. 조던이 나를 돌아보며 물었다.

"월요일부터 일을 시작할 수 있습니까?"

"물론이오."

나는 담배에 불을 붙이고 차도를 걸어 내려갔다. 정문 앞에 서서 뒤를 돌아보았다. 집은 죽은 듯 고요했다. 나는 노팅힐로 향했다. 반쯤 가던 길에 리의 밴을 만났다. 리는 밴에 기대어 배를 문지르고 있었다. 내가 그 옆을 지나가자 그가 말했다.

"형씨하고 할 말이 있는데."

"해보쇼."

"난 형씨 이름도 모르잖아."

"모르겠지."

리는 두 주먹을 올려 권투 자세를 취했다. 귀가 아직도 빨갰다. 그가 말했다.

"나한테 허튼 수작할 생각 마."

"왜 안 되는데?"

"넌 뭐야, 잘난 척하는 새끼?"

"일자리가 있는 잘난 척하는 새끼지. 아, 미안. 당신 일자리였지."

리는 어느 쪽으로 대응해야 할지 갈피를 잡지 못하다가 말로 응수하기로 한 모양이었다.

"목숨 잃고 싶지 않으면 여기서 멀리 떨어져."

나는 장난처럼 그의 배를 치는 흉내를 내긴 했으나 실제로 치지는 않았다.

"자넨 그 살덩이나 좀 떼어 내야겠는데, 리."

나는 그 자리를 떴다. 래드브로크 그로브를 걸어가는 내내 뒤에서 그가 웅얼거리는 소리가 들렸다. 대체로 나는 리가 싫지는 않았다. 때를 딱 맞춰서 일주일 만에 직장에서 잘려주었으니까.

클래펌으로 돌아오자 릴리언 파머가 내게 미친 영향이 확연하게 느껴졌다. 이제 여자랑 잘 때가 됐다는 생각이 들었다. 공중전화 박스로 가서 거기 붙은 전단지를 쭉 살폈다. 어떤 성적 요구든 해결할 수 있었다. 나는 이런 여자를 골랐다.

> 타냐
> 남미에서 방금 도착.
> 예쁘고 가슴 빵빵한 스무 살.
> 원하는 건 뭐든 해드립니다!

좋아.
전화를 걸어 시간을 정했다. 여자는 당장 만날 수 있다고 했다. 주소는 스트리섬이었다. 그리로 갈 때는 확실히 초조한 기분이었다.
3년 만이면 잘될지 궁금해지게 마련이다.
건물을 찾아 맨 위의 초인종을 눌렀다. 안에서 문을 열어주자, 두 계단을 올랐다. 문을 두드렸다. 삼십 대로 보이는 남자가 나왔다. 나는 말했다.

"이런, 당신이 타냐는 아니겠지."

"선불로 50파운드요."

내가 돈을 치르자, 남자가 물었다.

"다른 건 필요 없소? 대마초라든가, 흥분제나 진정제."

나는 고개를 저었다. 남자가 옆으로 비켜주자, 안으로 들어갔다.

한 여자가 슬립과 스타킹, 가터벨트 차림으로 앉아 있었다. 여자는 이십 대도 아니고 가슴도 빵빵하지 않았으며 예쁘지도 않았다.

여자가 물었다.

"한잔할래요?"

남미에서 온 것도 아니었다.

"하지, 뭐."

"위스키?"

"딱인데."

여자가 술을 가져올 때 살펴보았다. 그럭저럭 봐줄 만한 몸매였다. 욕망이 다시 돌아오는 느낌이었다. 야성적인 흥분은 아니었지만 어쨌든 그 비슷한 느낌이었다.

나는 술을 받아들었다.

"건배."

여자는 내 앞에 서서 말했다.

"변태적인 짓은 안 돼요. 키스나 결박도 안 되고."

무슨 말을 하겠는가.

"농담도 안 되겠군."

나는 여자를 따라 침실로 들어갔다. 라디오에서는 이글스의 〈데스페라도〉가 흐르고 있었다. 〈마이 웨이〉가 국수주의자들의 주제가라면 〈데스페라도〉는 죄수들의 합리화였다. 여자는 침대에 누우면서 내게 콘돔을 건넸다.

일은 빨리 끝났다.

여자는 욕실을 가리키고 말했다.

"저기서 씻으세요."

밖으로 나오자 여자가 말했다.

"20파운드만 더 내면 다시 할 수 있어요."

"감당할 수 있는 만큼은 재미를 본 것 같은데."

나올 때 여자가 말했다.

"또 전화해요."

클래펌으로 돌아와서 로즈 크라운 식당으로 가서, 바에 자리를 하나 차지하고 비터 맥주를 주문했다. 그러면서 담배를 한 대 말았다. 육십 대로 보이는 노인이 들어와서 내 옆 의자에 앉았다. 이 노인이 친근하게 굴지 않기만을 바랐다. 나는 '나한테 말 걸지 마'라는 모드로 얼굴을 굳혔다. 남자는 럼주를 큰 잔으로 주문하더니 말했다.

"전에 줬던 새똥 같은 것 말고."

나는 신경을 꺼버렸다. 성관계 후의 나른함을 즐기고 싶었다. 그러다 노인이 내게 말을 걸고 있다는 것을 깨달았다.

"뭐라고요?"

"내가 두 달 전 혈관 조영수술을 했다니 믿을 수 있겠어?"

"뭘 어쨌다고요?"

"여느 때처럼 간단하게 끝날 일인데, 주치의가 미처 몰랐던 혈관이 막힌 거야. 의사가 또 하나 쑤셔 넣는데……."

"그만하쇼. 난 그런 얘기 들을 기분이 아니라고."

노인은 취한 것 같았다.
"한잔할까?"
"지루한 얘기 계속 하려면 다른 사람 알아보쇼."
"그냥 친해지려는 건데."
"난 아무하고나 친하게 지내지 않아서."
 술을 다 마시고 나왔다. 밖에 나오니 한 남자가 바로 길 건너편에 서서 나를 쳐다보고 있었다. 삼십 대에 금발 머리, 낡디낡은 양복. 남자는 뭔가 말할 것 같았지만 등을 돌리더니 가버렸다.
 차가 그렇게 많지 않았더라면 그 뒤를 따라갔을지도 모른다. '오늘은 사람들이 난데없이 나타나는군'이라는 생각이 들었다.

 집에 돌아왔을 때 전화가 울렸다.
"미치?"
"그래."
"나야, 노턴. 어디 갔었어. 아침 내내 전화했잖아."
"면접 보러."
"뭐라고? 일자리는 벌써 구했잖아."
"사채업? 그건 일이 아니지, 병균이야."
 노턴은 깊은 숨을 들이켰다.
"내일 간다. 전에 얘기한 그 일 말이야."
"알았어."
"미치, 이건 쉬운 일이야. 별다른 문제 없어. 그냥 내 뒤만 받쳐주면 돼."

"쉽다고? 돈 뺏는 일이 쉽다는 말은 금시초문이군."
노턴은 심히 기분이 상했지만 분을 삭이려 했다.
"레드불 좀 가지고 갈게."
"뭘 가지고 온다고?"
"에너지 음료야. 그걸 마시면 암페타민을 꿀꺽 삼킬 수 있거든. 그럼 일할 기운이 펄펄 나."
"정신도 싹 나가버리겠지."
"내일 정오에 데리러 갈게. 알았지?"
"아주 좀이 쑤셔 못 기다리겠군."

잠시 후에 나는 피자를 주문하고 배달이 오기를 기다렸다. 찰스 윌리포드의 《스쳐가는 자동차》를 다 읽은 후, 이 재미있는 시리즈를 다 읽어버려서 더 이상 남은 책이 없음을 통탄했다. 감옥에서는 하루에 책을 한두 권씩 읽었다. 이 습관을 계속 유지할 생각이다.
초인종이 울렸다. 문을 열었다. 피자가 아니었다. 체구가 튼튼한 남자였다. 회색 머리카락, 검은 양복. 남자가 물었다.
"미첼 씨?"
"그런데요."
남자는 신분증을 내보였다.
"케니 베일리 형사요. 얘기 좀 할 수 있겠습니까?"
"그래요."
남자는 나를 따라 들어오면서 방을 훑었다.

"근사한 집이군요."

나는 고개를 끄덕였다. 남자는 자리에 앉더니 말했다.

"우리 구역으로 들어온 전과자들 리스트가 계속 올라옵니다."

형사가 대답을 기대했는지는 모르지만 나는 할 말이 없었다. 남자는 담배 한 갑을 꺼내어 내겐 권하지도 않고 불을 붙이더니 계속 말을 이었다.

"이름은 있는데, 주소가 없으시더라고."

"난 가석방 받은 게 아닙니다. 자유인이죠."

"그렇겠죠. 미첼 씨 친구인 노턴 씨에게 전화를 해봤더니 기꺼이 도와주던데. 그래서 어떻게 정착하고 살고 계시는지 한번 둘러볼까 싶어 왔죠."

다시 초인종이 울렸다. 이번에는 피자였다. 상자를 받아서 가지고 들어와 탁자 위에 놓았다. 케니가 말했다.

"피자네요. 대단한데요. 나도 좀?"

"그러시죠."

케니는 상자를 열었다.

"음, 이런, 앤초비가 없네. 차 한 잔 없나?"

내가 가서 차를 끓이는 동안, 그는 입 한가득 피자를 넣고 소리쳤다.

"맛있는데요. 역시 피자는 뜨거울 때 먹어야 제 맛이죠."

차를 가지고 돌아오자 피자는 이미 반이 날아가고 없었다.

"마침 요기를 해야 했는데 잘됐네요. 점심을 걸러서."

케니는 등을 기대고 앉아 트림했다. 나는 물었다.

"이렇게 찾아온 특별한 이유가 있습니까?"

그는 차를 따랐다.

"기록을 살펴봤습니다. 상해죄로 3년 복역하셨던데요."

"그랬죠."

"지금은 무슨 계획을 하고 있을까 궁금했죠."

"일자리를 구했습니다."

"어유, 빠르셔라! 합법적인 일이겠죠?"

"물론입니다."

케니는 일어서더니 옷에서 피자 부스러기를 털어냈다.

"노턴 씨는 아슬아슬한 줄타기를 하고 있는 것 같더군요. 멀리하는 게 좋을 겁니다."

이런 다정한 말은 들을 만큼 들었다.

"이거 협박입니까, 형사님?"

그는 미소를 지으며 말했다.

"아유, 이봐요, 성질 좀 죽여요. 미첼 씨가 다시 말썽에 휘말리는 꼴을 보고 싶지 않아 그럽니다."

나는 다시 진정했다.

"걱정해주셔서 참 감동받았습니다."

"그렇게 될 겁니다. 이런 걸 직감이라고 하죠."

케니는 담배를 차 찌꺼기에 담가서 껐다. 나는 다시 안으로 들어가 피자를 싸서 쓰레기통에 처넣으며 큰 소리로 말했다.

"빌어먹을 돼지 새끼."

다음 날, 돈 뜯으러 갈 때 뭘 입을까를 고심했다.

잘 차려입을까, 아니면 허름하게 입을까. 단순하게 입는 편이 낫겠지. 청바지와 스웨터.

시계가 정오를 알렸을 때, 노턴이 왔다. 나는 차에 올랐다.

"일하기 좋은 날이군."

노턴은 잔뜩 흥분해서 발을 딱딱대고 손가락으로 운전대를 톡톡 치고 있었다. 차를 뺄 때, 침침한 양복을 입은 금발 남자의 모습이 언뜻 보였다. 나는 급하게 소리쳤다.

"빌리, 잠깐 세워봐."

노턴이 차를 세우자 뛰어내렸다. 남자는 가고 없었다. 다시 차에 타자 노턴이 물었다.

"뭐야?"

"미친 생각 같지만 누가 내 뒤를 밟는 것 같아."

"널? 이런, 널 따라다니다니 그야말로 미친놈이잖아. 자, 이거나 마셔라."

레드불 캔이 잔뜩 쌓여 있었다.

"아니, 말짱한 정신으로 하고 싶어."

노턴은 캔을 하나 따서 꿀꺽꿀꺽 들이켰다.

"아르르르."

나는 물었다.

"스피드도 좀 탔어?"

"반 개 정도. 별로 대단하지 않아."

우리는 클래펌로드를 질주했다. 그때 내가 말을 꺼냈다.

"듣자하니 넌 아슬아슬한 줄타기를 한다는데."
"뭐?"
"어떤 경찰이 그러던데."
노턴은 나를 빤히 쳐다보았다. 나는 계속해서 말했다.
"앞이나 똑바로 보고 운전해."
노턴이 고함쳤다.
"너 짭새랑 얘기했단 말이야? 내 얘길?"
"그래, 네가 내 주소를 줬다는 그 자식 하고."
"아."
그 말에 노턴은 잠깐 입을 다물더니 곧 입을 열었다.
"케니는 변태 새끼야. 그 자식에 대해서는 걱정할 필요가 없어."
"내가 사는 곳을 아는 변태 새끼지. 그런 건 항상 걱정할 만한 일이야."
애시몰 지구로 접어들었을 때 노턴이 말했다.
"얼굴 좀 풀어, 미치. 넌 매사 너무 심각하게 받아들여."
"맞아."

―――

"빌어먹을, 수녀들은 정말 싫어."

수녀 한 명이 보도를 종종 걸어가고 있을 때 노턴이 이렇게 말했다.

애시몰 단지에는 수녀원이 있었다. 나는 이렇게 대답했다.

"너희 아일랜드인들은 종교가 있는 줄 알았는데."

노턴은 툴툴댔다.

"우리에게 있는 건 오랜 기억이야."

"종교가 없다면 그걸 보충해줄 다른 장점이 있어야지."

노턴은 묘한 표정을 지었다.

"이런, 미치. 그거 되게 심오한데."

"내 창작은 아냐. 시인 도널드 롤리가 쓴 말이지."

우리는 어떤 고층 건물 옆에 차를 댔다. 노턴이 말했다.

"난 시인 새끼들도 싫어."

차에서 내릴 때, 노턴은 스포츠 가방을 어깨에 둘러멨다.

"뭐 필요 없냐?"

"아니, 말한 대로 맑은 정신으로 할 거야."

"내 말은 보호 장비 말이야. 야구방망이라든가. 지금부터 시작할 일은 시 몇 줄 가지곤 안 될 텐데."

"안 되겠지. 가방 안엔 뭐가 들었어?"

노턴은 사악한 미소를 지으며 대답했다.

"포상품."

18층 건물이었다. 정문에는 초인종이 달렸지만 엉망진창으로 깨져 있었다. 우리는 그냥 밀고 들어가 엘리베이터로 갔다.

노턴이 말했다.

"운 좋기만을 바라라."

"뭐라고?"

"엘리베이터. 작동하면 운 좋은 거야."

움직였다.

엘리베이터 안은 온통 낙서였고 소변과 절망적인 냄새가 났다. 내겐 익숙한 냄새다. 다른 사람들은 당최 익숙해질 수 없을 것이다.

18층에서 내리자 노턴이 말했다.

"골프랑 마찬가지라고 생각해."

"골프?"

"그래, 18홀이잖아."

우린 한 집으로 향했고 노턴이 문을 쿵쿵 두드렸다. 그는 빨간 책을 꺼냈다. 문이 열리고 아이 하나가 살그머니 내다보았다. 노턴이 말했다.

"엄마 나오라고 그래."

엄마는 인도인이었고 안절부절못했다. 노턴은 다시 말했다.

"수금일이야."

여자는 안으로 물러서더니 지폐 한 뭉텅이를 가져와 건넸다. 노턴은 장부를 확인하고 지폐를 셌다.

"약간 모자라잖아."

"이번 주는 힘들었어요."

노턴은 여자의 말을 묵살했다.

"이거 봐, 눈에서 불이 나게 본때를 보여줄 수도 있지만, 다음 주에 두 배로 갚으면 봐주지."

여자는 너무 순순히 응했다. 우리 세 사람 모두 여자가 다음 주에도 돈을 갚지 못할 것임을 알고 있었다.

17층으로 내려갈 때 나는 물었다.

"이게 어떻게 돈을 버는 거야? 내 말은, 저 사람들은 점점 구렁텅이에 깊숙이 빠질 것만 같아 보인단 거지."

노턴은 씩 웃었다. 스피드에 잔뜩 취해서 유머 하나 없는 웃음이었다.

"봐, 넌 타고났어. 벌써 핵심을 파악했잖아. 때가 되면 집 보증서를 넘겨."

"그런 다음엔?"

"뭐, 네가 걱정할 일은 없어. 철거 전문가도 데리고 있으니까."

"맞혀볼까? 그렇게 사람들을 내쫓고는 다시 세 놓는 거군."

"빙고. 크리켓 경기장이 보이는 전망 좋은 집을 원하는 여피들에게. 벌써 여섯 집을 확보했어."

다음 층도 똑같이 청승맞은 이야기였다. 여러 나라에서 온 불쌍한 여자들이 그래도 살아보겠다고 약속을 했다. 12층에 이르자 노턴이 말했다.

"이 스페인 놈들은 징징대기만 하고 돈은 안 갚지."

문이 열리자, 노턴은 안으로 비집고 들어갔다. 한 여자가 스페인어로 비명을 질렀다.

"Nada, nada, nada(없어)!"

노턴은 돌아보며 물었다.

"어디 갔어, 당신 남편?"

침실 문이 벌컥 열리더니 파란 사각팬티만 입은 남자가 뛰쳐나왔다. 남자는 나를 홱 스쳐 복도로 도망갔다. 노턴은 얼굴에 광적인 미소를 띠며 사냥개처럼 그 뒤를 쫓아갔다.

노턴은 흠뻑 도취해 있었다.

그는 계단에서 남자를 잡아 사각팬티를 끌어내렸다. 붙잡고 있지 않은 손으로 남자의 엉덩이를 대여섯 번 쳤다.

그런 후 남자를 다시 아파트로 끌고 들어왔다. 남자는 울면서 말했다.

"텔레비전을 가져가요."

노턴은 스포츠 가방을 뒤지더니 장도리를 꺼냈다.

그는 텔레비전으로 걸어가 화면을 산산조각 냈다.

"집 계약서 내놔."
남자는 순순히 내놓았다.
다음 층에 가자 노턴이 말했다.
"잠깐 쉬자."
땀이 텀벙텀벙 떨어졌다. 노턴은 한껏 흥이 올라 있었다.
"눈치 보며 기다릴 필요 없어, 미치. 언제든지 끼어들어서 나를 도와주면 돼."
노턴은 레드불 한 캔을 따더니 스피드를 탔다.
"여자랑 하고 싶냐?"
"지금?"
"물론. 여기 여자 중 몇 명은 빚 갚는 대신 대줄 거야."
"별로야. 누가 경찰을 부르면 어떡해?"
"현실적으로 생각해봐. 경찰이 여길 올 것 같아?"
나는 담배를 하나 말아 불을 붙였다.
"애들이 있잖아. 신경 쓰이지 않냐?"
"그러니까 애들은 일찍 철이 들겠지. 강해질 거야."
노턴은 내가 마는 담배를 멸시하는 표정으로 바라보았다.
"그딴 쓰레기는 피울 필요 없어. 넌 이제 급이 다르잖아."
나는 어깨를 으쓱했다.
"난 이게 좋아."
그는 던힐 한 갑을 꺼내 한 개비 꺼내 물었다.
"뭐 하나 물어봐도 되냐?"
"물론."

그는 누가 엿듣기라도 한다는 듯 주위를 둘러보았다. 건물 바깥 소음이 지독했다.
문은 쿵쿵 닫히고
사람들은 소리치고
아이들은 빽빽 울어대고
랩 음악이 밑에 깔리고.
"감옥은 어땠어?"
나는 이렇게 대답할 수도 있었다.
"여기랑 똑같지."
하지만 그때 톰 카코니스를 떠올렸다. 감옥을 완벽하게 이해했던 미국 범죄소설 작가다. 그는 이렇게 썼다.

그곳을 정글의 땅, 거울의 집, 반사회성 정신병자의 왕국, 분노의 나라라고 하자. 그곳에서는 배신이 규칙이고 복수가 경전이며, 자비라는 말은 아무도 모르거나 오래전에 잊혀졌다. 또는 그곳을 등허리에 떨어지는 파이프, 엉덩이 위의 빗자루 손잡이, 갈비뼈에 박힌 칼자루라고 하자. 이 말은 이곳에서는 완전히 혼자라는 뜻이다. 보호해줄 사람은 아무도 없다.

노턴에게 이 말을 하진 않았다. 대신 이렇게만 말했다.
"대개 지루하지."
"그래?"
"별거 없어."

노턴은 다 마신 캔을 찌부러뜨려 계단 아래로 던졌다. 캔은 계단 위로 통통 굴러 떨어졌다. 감옥 B동에서 새벽이 올 때까지 계속 울리던 비명 소리가 아직도 들리는 듯했다.

9층에 이르렀을 때는 소동이 있었다. 노턴이 흑인 여자를 상대로 평소처럼 수를 쓰는데, 여자의 남편이 성큼성큼 나왔다. 주먹을 휘둘러 노턴의 옆통수를 세게 쳤다.

그런 후 내게 다가왔다. 남자는 덩치가 크고 억셌지만 그게 다였다.

독하지가 못했다.

나는 독했다.

나는 남자가 휘두른 팔을 슬쩍 피하면서 고환을 발로 찼다. 남자가 주저앉자 뒤통수를 팔꿈치로 가격했다.

노턴을 일으켜 세우자 흑인 남자를 발로 차려고 했다. 나는 노턴을 떼어냈다.

"오늘은 이만해야겠다."

노턴도 그러자고 했다.

"어쨌든 거의 끝났어. 8층부터는 망한 건물이니까."

나머지는 엘리베이터를 타고 내려갔다. 노턴은 머리를 문질렀다.

"아까 한 말은 틀렸어. 시에 대해서 한 말."

"뭐?"

"시가 쓸모없다고 했잖아. 네가 그 자식 때려눕히는 걸 보니까 그거야말로 한 편의 시 나부랭이 같더라."

77

내가 밴으로 가려 하자 노턴이 권했다.

"야, 저기 모퉁이에 술집이 하나 있어. 한 잔 살게."

바에 도착했을 때 노턴이 의견을 냈다.

"오늘은 일을 열심히 했으니 맥주 탄 위스키를 마시자."

우린 바에 있는 웨이터에게 맥주 탄 위스키와 입가심으로 스카치위스키를 주문했다.

점심시간이었고, 오늘의 특제 요리는 소시지와 으깬 감자였다. 마음을 위로하는 듯한 냄새가 좋았다.

우리는 뒤편에 있는 탁자에 앉았다.

"슬란셔."

"동감."

스카치를 마신 후에는 나른해졌다. 노턴은 현금을 세서 빨간 장부에 액수를 기록했다. 그는 쓰면서 입으로 숫자를 말했다. 그러더니 지폐 한 뭉치를 떼어내 고무줄로 묶었다. 그 돈을 탁자 너머로 밀어주었다.

"네 몫이야."

"이런, 빌리, 이만큼 돈 값을 하지도 못했는데."

"앞으로 하게 될걸, 미치. 두고 봐."

오벌 근처에 가까이 갔을 때, 그 금발 남자를 또 보았다. 한 술집으로 들어가고 있었다. 노턴에게 차를 대라고 했다.

"왜 그래?"

"따라다니는 놈, 뒤좀 밟아보려고."

"그게 말이 되냐?"

"당연히 안 되지."

차에서 내려서 길을 건넜다. 그런 후에 술집으로 들어갔다. 남자는 카운터에 앉아 나를 등지고 있었다. 다가가서 남자의 등을 세게 후려쳤다.

"누구게."

남자는 기절초풍했다. 남자가 작은 맥주 캔을 들고 있는 것을 보았다. 나는 남자에게 정신을 차릴 겨를을 주었다. 남자가 말했다.

"돌아온 것 자체가 실수라는 건 알았지만."

나는 그가 마시던 술을 한 모금 마시고 말했다.

"완전 오줌 맛이군."

그는 문을 보았고 나는 웃음을 띠었다. 남자가 말했다.

"내가 앤서니 트렌트입니다."

"당신이 누군지 알 거라고 생각하는 모양인데, 나한테는 개똥만큼도 의미 없어."

"아, 죄송합니다. 물론이죠. 지금 당신 집이 된 그 아파트에 살던 사람입니다."

"그래서, 지금 원하는 게 뭐야?"

"물건 몇 개만 챙겨갈까 해서요."

나는 그의 맥주를 좀 더 마시고 물었다.

"어째서 그렇게 허겁지겁 떠난 거지?"

"노턴 씨에게 갚을 수 없을 만큼 빚을 져서……."

"얼마나 빚졌는데?"

"1만 파운드."

"그래서 토낀 거야?"

"노턴 씨에게는 무서운 친구들이 많다면서요."

트렌트가 나를 뚫어져라 보기에 다시 물었다.

"뭐야?"

"제 스웨터를 입고 계시네요. 그거 건조기엔 넣지 마세요."

"이봐, 앤서니. 당신 사연은 참 슬프지만 또다시 나를 따라오면 신세가 더 슬퍼질걸."

"아, 물론입니다. 이해합니다만, 아파트에서 물건 몇 개만 챙겨도 될까요?"

난 잠깐 뜸을 들이다 대답했다.

"꿈도 꾸지 마."

매춘부는 소용이 없었다. 릴리언 파머를 뇌리에서 지울 수가 없었다. 내 말 뜻은……. 뭐? 그 할머니에게 반했다고? 현실적으로 생각해.

하지만 아무리 부정해봤자, 그 알겠다는 듯한 미소가 되돌아왔다. 그 여자는 내가 흥분했다는 것을 알았다. 그 생각을 꺼버리려고 할 때마다 그녀를 거칠게 범하고 싶다는 갈망이 더 크게 되돌아왔다.

브라이어니에게 전화를 걸어 저녁 먹으러 오라고 했다. 동생은 물었다.

"오빠가 요리하는 거야?"

"물론이지. 볶음 요리 어때?"

"미치 오빠! 난 채식주의잖아."

그러시겠지.

"채식 볶음 요리는 어때?"

"좋아, 오빠. 와인 들고 갈까?"

브리가 '넋두리*'라고 말한 줄 알았다. 주소를 알려줬더니 브리가 말했다.

"오빠 신세가 딱하네. 처량하게 남의 집 봐주는 거야?"

"뭐 비슷해."

"분위기 살릴 수 있게 꽃도 들고 갈게."

그때 무슨 생각이 떠올라서 나는 물었다.

"훔쳐올 생각은 아니지?"

침묵.

"브리?"

"난 착하게 살 거야. 오빠."

"그래."

"프랭크도 내가 착하게 사는 걸 좋아해."

"그래……. 알았다. 8시에 보자."

8시가 되었을 즈음 아파트는 아주 아늑해 보였다. 보글보글

---

* 와인(wine)과 넋두리(whine)는 발음이 같다.

끓고 있는 냄비, 좋은 냄새로 가득한 부엌, 잘 차려진 식탁. 와인을 하나 따서 유리잔에 부었다. 약간 썼지만 훌륭한 맛이었다. 술을 마시면 정신을 바짝 차려야 한다. 감옥에 가게 된 것도 따지고 보면 술 때문이었다.

위스키를 마시면 필름이 끊긴다. 그날이 아직도 생생하다. 노턴과 나는 큰 건을 하나 성공하고 보수로 3000파운드를 받았다. 한 사람당.

나는 죽을 정도로 술을 퍼 마셨다. 노턴도 말릴 정도였다.

"저런, 미치. 살살해."

그러지 않았다.

그날 밤 일은 기억이 전혀 없다. 이야기를 듣자하니 한 남자와 싸움이 붙었다고 한다. 우린 밖으로 나가서 싸웠다.

노턴이 따라왔다.

노턴은 내가 남자를 죽이지 못하도록 간신히 뜯어말리긴 했으나, 그게 다였다.

나는 3년형을 받았다.

잘잘못을 따지자는 게 아니다. 내 말은 손이 깨끗했다는 거다. 주먹 관절에 긁힌 자국 하나 없었다. 내 변호사에게 그 말을 했다. 그랬더니 그는 이렇게 대답했다.

"발을 썼다던데요."

아, 그래.

감옥에서는 밤을 보내기 위해 별별 방법을 다 쓴다.

가령,

술

살친구

본드.

나로 말하자면, 몸이 나가떨어질 때까지 하루 종일 몸을 썼다. 어떤 사람들은 조용히 기도했다. 나는 브루스 채트윈의 《송라인》*에서 기도문을 하나 배웠다.

이런 내용이다.

"자바의 불교 사원을 보리라. 베나레스 성지의 층계 위에 탁발승과 함께 앉으리라. 카불에서 대마초를 피우고 키부츠에서 일하리라."

대체로 효과가 있었다.

초인종이 울렸다. 문을 열었더니 브리가 있었다. 검은 바지 정장에 분홍색 스웨터를 입었다. 동생은 커다란 꽃다발을 건네주었다.

"들어와."

브리는 아파트를 보더니 감탄했다.

"우아, 대단하다."

나는 와인을 좀 더 따라주었고 브리는 홀짝홀짝 마셨다.

"와인에 약 좀 타도 돼?"

"음……."

* 《The Songlines》, 1987년 작. 소설과 논픽션이 결합된 작품으로, 호주 원주민인 애보리진의 고대 민요와 삶을 담았다.

"좀 느긋하게 있고 싶어서, 발작 일으키지 않도록."

실현될 것 같진 않았지만 아주 희망적인 소리였다. 브리는 자리에 앉았다.

"오빠네 집으로 이사 올까 봐."

"뭐?"

브리는 큰 소리로 웃었다. 아주 좋은 웃음소리였다. 배에서부터 나오는, 히스테리 기미는 아주 옅게만 섞인 웃음이었다.

"쫄지 마, 미치 오빠. 농담이야."

"그래."

음식을 확인하러 갔다. 제대로 돼 가는 것 같았다.

브리가 소리쳤다.

"음식 냄새 좋다, 오빠."

"10분이면 다 될 것 같아. 괜찮지?"

"좋아."

다시 돌아와 보니, 브리는 꽂꽂이를 하고 있었다. 나는 자리에 앉아 담배를 말았다. 브리가 물었다.

"나 달라 보여?"

"아, 음……. 괜찮아 보이네."

"요새 치료 받고 있어."

"잘됐군. 그렇지?"

브리는 고개를 수그렸다.

"프랭크 얘기는 이제 하지 말래."

"그것 참 하늘에 감사할 일이군"이라고 말하고 싶었지만 대신 이렇게만 말했다.
"그래."
브리는 아파트를 구경한다며 침실로 들어갔다. 벽장문이 열리는 소리가 들렸다. 브리는 다시 돌아와서 말했다.
"이제 확실히 자리 잡았나봐, 미치 오빠."
"그래봤자 '빈털터리 사기꾼'이지."
"뭐라고?"
"데릭 레이먼드 책 제목이야."
"누구?"
"됐다."
브리는 와인을 좀 더 따르더니 책들을 가리켰다.
"저거 다 읽을 거야?"
"그럴 계획이야."
그러자 동생이 슬픈 빛을 띠었다.
"브리, 난 저 책들 읽고 싶어. 독서를 좋아하니까."
브리는 고개를 절레절레 저었다.
"안됐어."
"뭐?"
"시간이 없을걸."
"무슨 말을 하는 거야, 브리?"
"파티에서 어떤 남자가 그러는데, 오빠는 운 좋아봤자 여섯 달도 못 버틸 거래."
처음에는 가볍게 넘기려 했다.

"여섯 달이면 저 책 다 읽을 수 있어."

소용이 없었다.

"난 오빠가 감옥에 다시 가는 게 싫어."

나는 가서 동생의 어깨를 한 팔로 안았다.

"야, 괜찮아. 난 감옥에 다신 안 가."

"약속해?"

"약속할게. 제대로 된 일자리도 얻었어."

"난 오빠가 없으면 안 돼."

"밥이나 먹자……. 어때?"

음식은 맛있었다. 마늘빵과 마늘 버섯 요리를 준비했는데, 그건 브리가 가장 좋아하는 것들이었다. 와인을 좀 더 따서 마셨다. 볶음 요리는 잘 안 됐지만, 그럭저럭 먹을 만했다. 브리가 물었다.

"오빠, 하는 일이 뭐야?"

나는 모두 말해주었다. 릴리언의 이름이 나오자 동생이 말했다.

"이름 들어본 적 있어. 웨스트엔드에서 〈욕망이라는 이름의 전차〉의 여주인공 블랑시 역을 가장 잘해낸 배우였다는데."

브라이어니를 잘 안다고 생각하지만, 얘는 매번 이렇게 의외의 곳에서 사람을 깜짝 놀랜다.

"어떻게 알았어?"

"나 연극 좋아하잖아. 그 여자랑 잘 거야?"

"뭐? 이런, 브리. 그 여잔 나보다 나이가 많다고."

브리는 나를 똑바로 보며 물었다.

"어떻게 생겼어?"

"뭐, 지나 롤랜즈 비슷해. 못생겼다고는 할 수 없지."
"그래서 그 여자랑 잘 거야?"
디저트로는
그리스식 요거트
치즈케이크
체리와 크림을 얹은 초콜릿케이크가 있었다.
"뭐로 할래?"
"모두 다."

식사 후, 커피를 내렸다. 커피를 제대로 내려 쟁반에 받쳐서 돌아왔다. 쟁반에는 다이애나 황태자비가 인쇄되어 있어서 브리가 좋아할 것 같았다. 브리는 몸을 동그랗게 말고 소파에 누워 가볍게 코를 골며 자고 있었다. 나는 동생을 안아 방으로 데려갔다. 이불을 덮어주고 잠시 쳐다본 후 말했다.

"푹 자라."

설거지는 놔두기로 했다. 나는 소파에 앉아 텔레비전을 켜고 소리를 줄였다. 〈뉴욕경찰 24시〉가 방영 중이었는데, 데니스 프란츠가 핫도그를 먹으면서 동시에 범인을 잡고 있었다. 꺼버렸다. 경찰을 볼 기분이 아니었다. 아무리 저 드라마의 주인공이 시포비츠라고 해도 마찬가지다.

30분 후, 위스키가 당겼다. 의식 언저리에서 유혹이 스며들며 속삭였다. 이제 시작이다, 한 병을 다 해치울 테다, 쉽지. 벌떡 일어나 재킷을 입고 나갔다.

그게 좋겠어.

카뮈는 이렇게 썼다.
"경멸로 극복할 수 있는 운명은 없다."
뭐, 그 말과 야구방망이가 클래펌에서 오벌까지 향하는 데는 도움이 되었다.
생각에는 〈빅이슈〉 노점상 조를 만나서 잡담이나 나눌까 싶었다.
스톡웰에는 한 남자가 플래카드를 들고 있었다. 발목 길이까지 오는 먼지막이 외투를 입고 있는 남자였다. 사람이 아닌 말이나 입으면 적격이겠다 싶은 외투였다. 플래카드에 쓰인 문구는 이러했다.

세탁 건조하지 마시오.

그 앞을 지날 때, 플래카드를 든 남자는 이가 다 빠진 입속을 드러내며 활짝 웃었다. 나는 말했다.

"충고 고맙소."
그가 대답했다.
"꺼져."
오벌 경기장 앞에 가보니 조는 없었다. 대신 스무 살쯤 되어 보이는 녀석이 그 자리에 서서 신문을 팔고 있었다.
"조는 어떻게 됐지?"
"무슨 일이 있었겠죠."
녀석의 멱살을 잡았다. 단추가 툭 뜯겨 나갔다.
"시건방지게 말대꾸하지 마."
"다쳤어요."
"뭐?"
"정말이에요. 케닝턴 동네 애들한테 당했어요."
"지금 어디 있는데?"
"성 토머스 병원이요. 상태가 나쁘다던데……."
"여기서 비빌 생각 마. 여긴 조의 구역이니까."
녀석은 찢어진 셔츠를 바라보았다.
"셔츠가 찢어졌잖아요. 말로 해도 되는 걸."
"탓하려면 카뮈를 탓해."
"그 사람이 누군데요?"
나는 지나가던 택시를 잡아타고 병원으로 갔다. 안내 데스크에서 각종 불평불만을 늘어놓은 끝에야 비로소 조의 병실을 찾을 수 있었다. 그는 10병동에 있었다. 그건 좋은 징조가 아니었다.

병동에 올라가자 수간호사가 내 앞을 막았다.

"환자분은 면회를 받을 수 있는 상태가 아니에요."

지나가던 의사가 발길을 멈추고 물었다.

"무슨 일입니까?"

이름표에는 '의사 S. 파텔'이라고 쓰여 있었다.

수간호사가 의사에게 설명하자 의사가 말했다.

"아, 그 〈빅이슈〉 팔던 환자. 괜찮아요, 간호사. 내가 알아서 하죠."

그는 나를 돌아보았다.

"물론, 친척이시라면……."

"친척이요?"

"동생이라든가요."

나는 그의 눈을 들여다보았다. 전에는 이처럼 친절한 눈을 한 번도 본 적이 없었다.

"그렇소, 동생이오."

"환자의 상태가 좋지 않아요."

"그 말뜻은…… 죽을지도 모른단 말인가요?"

"앞으로 24시간 정도 보고 있습니다."

나는 손을 내밀었다.

"고맙소, 선생."

"천만에요."

병실은 조용했다. 조의 침대는 문 옆이었다. 그러면 시체를 가지고 나갈 때 별 어려움이 없을 테니까. 나는 침대 옆으로 갔다. 조의 상태는 심각했다. 두 눈은 거멓게 변했고 얼굴을 따라 멍이 가득했으며 입술이 찢어져 있었다. 왼쪽 팔에는 주삿바늘이 연결되어 있었다. 그의 오른손을 잡았다.

조가 눈을 떴다.

"미치."

그는 미소를 띠려 했다.

"그 애들은 만나봤어?"

"아는 사람들이에요?"

"응. 케닝턴에서 온 애들이야. 열다섯 살쯤 됐어. 둘 중 한 애는 베컴처럼 생겼고, 발길질도 베컴처럼 하던데. 다른 아이는 흑인이야."

조는 눈을 감았다.

"이런, 이 모르핀은 기분이 끝내주는데."

"좋은 약이죠?"

"이걸 하고 오벌 경기장에 나갔다면, 매상도 끝내주게 올려서 이달의 판매왕으로 뽑혔을걸."

"앞으로 그렇게 될 거예요."

그는 눈을 다시 떴다.

"난 죽고 싶지 않아, 미치."

"그런 말 하지 마요."

"내 부탁 하나만 들어줄래, 미치?"

"그럼요."

"날 화장하지 못하게 해. 난 불이 싫어."

조는 잠깐 졸았다.

나는 의자 하나를 끌어당겼지만 조의 손을 놓진 않았다. 와인 때문인지 입이 탔다.

간호사 한 명이 지나가다가 물었다.

"뭐 좀 드릴까요?"

"그럼 차 한 잔만 주십시오."

간호사는 돌아오더니 말했다.

"커피밖에 없어요."

"그거라도 괜찮습니다. 고맙습니다."

커피는 마치 피마자기름을 탄 것 같은 맛이 났다. 담배 생각이 나서 좀이 쑤셨지만 병실을 나가고 싶진 않았다. 시간이 느릿느릿 흘러갔다. 조는 간간이 깨어 내가 있는 걸 보고는 눈을 감았다.

새벽 5시쯤, 조가 말했다.

"미치?"

"여기 있어요."

"빨간 장미 한 송이가 나오는 꿈을 꿨어……. 무슨 뜻일까?"

젠장, 난들 알 리가 있나.

"봄이 온다는 뜻이죠."

"난 봄이 좋아."

한참 후, 조는 말했다.

"발이 너무 차가워."

침대 끝으로 가서 손을 담요 밑에 넣어보았다.

발이 얼음장 같았다.

발을 주무르기 시작했다.

"보온 양말을 갖다줄게요, 조. 오벌에서 일할 때도 딱일 겁니다."

얼마나 오래 주무르고 있었는지 모른다. 누군가 내 어깨에 손을 얹었다. 의사였다.

"돌아가셨습니다."

그제야 멈췄다.

웃기게도, 이제야 발에 온기가 돌기 시작했다.

의사가 말했다.

"제 방으로 가시죠."

그렇게 했다.

의사는 문을 닫았다.

"원하시면 담배를 피우셔도 됩니다."

"고맙소. 그럼 한 대만."

의사는 서류를 후루룩 넘겼다.

"장례는 시에서 알아서 할 겁니다."

"그건 화장한다는 거요?"

"그게 관례입니다."

"그러고 싶지 않소. 개인적으로 준비하리다."

의사는 머리를 흔들었다.

"현명한 행동일까요? 런던에서 매장지는 주차장만큼이나

가격이 비싸고, 구하기는 두 배로 힘듭니다."

"조는 런던 남동부 출신이라, 거기 묻히고 싶어할 거요."

"잘 알았습니다. 제가 서류에 서명을 해드려야 할 겁니다."

나는 담배를 다 피우고 말했다.

"여러모로 고맙소."

"천만에요."

우리는 악수를 나누었다. 밖으로 나왔을 때는 뼛속까지 피곤했다. 택시를 잡아타고 클래펌까지 가자고 했다. 택시 기사가 거울에 비친 내 모습을 보았다.

"힘든 밤이었나 봅니다."

"아, 정말 대단했죠."

한참 후에 앤 케네디의 〈장례 지시문〉이라는 시를 우연히 읽었다. 그 시 구절 중에 이런 부분이 있다.

"난 화장당하고 싶지 않아. 내 옷을 고향에 보내주게."

그 시의 마지막 구절은 이렇다.

사람들은 영원의 장미를 가져올 이는
조라고 말하지
하지만 누구도 확실히 모른다네
나를 꼭 땅에 묻어주오
다시 일어날 기회가 있는 곳에

집에 들어가니 빵 굽는 냄새가 났다. 부엌에서 분주히 움직이던 브리가 소리쳤다.
"쫌만 기다려."
의자에 털썩 주저앉았다. 향긋한 커피 냄새가 좋았다. 이제까지 한 번도 맡아본 적 없는 좋은 냄새. 브리가 쟁반을 들고 들어왔다. 그 위에 놓인 것은

오렌지주스

커피

토스트

브라우니였다.

브라우니?

브리는 브라우니를 가리키며 물었다.

"이게 뭔지 알아?"

"음……."

"마약 과자야. 해시시 케이크. 암스테르담에서 만드는 법을 배웠어. 천천히 먹어. 정신이 나가버리니까."

나는 커피를 곁들여 토스트를 조금 먹고 정신을 날려버릴 필요가 있는가를 따져보았다.

"넌 안 먹어?"

"아니, 무슨 소리야, 오빠. 그러면 지금 치료 약 먹는 게 효과가 없지."

나는 생각했다. '젠장, 대체 무슨 짓이야.'

시험 삼아 한 입 먹었다. 달콤했다. 짐작하건대, 다른 게 안 들었다면 설탕 때문에 피가 확 솟구치는 것이리라. 브리가 물

었다.

"강도질하러 나갔다 온 거야?"

"뭐?"

"범죄자들은 대개 밤에 일하지 않나."

"야, 브리. 난 악당이 아냐. 합법적인 일자리를 찾았다고."

브리는 이 말을 믿지 않았다.

"잡히지만 않으면 오빠가 강도라도 상관없어."

나는 브라우니를 좀 더 먹었다. 브리가 말했다.

"감옥 가기 전에는 나쁜 짓을 하지 않았어?"

아니라고 할 순 없다.

화제를 다른 데로 돌리고자 조 이야기를 해주었다. 심지어 장미꽃 이야기까지 했다.

브리가 물었다.

"그 사람도 강도였어?"

나는 거의 자제심을 잃어버렸다.

"강도, 강도! 헛소리 좀 그만해. 그 말 좀 안 쓰면 안 되냐?"

"나도 장례식에 가도 돼?"

"아, 물론이지. 그럼 좋지."

"뭘 입고 가지, 오빠?"

"음, 검은 거면 되겠지."

브리는 손뼉을 쳤다.

"잘됐다. 셀프리지 백화점에서 샤넬을 가져왔는데, 입을 일이 없었어."

나는 비꼬는 기색을 애써 보이지 않으려 했다.
"가져왔다고!"
"강도란 말은 쓰지 말라며."
나는 케이크를 우걱우걱 먹어 치웠다.
정신이 무너졌다.
재즈.
재즈 음악 소리가 들렸다. 〈새틴 돌〉을 연주하는 듀크 엘링턴 오케스트라.
젠장, 이 음악은 어디서 들리는 걸까. 나는 잠이 든 건 아니었지만 역시 의식이 있는 상태도 아님을 알았다. 움직이려고 했지만 또한 느릿했다. 시야의 끝에서 흐릿하게 브라이어니가 보였지만 초점이 맞지 않았다. 그다지 중요하진 않다. 중요한 건 다음 노래가 뭔지 알 수 있었다는 것이다. 그래, 빌리 할리데이의 〈우리 사랑 여기 머물러요〉. 그다음 곡은 〈도시 가장자리의 어둠〉을 부르는 브루스 스프링스틴이었다. 다음으로는 터질 듯 쿵쿵 울려대는 앰프가 되었다. 모든 것이 닫히는 느낌이 들었다. 나는 공처럼 몸을 동그랗게 말려고 했고 그 후에는 잠이 들어버렸다.
적어도 내 생각엔 잠이었다.

이른 아침. 노턴이 전화했다. 노턴에게 매장지를 구해달라고 부탁했다. 노턴은 이렇게 응답했다.
"좀 비싼데. 돈뿐 아니라, 네 도움이 필요해."
"말해봐."
"거기 브릭스턴 구역 말이야. 거기 관리할 만큼 똘똘한 애가 하나도 없거든."
"이런, 거기서 수금하는 건 참으로 누워서 떡 먹기겠지."
"내일 저녁이야, 미치. 데리러 가지."

다음 날, 저녁 나를 데리러 온 노턴의 신경이 날카로웠다.
내가 밴에 오르자 노턴이 말했다.
"장지 구했어. 여기 연락해봐."
그러면서 주소가 적힌 종이를 건넸다.
"고마워, 빌리. 정말 고마워."
나는 밴을 둘러보고 물었다.

"오늘은 레드불 없어?"

"그런 종류의 일이 아냐."

"어떤 건데?"

"일이 아주 위험해질 수 있어. 들썽거려선 안 되지. 들어가서 돈을 받으면 즉각 튀어야 해."

브릭스턴을 스쳐 지나갔다. 거리에는 사람들로 붐볐다. 마치 카니발 같았다.

"아이고, 집에 가는 사람은 없나?"

노턴은 음울하게 고개를 끄덕였다.

"있지. 여자들……. 토요일 저녁에 남자들은 거리를 활보하고 여자들은 텔레비전에 바짝 붙어 있지."

우리는 콜드하버 레인에서 떨어진 고층 건물 가까이에 주차했다. 노턴은 내게 스포츠 가방 하나를 건넸다.

"야구방망이야. 사태가 심각해지면 꽁지 빠져라 튀어. 알았어?"

"그럼."

우리는 차에서 내려 쓰레기장을 지나 건물 안으로 들어갔다. 처음 몇 아파트는 순조로이 지나갔다. 노턴은 두 집에서 돈을 받고, 나머지 집에서는 집 계약서를 받았다. 2층으로 갔다. 노턴은 고양이처럼 펄쩍 뛰었다. 내가 물었다.

"뭐야? 아무 문제 없잖아?"

노턴은 여전히 주위를 두리번거렸다.

"아직 여기서 나간 게 아니잖아."

2층 아파트에서 나오자, 노턴이 앞장서고 내가 뒤를 따랐다. 밖에는 흑인 남자 여섯 명이 서 있었다. 검은 양복, 하얀 셔츠, 침을 발라 닦은 듯 반짝거리는 검은 구두 차림이었다. 한 사람이 앞에 나와 서 있고 나머지는 군대 대열로 뒤에 서 있었다.

노턴이 말했다.

"염병할."

"왜 무슨 일이야?"

노턴이 고함쳤다.

"튀어."

그러면서 꽁지에 불 붙은 양 뛰었다. 나는 움직이지 않았다. 용감해서가 아니라, 이자들 꼴을 보아하니 나 같은 건 쉽게 잡을 듯싶어서였다.

나는 방망이를 떨어뜨리며 말했다.

"내가 이걸 쏠 필요는 없겠지, 친구들?"

두목으로 보이는 녀석이 슬며시 웃었다. 나는 물었다.

"당신들은 누구야? 이슬람 연합*?"

이 단체에 대해서는 감옥에서 배웠다. 더욱 중요한 건 이들하고는 절대로 얽혀서는 안 된다는 것도 배웠다는 거다.

내 마지막 질문은 이것이었다.

"아프겠지, 안 그래?"

첫 번째 주먹에 내 코가 깨졌다. 이 구타를 묘사할 수 있는

---

* 흑인 이슬람 종교단체. 맬컴 X도 이 단체의 회원이었다.

표현은 이렇다.

흉폭하고

철저하며

잔인하다.

어쨌건 일은 소리 없이 이루어졌다. 그들은 나를 잡아 패면서도 아무 말도 하지 않았다. 진짜 프로였다. 다 끝낸 후에는 아무 소리도 없이 떼 지어 나갔다.

"너희들 실력이 이게 다냐?" 하고 소리치고 싶었다.

하지만 입이 움직이지 않았다. 두 명이 되돌아와서 나를 들쳐업더니 데리고 나가 쓰레기장에 던져버렸다. 한동안 의식을 잃었다. 마침내 나는 가까스로 기어 길가로 나왔다. 경찰서까지 간신히 절뚝거리며 걸어가 다시 기절했다. 구급차가 오기 전에 누군가 내 시계를 훔쳐갔다.

성 토머스 병원에서 깨어나 보니 파텔 의사가 내 옆에 서서 내려다보고 있었다.

그는 머리를 절레절레 흔들었다.

"인생을 정말 활기차게 사시네요."

젠장, 기분이 엉망이었다. 온몸이 쑤셨다. 나는 물었다.

"많이 안 좋은 거요?"

"코가 부러졌지만 그건 이미 아실 것 같군요."

나는 고개를 끄덕였다. 큰 실수였다. 그것만으로도 미치고 펄쩍 뛰게 아팠다. 의사가 말을 이었다.

"다른 덴 부러지지 않았지만, 온몸에 멍이 들었습니다. 누가 그런 짓을 했는지는 모르지만, 아주 전문가더군요. 아픔은 최대로, 부러지는 곳은 최소로."

의사에게 내 옷 좀 뒤져서 조가 묻히게 될 곳의 주소를 찾아달라고 했다. 의사는 그렇게 했다. 나는 부탁했다.

"이것 좀 처리해주실 수 있겠소?"

"네, 물론이죠."

"젠장, 나는 언제쯤 퇴원할 수 있는 거요?"

"휴식이 필요해요."

우리는 아침에 퇴원하기로 합의를 보았다. 그는 며칠분의 진통제를 처방해주기로 했다. 병실에 누워 있을 때, 조가 아직도 여기 있을지도 모른다는 생각이 들었다. 적어도 나는 그가 가는 길에 동무를 해주고 있는 것이었다. 처음부터 계획한 건 아니지만 말이다.

―

 일요일 저녁, 택시를 타고 집으로 가는 길에 주류상을 지났다.
 "아이리시 위스키 한 병 사다줄 수 있겠소?"
 나는 운전수를 향해 이렇게 말했다. 택시에서 내릴 수는 있을 것 같은데, 다시 탈 수 있을 것 같지가 않았다. 기사는 고개를 끄덕였다. 내가 현금을 건네자 그가 말했다.
 "버스에 치었어요?"
 "검은 버스였죠."
 "최악이네요. 원하는 위스키 상표라도?"
 "블랙부시."
 "훌륭한 선택이네요."
 기사는 순식간에 돌아와 병을 건넸다.
 "뜨뜻한 물에 엡섬솔트를 풀고 몸을 지져요."
 "그러죠. 고맙소."
 집에 돌아오자 나는 지체부자유자처럼 움직이며 진통제를 좀 더 삼켰다.

파텔 의사는 약과 술을 같이 복용하지 말라고 경고했었다.

그래, 그렇겠지. 나는 병뚜껑을 따고 벌컥벌컥 들이켰다. 마치 배 속에서 말이 발길질을 하는 것 같았다. 그것도 아주 성질 나쁜 노새가. 라디오를 켰다. 트레이시 채프먼이 〈미안해요〉를 불렀다. 딱 어울리는군. 살이 델 정도로 뜨거운 물을 욕조에 받았다. 위스키를 좀 더 들이켰다.

한 시간 후, 목욕과 술 덕분에 몸이 시뻘겋게 달아올라 더 이상 아프지 않았다. 모직 목욕 가운을 찾아 둘렀다. 머리글자가 새겨져 있었지만, 초점이 흐려 읽을 수 없었다. 그때 초인종이 울렸다. 비척비척 걸어가 문을 열었다.

겁먹은 얼굴의 노턴이었다.

"세상에, 그놈들이 무슨 짓을 한 거야?"

"가장 악독한 짓."

노턴은 목욕 가운을 보았지만 아무 말도 하지 않았다.

"들어가도 돼?"

"그러든가."

노턴은 반 정도 빈 병을 쳐다보았다.

"파티라도 하고 있었어?"

나는 그 말은 무시하고 안으로 들어가서 소파에 벌러덩 드러누웠다.

"냉장고에 맥주 있어."

"그래, 한잔할까."

노턴은 캔을 하나 따서 내 반대편에 앉았다.

"미안해, 미치. 난 네가 날 뒤따라오는 줄 알았어."
"안 그랬는데."
노턴은 이젠 화내는 척했다.
"내가 뭐라고 했어? 말했잖아. 사태가 험악해지면 튀라고!"
"잊어버렸나 보지."
노턴은 술을 한참 들이켜더니 말했다.
"걱정 마, 미치. 곧 그놈들을 잡을 테니까."
몸이 너무 노곤해서 화낼 기운도 없었다. 그건 나중에 따지자. 노턴은 잔돈 더미를 탁자 위에 놓았다.
"적어도 돈은 받았잖아. 됐지, 친구?"
"됐어."
친한 척하려는지 노턴이 물었다.
"그래, 얻었다는 일거리는 뭐야?"
나는 노턴에게 있는 대로 얘기를 해주고, 심지어 집사의 빠른 몸놀림까지도 설명했다. 노턴이 말했다.
"너, 그 아줌마랑 자고 싶은 거 아냐?"
"얼간이 같은 소리 하지 마."
"롤스로이스 얘기 좀 다시 해봐."
술 탓이었지만, 나는 죄다 불어버렸다. 그것도 너무 많이. 노턴의 눈이 번득이는 것을 알아차렸어야 했는데. 하지만 말한 대로 내 초점은 흐려져 있었다. 노턴이 말했다.
"돈 좀 될 거 같은데."
"뭐라고?"

"그 집, 털어볼 만하겠어."

"관둬."

"아냐, 미치. 옛날처럼 말이지. 그 집에는 그득그득할걸.

    현금과

        보석과

            그림이."

나는 자리에서 일어섰다. 목욕 가운을 입고서는 위압적인 기운이 그다지 나오지 않았다.

"빌리, 꿈 깨. 경찰들이 누구부터 족칠 것 같냐?"

"그냥 생각만 해본 거야. 이만 가봐야겠다."

문간에 선 채로 내가 말했다.

"내가 한 말은 진심이야, 빌리. 그 집에선 손 떼."

"알았다니까, 미치. 내 심장에 걸고 맹세하지. 내가 그러면 날 죽여."

다시 소파로 돌아갔다. 위스키가 얼마나 남았는지 눈대중했다. 병에 손을 뻗기도 전에 수마가 덮쳐 왔다. 월요일 아침에 깨었을 때는 그게 다행이라고 생각했다. 몸이 뭉개지고 물에 흠뻑 젖은 듯한 느낌이었지만, 적어도 일하러 갈 수 있을 성싶었.

전화가 울렸다. 파텔 의사였다. 그는 장례식 준비를 다했고 예배는 어떻게 할지 알고 싶다고 했다. 필요 없다고 했다. 조는 화요일 저녁에 매장될 예정이었다. 나는 그에게 고맙다는 인사를 전했고, 그는 전화를 끊었다.

다음 날 아침, 지하철은 운행이 됐다 안 됐다를 반복했고, 나는 결국 버스를 타야 했다. 다시 보아도 홀란드파크는 다른 세상 같았다.

조던이 문을 열어주었다. 그는 못마땅한 표정으로 나를 쳐다보더니 물었다.

"사고라도?"

"과한 운동 때문이죠."

"이리로 들어오면 안 됩니다."

"네?"

"일꾼들 출입구는 저 뒤편입니다."

우리 둘 사이에 눈길이 오갔지만, 나중으로 미루기로 했다.

나는 뒤편으로 돌아가 부엌으로 들어갔다. 〈하인〉*에 나오는 부엌 같았다. 그렇다고 세라 마일스가 부엌 탁자에 앉아 있을 것이라고 기대하진 않았다. 조던이 들어오면서 물었다.

"차, 커피?"

"커피면 됩니다."

조던은 필터를 끼우기 시작했다. 이번엔 내가 물었다.

"진짜 커피를 내리네요?"

그는 딱딱한 미소를 띠더니 찬장을 향해 손짓했다.

"저기 안에 뮤즐리와 콘플레이크, 토스트가 있어요. 원하는 대로."

나는 고개를 끄덕였다. 그는 몸을 돌려 나를 똑바로 보았다.

---

* 〈The Servant〉, 1963년 작. 해럴드 핀터가 각색한 영화이다. 세라 마일스는 그 영화에 주인과 정사를 벌이는 하녀 베라 역으로 출연했다.

"아니면 죽에 좀 더 익숙하시려나."

이번에는 내가 딱딱한 미소를 띨 차례였다.

"일하는 사람은 집사님이 다요?"

"마담이 다른 사람은 원치 않아요."

커피가 끓었다. 냄새가 좋았다. 인생에서 실망스러운 일 가운데 하나는 커피가 향만큼 맛이 좋지는 않다는 것이다. 잔을 받아 커피를 한 모금 마셨다.

"젠장, 죽이는데요."

조던은 한 손가락을 들었다.

"마담은 이 집에서 욕하는 걸 금지하고 있습니다."

"우리끼리 하는 얘기도 들으시나?"

대답이 없었다. 진통제 두 알을 꺼내 커피와 함께 삼켰다. 조던이 물었다.

"다쳤습니까?"

"관심도 없으면서 뭘 물으시나."

조던은 잠깐 나가더니 작은 봉지를 들고 돌아왔다.

"이걸 물에 타서 마셔 봐요. 기적 같은 효과를 볼 수 있을 겁니다."

손해 볼 건 없겠다 싶어 봉지 하나를 뜯어 물에 탔다.

가루는 금방 분홍색으로 변했다.

"색이 참 곱군요."

"마담이 스위스에서 구해오신 겁니다."

나는 그 약을 마셨다. 달콤했지만 나쁜 맛은 아니었다.

"잡담도 즐겁지만 이젠 일하러 가봐야겠네요."

조던이 말했다.

"그러자고 여기 있는 거 아니오."

차고에 가서 다시 한 번 롤스로이스를 감상했다. 한번 타볼 수만 있다면 돈은 얼마든지 줄 수 있을 것 같았다. 작업복을 입는 데 한참 걸렸다. 코가 죽을 만큼 아팠다. 작업 시간표를 확인했다.

월요일 - 페인트칠

알겠다고.

집 정면 창문들과 셔터는 한 번 덧칠하면 충분할 것 같았다. 사다리를 꺼내 놓고 페인트를 섞기 시작했다.

30분쯤 지나자 안도감이 느껴졌다. 계속해서 몸을 쿵쿵 치던 고통이 서서히 빠져나가고 없었다. 나도 모르게 이렇게 외쳤다.

"스위스 만세."

감옥에서 가장 귀중한 물건은 워크맨이다. 그것과 경호원. 사람들은 헤드폰을 머리에 끼고 솔래솔래 빠져나갈 수 있다. 감옥에서는 그렇게 하는 게 그리 현명한 처신이 못 된다. 거기서는 정신을 바짝 차리지 않으면 큰코다친다.

사다리를 다시 벽에 기대놓으면서 워크맨을 켰다.

테이프는 메리 블랙이었다. 〈여전히 믿고 있어요〉로 시작했다. 이상한 장소에 이상한 기도문이다.

정말이다.

일의 리듬을 타느라, 어떤 침실 창문 앞까지 왔다는 걸 미처 몰랐다. 기둥이 넷 있는 침대가 보였다.

다음 순간 비단 나이트가운을 입은 그녀가 시야 안으로 들어왔다. 순간 속으로 이렇게 생각했다. '어이쿠, 여기서 빨리 나가야겠군.'

그러나 몸이 움직이지 않았다.

그녀가 옷을 벗었다. 실오라기 하나 걸치지 않은 알몸이었다. 몸매가 훌륭했다. 내 몸이 불끈 일어났다. 다음 순간, 여자가 다시 천천히 옷을 입었다. 검은 스타킹과 실크 속옷. 여자가 고개를 들었다. 입가에 미소가 살짝 떠올랐다. 나는 화들짝 놀라 사다리를 내려왔다. 메리 블랙은 〈눈부신 푸른 장미〉를 부르고 있었지만, 집중할 수가 없었다. 사다리를 다른 창문에 기대놓고 다시 올랐다.

그때 이후로는 하루 종일 그녀의 모습을 볼 수 없었다. 하지만 마치 불붙은 석탄처럼 그녀가 내 마음에 박혀서 떠나지 않았다. 점심시간이 되어 부엌으로 갔다. 탁자 위에 샌드위치가 깔끔하게 놓여 있었다. 그 옆에는 과일을 담은 그릇도 있었다. 집 안에는 소리 하나 들리지 않았다. 그래서 조용히 먹고 담배를 피우러 밖으로 나갔다.

조던이 집 앞에서 나타났다.

"별로 소리도 내지 않고 다니네요."

"그럴 필요가 없으니까."

어련하시겠어. 대꾸하지 않았다.

집사는 엿이나 먹으라고 하고, 나는 담배에만 집중했다. 그는 서서 나를 쳐다보았다. 그러다 입을 열었다.

"일을 잘하는군요."

"마음에 들었다니 기쁘네요."

좀 더 침묵이 흘렀다. 나는 그가 먼저 삽질을 하도록 놔둘 작정이었다. 조던이 물었다.

"여기, 마음에 듭니까?"

"아, 좀 특이한 곳이긴 합디다."

"이리로 이사 올 생각 없습니까?"

"뭐라고 하는 거요?"

"본채는 아니지만, 차고 위에 방이 있습니다. 약간 소박하긴 합디다만, 안락해요. 물론 텔레비전과 욕실도 있습니다."

"진짜요?"

"그러면 출퇴근할 필요가 없죠."

가능성을 차단해놓고 싶진 않았다. 클래펌의 일이 꼬이기라도 하면 대안이 있다는 게 다행으로 여겨질 터였다.

"생각해보죠."

조던은 내 마음을 읽기라도 한 것처럼 말했다.

"어쩌면, 저 실버고스트를 몰게 될지도 모릅니다."

클래펌으로 돌아왔을 때는 이미 스위스 효과가 다 사라져서 몸이 욱신욱신했다. BMW 한 대가 집 앞에 서 있었다. 차창에는 검게 선팅이 되어 있었다. 문이 열리더니 노턴이 나왔다.

"널 만나보고 싶어하는 분이 있어."

"지금?"

목소리에 묻어나는 언짢은 기색을 억누를 수가 없었다. 노턴이 나보고 조용히 하라고 했다. 나는 남이 내 입을 막는 걸 참도 좋아한다. 노턴이 말했다.

"보스야. 직접 만나보고 싶으시대."

"어유, 대단하시군."

덩치 큰 남자가 나왔다. 캐시미어 코트를 입은 남자는 머리카락이 흑단처럼 검었고 얼굴엔 마맛자국이 있었다. 육십 대 후반쯤 되어 보였다. 무심한 듯해도 강한 힘을 지닌 분위기가 감돌았다. 운전석에서는 그보다 더 덩치가 큰 남자가 나왔다. 근육이 울룩불룩했다. 노턴이 소개했다.

"간트 씨, 이쪽이 미치입니다."

간트가 한 손을 내밀었고 우리는 악수했다. 그가 말했다.

"얘기 많이 들었소. 미치."

"간트 씨라……. 난 아무 이야기도 못 들었는데요."

간트는 노턴을 보더니 껄껄 웃었다.

머리를 한껏 뒤로 젖히고, 이를 그대로 드러낸 웃음이었다. 노턴이 말했다.

"안으로 들어가도 돼?"

나는 문을 열고 사람들을 안으로 들였다. 간트는 신중하게 둘러보더니 말했다.

"자동 응답기가 없군."

"그런데요."

간트는 노턴을 보고 손가락을 튕겼다.

"하나 장만해줘."

내가 말했다.

"맥주를 마시려던 참인데. 뭣 좀 갖다드려요?"

노턴과 그의 경호원은 거절했다. 간트는 나처럼 맥주를 마시겠다고 했다. 나는 가서 맥주를 꺼내고 진통제를 좀 더 먹었다. 간트가 물었다.

"앉아도 되겠지?"

"물론이죠."

간트는 코트를 벗고 셔츠 소매를 걷었다. 왕립 해군 문신이 있었다. 그는 병째로 맥주를 마셨다. 막일꾼처럼.

나는 담배를 말기 시작했다. 간트가 물었다.

"나도 한 대 주겠나?"

말아 놓은 걸 그에게 주고 불을 붙여주었다. 그는 담배를 훅 빨아들이며 말했다.

"평소엔 별로 담배를 피우진 않지만, 그런 게 사업이니까."

나는 곧 요점이 나올 거라고 생각하며 고개를 끄덕였다. 간트가 물었다.

"무슨 담배를 넣었나?"

"골든버지니아죠. 또 뭐가 있겠습니까."

그는 다시 한 번 노턴을 향해 손가락을 튕겼다.

"미치한테 한 쌈지 주문해줘."

간트를 보면 떠오르는 사람이 있었는데 누군지 생각났다. 로렌스 블록*의 〈매트 스커더〉 시리즈에는 믹 발루라는 인물이 나온다. 도살업자로, 적을 무자비하게 해치우지만 성실하게 일하는 사람이다. 또한 그는 조무래기들과 술 마시는 걸 좋아한다.

그렇다고 그를 같은 부류의 사람이라고 생각하면 큰코다친다.

간트는 남자 대 남자로서 이야기하자고 하는 것처럼 몸을 앞으로 숙였다.

"자네, 브릭스턴에서 정말 대단했어."

깨진 코를 만지고 싶은 충동을 가까스로 억눌렀다. 그는 계속 말을 이었다.

"여섯 명이나 되는 놈들에게 맞서자면 배짱이 아주 두둑해야지."

나는 겸손한 표정을 지으려 했다. 두들겨 맞은 얼굴로는 힘들었다. 간트는 말했다.

"자네 같은 남자에게서는 뭔가 신호가 와. 그래서 페컴에 있는 고층 건물을 자네에게 맡길까 하는데."

나는 노턴을 보았지만, 그는 무표정했다. 나는 대답했다.

---

* Lawrence Block, 1938~ . 미국의 범죄소설가. 하드보일드의 대가이다. 매트 스커더는 로렌스 블록의 대표적인 주인공으로, 알코올 의존증에 걸린 무면허 탐정이라는 독특한 캐릭터이다.

"아주 영광입니다만, 아직 전 요령을 터득하는 중이라서요. 빌리를 좀 더 따라다니면서 배우고 싶습니다."

간트는 활짝 웃었다.

"훌륭해. 하지만 난 포상하길 좋아하는 사람이지. 자네를 위해서 특별히 놀랄 만한 일도 준비했네."

"예?"

"수요일에 시간 있나?"

"그럼요."

"잘됐어. 빌리가 7시경에 자네를 데리러 올 걸세. 절대 실망하지 않을 거야."

그는 일어섰다. 사업 얘기는 끝났다. 문간에서 내가 물었다.

"믹 발루라고 들어봤습니까?"

"누구라고?"

"소설에 나오는 인물인데요."

"난 소설 나부랭이는 읽지 않아."

그런 후 그들은 가버렸다.

화요일, 점차 몸이 나아졌다. 일하러 갔지만, 조던도 릴리언도 보이지 않았다. 고용인 출입구가 열려 있고 내 식사가 탁자 위에 놓여 있었다. 하루치 일을 했다. 아무도 보이지 않는다는 게 으스스했다.

점심시간이 되어 노팅힐 쪽으로 산책을 나갔다. 그저 사람을 좀 보고 싶었다. 데번셔로 가서 빵과 치즈로 된 간단한 식사에 비터 맥주를 마셨다. 창가 자리에 앉아 세상을 구경했다. 히피 한 명이 내 건너편에 앉았다. 티셔츠에 이렇게 쓰여 있었다.

존은 살아 있다.
요코 엿 먹어!

그는 포토벨로로드의 변종이었다. 길고 힘없는 머리카락에 이는 거의 썩었고, 1960년대에 뇌가 고장 난 후로는 단단한 땅을 한 번도 밟지 않은 게 틀림없었다. 그는 아주 엉망으로 우그러진 《베어울프》한 권을 가지고 있었다.

그가 내게 피스 사인을 보냈다. 적어도 나는 그렇게 받아줬다. 기네스 한 병이 앞에 놓이자 그가 말을 걸기 시작했다.

"당신, 노동자군요."

"그렇게 보이나?"

"손을 보면 알죠. 훌륭하고 정직하게 노고를 한 손."

나는 그의 판단력이 훌륭하다고 생각했다. 고개를 끄덕였다. 그는 말했다.

"노동계급의 영웅인 거죠."

"그렇게 생각해?"

"이봐요. 존이 그랬어요. 담배 있어요?"

말아 놓은 담배를 주었더니 그가 말했다.

"좋은데요."

이제 여기서 뜰 때였다.

"느긋하게 있어요."

"형씨, 시계 하나 사지 않을래요?"

"됐는데."

"롤렉스예요. 진짜라고."

"그런 거 살 처지가 못 돼."

"나도 마찬가지요. 하지만 한번 차보지 그래요?"

그에 대해 할 말은 많지만, 나는 이렇게만 말했다.

"그냥…… 상상만 하지*."

그날 하루 기분 좋았겠지.

4시에 일을 마쳤다. 여전히 주위에 얼씬대는 사람 하나 없었다. 나는 짐작해보았다.

(1) 나를 신임한다.

(2) 나를 시험한다.

어느 쪽이든 상관없다. 나는 아무것도 훔치지 않았으니까.

솔직히 말하자면, 실버고스트에 잠깐 앉아보긴 했다. 미친 꿈을 꾸기도 했다. 차에는 여러 냄새가 났다.

잘 닦은 커버

참나무

오래된 가죽

부유함.

* 존 레넌의 곡 〈이매진〉에 빗대어 한 말.

117

차로를 걸어내려 가다 휙 뒤돌아서 집을 바라보았다. 침실 창문에 달린 커튼이 움직이는 게 보였다.

그걸 보자 웃음이 나왔다.

노팅힐에 있는 옥스팜에 들어가 검은 정장을 하나 찾았다. 얼추 맞았다. 계산대에 있던 자원봉사자가 말했다.

"괜찮은 물건을 찾으셨네요."

"그런 건 아니죠. 그걸 찾고 있었으니까요."

운이 좋았던 건 로리 리*의 《어느 날 아침 걸어 나갔다》의 오래된 판본을 찾은 것이었다.

한 남자가 버거킹 앞에서 〈빅이슈〉를 팔고 있었다. 나는 한 부 사면서 말했다.

"〈빅이슈〉를 팔던 사람의 장례식이 오늘 저녁에 있을 거요."

"에……. 어디서?"

"페컴**에서."

"난 못 가요. 거긴 너무 위험해요."

"와준다면 그 사람이 그 노력에 감사할 텐데."

"죽었다면서요. 감사할 수 있는 날도 이젠 끝이죠."

20분쯤 후에 집에 도착했다. 집에 돌아온 나는,
샤워를 하고

---

* Laurie Lee, 1914~1997. 영국의 시인, 소설가, 극본 작가.《어느 날 아침 걸어 나갔다》는 그의 대표작인 자전적 소설 3부작 가운데 하나이다.
** 런던 남동부의 페컴은 범죄율이 높고 폭력 조직이 많기로 유명하다.

맥주를 마시고
진통제를 들이켰다.
통증은 없었다.
옥스팜에서 사온 정장을 입어보았다. 소매는 짧고 바짓단은 너무 길지만 그 외에는 딱 맞았다. 옷장에는 빳빳하게 다린 하얀 셔츠가 한 벌 있었다. 마치 주문한 것처럼 딱 맞았다.
초인종이 울렸다.
브라이어니였다. 검정 정장을 멋들어지게 입고 있었다.
"멋진데."
"알아."
브리는 나를 위아래로 훑어보기 시작했다.
"오빤 장의사 같은데."
"고맙다, 브리."
브리는 가방을 뒤지더니 싱싱한 장미 한 송이를 꺼내면서 물었다.
"이거면 될까?"
"완벽해."
"술 한 잔 마셔도 돼?"
"물론, 뭐 마실래?"
"아무거나 독한 걸로. 진정제는 두 알밖에 안 먹었어."
"블랙부시는 어때?"
"좋아."
브리는 잔을 내 맥주잔에 갖다 댔다.

"마이클을 위해서."

"그게 누구야?"

"오빠 친구."

"조야."

"확실해?"

"내 말 믿어. 장담하지."

"그래. 그럼 조를 위해."

우리는 술을 들이켰다. 택시를 불렀더니 순식간에 왔다. 자메이카 흑인이었는데, 차 안에는 마리화나 냄새가 진동했다. 나는 '페컴'이라고 목적지를 댔다.

묘지는 버스 정류장 뒤에 있었다. 길 건너는 빙고 게임장이었다. "풀하우스"라고 외치는 소리를 들으면 조가 기뻐할 것 같았다.

장의사가 기다렸다. 묘도 준비되었고 두 남자가 그 옆에 서 있었다. 목사는 없었다. 몇 분 후에 한 남자가 도착했다.

"파텔 선생. 와줘서 고맙군요."

나는 그에게 인사한 후 브리에게 소개했다. 브리는 필요 이상으로 그의 손을 오래 잡았다. 장의사가 물었다.

"마지막으로 할 말 있습니까?"

나는 고개를 흔들었다. 장의사가 일꾼들에게 신호를 보내자 관을 내렸다. 나는 관 위에 〈빅이슈〉를 던졌고, 브리는 장미를 떨어뜨렸다. 갑자기 정문에 킬트와 스코틀랜드인 성장을 한 남자 한 명이 나타나서 백파이프를 불며 〈외로운 뱃사람〉을 연주하기 시작했다.
　나는 아름다운 게 뭔지 잘 모르지만, 그 파이프 연주는 정말 아름다웠다. 브리가 말했다.
　"마지막 깜짝 선물."
　"어떻게 구했어?"
　"셀프리지 백화점 바깥에서. 정기적으로 공연하거든."
　"고맙다, 브리."
　브리는 불가사의한 미소를 띠며 말했다.
　"의사 선생님, 고마워."
　오호.

* * *

　사토장이들에게 돈을 조금 주었다. 그중 한 명이 말했다.
　"로드 스튜어트도 사토장이였다는 거 알아요?"
　그런 말에 뭐라고 대답하겠는가. 나는 물었다.
　"당신도 노래합니까?"
　"한 마디도 못하지."
　그러면서 그들은 친근하게 껄껄 웃었다. 그런 후 나는 파이프 부는 남자에게 사례했다.
　파텔 의사는 브리와 대화에 깊이 빠져 있었다. 그들을 향해 내가 말했다.
　"장례식이 다 그렇듯이 끝난 후에는 다과를 들기 마련이죠.

제가 대접 좀 해도 되겠습니까?"

"좋아요."

둘 다 똑같은 대답.

빌어먹을 페컴에서 빠져나와 엘리펀트가에 있는 찰리 채플린 술집으로 갔다. 그곳에 대해 할 수 있는 가장 큰 칭찬은…… 음, 크다는 것 정도.

브리와 의사가 자리를 잡고 나는 주문하러 갔다.

술집 종업원은 춤출 상대라도 찾는지 친한 척 지껄여댔다.

"옷 멋있는데요."

"대대로 몇 년 동안 내려온 거라."

그의 눈이 환해졌다. 속으로 '바람둥이'라고 생각하는 듯했다.

"고이 간직하십쇼."

"그래야죠."

이제 농담거리도 다 떨어져서 나는 주문을 했다.

토스트 샌드위치

핫위스키 토디

입가심용 맥주

얇은 감자칩

땅콩.

종업원이 마침내 음식을 우리 탁자로 가져다주며 외쳤다.

"Voila(나왔습니다)!"

우리는 음식에 집중했다. 의사는 별말을 하지 않았다. 그는 먼저 뜨거운 술을 마시고, 맥주로 입가심을 한 후, 토스트 샌드위치를 우걱우걱 씹었다. 브리는 주크박스로 가서 돈을 넣었다. 곧 음악소리가 쿵쿵 울려 퍼졌다.

"어이, 제일 예쁜 여자를 보거든……."

나도 따라 부를 수 있는 노래였다.

"선생, 와줘서 정말 고맙소."

"그냥 산지라고 부르세요."

"노력은 해보죠."

의사는 웃더니 물었다.

"'지금 즐겁다'고 말하면 너무 끔찍한 건가요?"

"산 사람은 즐기면서 살아야죠."

브리가 돌아왔다.

"최신 유행 주크박스네."

그러더니 산지를 보며 물었다.

"인도에서 태어났어요?"

"네. 고아가 고향이죠. 떠들썩한 파티와 히피들 말고, 프란체스코 사베리오 성인의 미라 유해도 있는 곳이랍니다."

브리와 내가 멍한 표정을 하고 있었던 게 분명했다. 의사가 물었다.

"가톨릭교도 아니세요?"

"점잖은 무신론자도 아닌 판에."

그는 땅콩을 좀 더 씹으며 말했다.

"성인의 유해는 그대로 보존되어 있어요. 일종의 기적이라고 하죠."

할 말이 없어서 나는 아무 대답하지 않았다. 그는 계속 말을 이었다.

"누군가가 발가락을 훔쳐갔어요."

"뭐요?"

"정말입니다. 세상 어딘가에 프란체스코 성인의 발가락을 모신 독실한 신자가 있는 거죠."

나는 차마 참지 못했다. 아마 핫위스키 토디 탓이리라.

"발가락 끝을 대고 서는 건* 가톨릭적 관습 아닙니까?"

그는 웃었지만 재미있어 하는 것 같진 않았다. 브리는 잠깐 화장실에 간다고 하고 자리를 떴다. 산지는 뭔가 탐색하는 눈길로 나를 쳐다보더니 물었다.

"제가 여동생 분을…… 만나도 됩니까?"

젠장.

"말리고 싶은데."

"그렇게 말씀하셔도……."

"어쨌든 만나겠죠, 산지. 선생은 좋은 남자요. 나도 선생을 좋아하고. 하지만 쟨 당신에게 맞지 않아요."

"그래도 한번 시도는 해봐도 되겠죠?"

"내가 말리면 안 할 거요?"

"아뇨."

브리가 돌아오자, 산지가 또 주문하러 가겠다고 했다.

---

* 발가락 끝을 대고 선다는 표현은 규율에 복종한다는 의미가 있다.

"아까랑 똑같은 걸로 시킬까요?"

"그러죠, 뭐."

브리는 내게 몸을 숙이고 말했다.

"나 저 사람 사랑해."

"맙소사."

"아니…… 정말이야, 미치 오빠. 저 사람은 내 영혼의 쌍둥이야."

화가 나기도 했고, 또 동생의 주의를 끌기 위해 나는 이렇게 말해버렸다.

"프랭크는 어쩌고?"

그랬더니 음울하고 경멸에 찬 표정이 돌아왔다. 브리는 말했다.

"프랭크는 죽었어, 오빠. 그 사실을 더 빨리 직면하면 할수록 우리에겐 더 좋을 거야."

산지가 돌아오자 나는 이제 여기에서 빠져줘야 할 때가 왔다고 느꼈다. 나는 산지와 악수를 하고 말했다.

"나중에 두고 봅시다."

그는 걱정스러운 표정을 보였다. 반은 의사답고, 반은 인도인다운 표정이었다.

"동생 분을 신사답게 대할 겁니다."

"그건 당신 생각이고."

문으로 가자, 아까 종업원이 말했다.

"파티를 망치지 마요. 벌써 가면 안 되죠."

"놀 만큼 놀았어."

그는 한 손을 엉덩이에 대고 눈알을 이리저리 굴렸다.

"음……, 터프가이시네."

밖에 나와서 택시를 잡아탔다. 다음 주에 차를 사야겠다고 결심했다.

아파트에 돌아왔을 때는 그저 쓰러져 뻗고 싶었다.

텔레비전을 켰다. 예상치 않게도 〈포인트 블랭크〉가 막 시작하고 있었다.

리 마빈이 내 옷이랑 썩 다르지 않은 검은 양복을 입고 나왔다.

"봐, 저런 게 터프가이지."

―――――――

수요일엔 비가 왔다. 어쨌든 일하러 갔다. 조던이 부엌에 있다가, 살피는 표정으로 나를 쳐다보았다.
"상처가 치유되고 있군요."
"그렇게 생각합니까?"
"그렇게 보입니다."
선(禪)인지 뭔지.
조던이 내게 막힌 하수구를 뚫을 수 있는지 물었다.
"물론이죠."
개새끼. 하수구 뚫느라 온종일 걸렸다. 4시쯤 되었을까. 바닥에 등을 대고 누워서 똑똑 떨어지는 더러운 낙숫물을 얼굴에 맞으며 일하고 있을 때, 그녀가 나타났다. 빨간 니트를 입어서 몸의 굴곡이 그대로 드러났다. 릴리언은 말했다.
"아, 내가 좋아하는 광경이네. 드러누운 남자."
나는 빌어먹을 작업을 마치고 일어섰다. 여자는 내 어깨 앞까지 걸어왔다. 다시 한 번 그 알겠다는 듯한 미소를 띠고서.

모르겠다. 조의 장례식 때문일까, 얻어맞은 탓일까, 화학 작용 때문일까, 그도 아니면 단순히 미친 걸까.

여하간 그녀를 잡아 내 쪽으로 끌어당겨 키스했다. 처음에 릴리언은 발버둥 쳤지만 곧 나와 섞였다. 나는 그녀의 입안으로 혀를 밀어 넣고 손으로는 엉덩이를 잡았다. 흥분해버렸다. 비가 억수같이 쏟아졌고 릴리언은 몸을 빼면서 말했다.

"시작한 일은 끝내야지."

그러면서 가버렸다.

나는 빗속에 혼자 서 있었다. 아직도 발기된 몸으로. 그러면서 수요일 밤의 약속을 기억했다. 간트의 깜짝 선물. 다시 차고로 가서 흠뻑 젖은 작업복을 벗었을 때 조던이 나타났다.

"차고 윗방으로 이사 오는 걸을 추진했습니다. 준비는 끝내 놓았어요."

"제길, 아직 잘 모르겠는데."

"거기 욕실도 있습니다. 새 운동복도 있고. 맘껏 써요."

그렇게 했다.

원룸 형 집이었다.

침대

욕실

간이부엌.

맙소사, 산뜻하고 고급스러운 수건이 몇 단이나 있었다. 감옥에 있을 때는 일주일에 수건 한 장을 받는다.

나는 뜨거운 물에 샤워하고 나왔다. 텔레비전 아래 있는 작은 냉장고에는 맥주가 꽉꽉 들어차 있었다. 나는 그롤시 한 병을 꺼내 꿀꺽꿀꺽 들이켰.

침대도 갓 정돈해 놓아서 그 위에 눕고 싶은 생각이 굴뚝같았다. 하지만 간트의 깜짝 선물을 받으러 가야 했다.

운동복은 새것이었다. 검은색의 라지 사이즈 운동복에는 '클러리지 호텔 증정'이라는 로고가 박혀 있었다.

그럼 그렇지.

나오던 길에 조던을 만났다.

"파머 양이 당신이 오늘 한 일을…… 마음에 들어하셨습니다."

"기쁘게 해드리자는 게 목표였죠."

그롤시 탓이리라. 조던은 슬픈 미소를 띠었다.

"현명한 목표를 세우세요."

지하철 노던 라인은 여느 때처럼 장난질을 쳤고, 집에 가니 7시가 넘었다. 간트의 차가 바깥에 주차되어 있었다. 문이 열리더니 노턴이 말했다.

"늦었어, 타."

근육질 경호원이 운전하고 있어서 뒷좌석에는 나와 빌리가 앉았다. 노턴이 물었다.

"어딜 싸돌아다닌 거야?"

"이봐, 빌리……. 얼굴 풀어. 일하러 갔었다고."

그는 내 운동복을 보더니 말했다.

"클러리지 호텔에서 일해?"

"자문 역할을 조금 해줄 따름이지."

노턴은 아주 짜증이 나 있었고, 땀이 이마에 얇게 배었다. 그는 피우던 담뱃불을 다른 담배에 옮겼다. 내가 질문했다.

"깜짝 놀랄 일이 뭐야?"

노턴은 웅얼거리더니 음침하게 말했다.

"보면 알 거 아냐."

우리는 뉴크로스로 가서 오래된 창고 앞에 멈췄다.

나는 다시 물었다.

"여기 고기 저장고로 쓰던 데 아냐?"

노턴은 예의 그 표정을 보였다. 우리는 차에서 내려 안으로 들어갔다. 노턴이 말했다.

"지하로 갈 거야."

"땅 밑까지 내려가는 줄 몰랐는데."

"네가 모르는 건 쌔고 쌨어, 친구."

그는 아래로 내려갔다.

아래에는 썩은 내, 오줌내, 황폐한 냄새가 났다. 내가 익히 아는 냄새들이었다. 아래에는 간트와 다른 남자 둘이 의자에 묶인 남자 하나를 둘러싸고 있었다. 흑인이었다. 은색 테이프로 입이 막혀 있었다. 그 밑으로 피가 새어나와서 그들이 남자 이를 부러뜨렸다는 것을 알 수 있었다. 런던 남동부의 전형적인 방식이다.

흑인은 나이키 스웨터를 입었는데, 땀에 절어 있었다. 카키

색 갭 바지에는 오줌을 지려서 진한 얼룩이 졌다. 간트는 바버 코트에 황갈색 코듀로이 바지 차림이었다. 옆구리에는 우연인 양 자연스럽게 브라우닝 자동 권총을 차고 있었다. 간트가 말했다.

"아, 미치. 와줘서 기쁘네."

흑인은 커다란 눈으로 나를 뚫어져라 쳐다보며 애원하는 눈빛을 보냈다. 간트는 말했다.

"말했던 대로 자네 혼자 저…… 보호자들에 맞서 대든 것에 진정으로 감사하네. 그래서 이제 내 감사의 표시로 그들 중 한 녀석을 주겠네."

나는 깊은 숨을 들이켜고 말했다.

"저 녀석은 그 패거리가 아닙니다."

간트는 거의 폭발할 것 같은 기세로 노턴을 바라보고, 흑인을 바라보다가, 다시 천천히 나를 돌아보았다. 그의 눈은 검은 돌 같았다.

"어떻게 알지? 다 똑같아 보일 텐데?"

"간트 씨, 그처럼 아주 정교하게 얻어맞으면 기억할 수밖에 없습니다."

간트는 한 발을 내뻗어 흑인의 무릎을 걷어찼다.

그러면서 노턴을 다시 돌아보았다.

"얼간이 새끼. 뭘 어떻게 한 거야! 가장 먼저 보이는 검둥이부터 잡아왔나?"

노턴은 아무 대꾸도 하지 않았다.

간트는 자제심을 찾으려 애쓰다가 어깨를 으쓱하고 말했다.

"뭐, 그럼."

흑인의 머리를 쏴버렸다.

총소리가 창고에 울렸고 비둘기들이 화들짝 놀라 날아가는 소리가 똑똑히 들렸다. 간트가 말했다.

"미안하네, 미치. 자네 시간만 낭비했군그래."

수천 가지 생각이 내 두개골 속을 질주했지만 나는 포커페이스를 유지하기로 했다.

"아직 완전히 망친 건 아니잖습니까, 간트 씨."

그는 냉소를 억제하려고 했다.

"아, 정말인가?"

"이렇게 처리하면 어떨까요? 이 남자를 의자에 묶은 채로 브릭스턴에 있는 건물로 데려가 표지판 같은 걸 걸어두고 어떻게 되는지 보죠."

"표지판?"

"물론이죠. 이런 건 어떻습니까?

   받은 만큼

     돌려주는 거다."

간트의 입술에 천천히 미소가 떠오르더니 웃음으로 쩍 벌어졌다.

"멋진 생각이야. 마음에 들어. 노턴, 어서 물건을 배달해."

노턴은 울화통이 터진다는 표정이었다.

"간트 씨, 그렇게 하면 위험해질 수도 있습니다."

하지만 즉시 간트에게 눈총을 받았다.

간트는 다가와 내 어깨에 팔을 둘렀다.

"미쳴 군, 이제까지 자네를 과소평가하고 있었나 봐."

나는 겸손한 표정을 지었다. 그는 뒤로 물러서서 말했다.

"이런, 이 운동복 마음에 드는데."

목요일 아침, 일하러 갈 때는 코가 아픈 것이 뒷북 같았다. 간밤에 일어난 사건은 절대로 분석하지 않기로 했다.

존 델 베키오가 《열세 번째 골짜기》에서 이런 말을 했다.

"별 의미 없으니 계속 차를 몰고 가라."

나도 그런 척하기로 했다.

당연히 줄이 길게 서 있었고, 모두들 수표나 카드로 승차권을 구입하고 있었다. 나는 곧 차를 사겠다고 생각하던 차라 정기권을 사지 않았다.

내 앞에 나이 지긋한 남자가 서 있었는데, 시간이 지체되자 당황하는 기색이었다. 마침내 표를 사고 개찰구로 들어갔다. 지나갈 때 노인의 지갑이 주머니에서 떨어졌다.

두툼한 지갑이었다.

나도 보고 표 받는 사람도 봤다.

그런 순간이 있다. 아주 길게 늘인 듯한 영광의 찰나, 본능이 신념을 압도하는 순간이! 나는 몸을 숙이고 지갑을 주워서 말했다.

"저기, 지갑 떨어뜨리신 것 같은데요."

표 받는 사람과 나는 서로 뚫어져라 쳐다보았고, 다음 순간 그는 집게손가락으로 모자를 가볍게 쳤다. 노인은 놀라면서 무척 기뻐했다.

노인이 감사를 표했지만 나는 어깨를 한번 으쓱하며 넘겨버렸다. 나는 나 자신을 너무도 잘 알았다. 감옥 침대에 누워 24시간 갇혀 있노라면 자신의 깊이를 보게 된다. 만약 표 받는 사람이 없었더라면 나는 아무런 거리낌 없이 지갑을 챙겼을 것이었다.

전철에 올라타 구석 자리에 앉아 워크맨을 꺼내려고 했다. 레너드 코헨의 〈사랑이 끝날 때까지 나와 춤을 춰요〉와 〈페이머스 블루 레인코트〉를 가지고 나왔다. 막 즐길 준비가 된 참이었다.

아까 그 노인이 내 옆에 앉아 말했다.

"방해해서 정말 미안하오만 너무 고마워서 말이야."

노인의 영어는 마거릿 대처가 인두세를 매길 때의 목소리보다도 더 낭랑했다. 나는 고개를 끄덕였다. 거기에 용기를 얻은 노인이 말했다.

"아주 놀라운 이야기를 하나 해주리다. 방금 일어난 사건에 비추어 보면 분명히 반향이 있는 이야기일 거야."

런던에 사는 인간은 모두 이야깃거리가 있다. 다만 지하철에서 얘기하지는 않았으면 하는 게 개인적 바람이다. 하지만 노인은 여기서 이야기를 하고 있었다.

"아 글쎄, 병원에서 소변을 달라지 뭐야!"

여기서 그는 내가 소변이 뭔지 이해하고 있는지 확인하려는 듯 잠깐 말을 멈추었다.
"병원에서 소변이 잘 안 나오니까 집에 가서 하랍디다."
나는 말 한마디도 주의 깊게 듣고 있다는 표정을 지으려 했다.
"하지만 젊은 양반, 뭐에다 담아 가면 좋을까?"
제길, 그게 나랑 무슨 상관이라고.
"복잡한데요."
"그래서 난 조니 워커 위스키 병을 썼지."
칭찬을 바랐을지 모르지만 나는 해줄 말이 없었다. 그는 계속 말을 이었다.
"가는 길에 연금을 가지러 우체국에 들렀지."
"흐으으음."
"나와 보니까, 병이 없는 거야. 이게 무슨 난리야, 원."
때마침 엠뱅크먼트 역으로 들어가고 있었고 난 거기서 서클 라인으로 갈아타야 했다. 나는 말했다.
"다음부턴 바지 속에 잘 보관하세요."
노인은 미소를 지었다. 입꼬리가 내려갈 땐 애매했지만.

금요일에는 지붕을 수리했다. 아무래도 손을 크게 봐야 할 것 같아서 조던에게 말하기로 했다. 조던은 대답했다.
"겨울 한 철은 더 날 수 있을 겁니다."
"그럼, 내가 상관할 필요는 없다는 거요?"
그는 께느른하게 웃었다.
"가장 심하게 훼손된 부분만 고쳐요. 마담 방에 물이 새면 안 되니까."
어쨌든 내가 원하는 대로 하면 된다는 뜻으로 받아들였다. 한나절 동안 낡은 지붕과 씨름하고 나자 어질어질했다. 샤워를 하고 맥주를 한 잔 하기로 했다. 새 운동복은 준비되어 있지 않았다.
정직한 일은 아니어도 적어도 정규적인 일을 하루도 빼놓지 않고 해낸 첫 주였다.
조던이 나타나서 봉투 하나를 건넸다.
"현금을 좋아할 거라고 생각했습니다."

"잘 생각하셨네요, 조드."

그가 가지 않고 있자, 나는 '해산'이라고 말하고 싶은 충동을 느꼈다. 하지만 실제로는 이렇게만 말했다.

"뭡니까?"

"세어보지 않습니까?"

"난 그쪽 믿는데요."

그는 자기 옷깃에 붙은 머리카락 하나를 떼어냈다.

"사람을 믿는다는 건 위험한 일입니다."

돈을 세어보았다.

"제길. 이게 일주일치요, 한 달치요?"

그는 미소 지었다. 얼마 전까지만 해도 감옥에 있었던 나는 환희까지는 아니지만 만족했다. 그래서 이렇게 말해버렸다.

"어때요, 조드. 집 근처 술집에서 내가 한잔 사죠."

한 박자 쉬고 조던이 대답했다.

"나는 일꾼들과 친하게 지내지 않습니다."

릴리언을 잠깐 볼 수 있지 않을까 싶었지만 만날 수 없었다. 전차 안에서 주말 계획을 생각했다. 근사하고 간단하게. 조에게 죽도록 발길질한 새끼들 둘을 찾아내기. 그날 저녁 8시, 카레로 저녁식사를 마친 후 맥주 여섯 개들이 상자를 아작내는 중이었다.

그때 전화가 울렸다.

"네?"

"미첼, 간트일세. 방해한 건 아닌가?"

"아닙니다. 쉬고 있던 참이었거든요."

"좋아. 미치……, 이렇게 불러도 되겠나?"

"그럼요."

"지난밤 일에 대해서 나쁜 감정은 없겠지?"

"없습니다."

"질문 하나 해도 될까?"

나는 어째서 그가 머저리처럼 얘기하는지 궁금했으나 그것까지 내가 신경 쓸 일은 아니니까. 나는 말했다.

"쏘세요."

잠시 침묵이 흐르다 다시 말이 이어졌다.

"아주 좋아, 적절하군. 내 질문은 이거라네. 세상에서 가장 귀중한 자산은 무어라고 생각하나?"

"뭐, 모르겠습니다. 돈 같은 거겠죠. 섹스. 디지털 텔레비전."

"힘이야, 미치. 세상에서 가장 강력한 도구는 정보일세."

"뭔가 염두에 두고 계신 일이 있나 본데요."

나를 젠장 맞게 지겹게 하는 짓 같은 일. 간트가 대답했다.

"자네와 정보를 나누고 싶네."

"네."

"전화로는 안 돼. 내일 저녁 8시에 브라운에 자리를 하나 예약해두겠네."

"브라운이요?"

"코벤트가든에 있어."

"알겠습니다."

간트는 전화를 끊었다. 공손한 말로 굽실거리며 전화를 받았더니 입안에 쓴 맛이 남아서 헹궈내고 싶었다. 아무리 생각해도 그 사람이 내 관심을 끌 만한 이야기를 할 것 같진 않았다.

토요일 아침. 카레 때문에 약간 속이 쓰린 채로 일어났다. 심각하진 않았지만 붉은 고추 기운이 아직 남아 있었다. 브라운을 생각해보았다.

내 취향의 식당이다.

아마 나 혼자였다면 절대 안으로 들어가지 못했을 거다. 원망하진 않는다. 우린 자기 등급을 잘 안다. 그들에게 나는 최하층민이다. 하지만 간트 같은 사람을 등에 업고 벗어나 보는 것도 짜릿한 일이다.

그동안 처리해야 할 일이 있었다. 조를 공격한 녀석들이 십대라는 것까지 파악했다. 그중 한 아이는 축구를 잘한다고 했다. 다른 한 명은 흑인이다. 그럼 토요일 오후에는 공을 차고 놀 것이다.

옷은 간편하게 입자.

나는 빛바랜 청바지와 세탁하지 않은 스웨터를 입었다. 요리할 때 입었던 옷이다. 글록을 가져와서 총알 없이 쏴 보았다.

문제없었다. 빠르게 장전했다. 36번을 타고 오벌 역까지 갔다. 그때 어떤 기분이었는지 묘사하자면,
  확고했으며
  그리고
  냉담했다.
  케닝턴 지구에서 내렸다. 아직 조용했다. 월워스로드까지 걸어갈 때 한때 같이 어울렸던 무리를 만나 손바닥을 맞부딪쳤다. 그들이 술집으로 나를 꾀어 뭘 마시겠느냐고 물었다.
  "벡스 맥주."
  순식간에 손에 네다섯 병이 쥐였다. 그들은 내가 최근에야 석방된 걸 알고 있었다.
  "어땠어? 교도소는?"
  "여기가 더 낫네."
  그러자 찬사 어린 인사들을 받았다.
  거긴 안전한 술집이었다. 그 말뜻인즉, 주인도 큰집에 갔다 왔다는 뜻이다.
  18년 형을 받고 형기 단축도 못 받은 정도. 그래서 마음 놓고 말할 수 있다.
  무리의 대장 격인 제프가 물었다.
  "당장 쓸 수 있는 돈 필요하지 않아?"
  "아니. 제대로 된 일자리를 구했거든."
  사람들은 껄껄 웃더니 벡스 네 병을 더 가져다주었다. 이 팀은 주로 서쪽이나 북쪽에 있는 우체국을 털었다. 그렇게 탐욕

스러운 친구들이 아니었고 괜찮게 돈을 벌었다. 이십 대에 그 친구들과 함께 감옥에서 지낸 적이 있었다. 제프가 물었다.

"다음 주에 북쪽으로 갈 거야. 미치, 너도 따라갈래?"

마음이 끌렸다. 못해도 2000달러는 될 거고 다른 일은 하지 않아도 된다. 하지만 안타깝게도 나는 이제 다른 시간대에 산다.

"나중에."

맥주 하나는 건드리지도 않았다. 2시 30분이 되어 갔다. 가야 한다고 말하고 런던 남동부까지 걸어와서 진심으로 따뜻한 작별 인사를 나누었다. 바깥에서 잠시 동안, 다시 돌아가고 싶은 마음이 들었다.

케닝턴 지구에서는 격렬한 축구 경기가 한창이었다. 나는 벽 쪽에 앉아 시간을 죽였다. 한 편에 다섯 명씩, 끝내주게 심각했다. 흑인 아이는 금방 찾아냈다……. 후보 선수였다.

동네 주민 두 명이 내 옆에 나란히 앉았다. 나는 맥주 캔을 돌렸고 그들 얘기를 들었다.

그때 그 아이를 보았다. 베컴 셔츠를 입고, 거칠고 사나운 재능을 가진 녀석.

미드필드에서 골을 하나 넣었다. 이루 말할 수 없이 근사했다.

내 옆에 앉았던 남자가 말했다.

"아, 쟤는 스카우트를 받았어요."

"네? 뭐라고 하셨죠?"

"저 아이요. 시즌 시작되면 베로로 가서 뛴대요."

나는 그 말을 철석같이 믿었다.

"아주 재능이 있네요."

"네, 축구하기 위해 태어난 애예요. 축구 빼면 아무것도 아니죠."

경기는 그 후에 점점 시들해졌다. 계속 기다렸다. 마침내 구경꾼도 자리를 떴다. 하지만 베컴은 아니었다. 그 아이는 계속 경기하며, 드리블하고, 몰고 들어가며 자신의 축구 꿈속에 갇혀 있었다. 흑인 아이는 지루해하면서도 잘 기다렸다.

이제 쇼를 해볼 시간이다.

나는 일어서서 기지개를 켜고 주변을 돌아보았다. 사람 하나 없었다. 천천히 걸어가서 베컴 흉내를 내는 아이 쪽으로 갔다. 그 아이는 나를 쳐다보지도 않았다. 나는 총을 꺼내 들고 뒤에서 아이의 두 무릎을 쏴버렸다.

네 발의 총알이 박혔다.

입을 떡 벌린 흑인 아이에게는 곧장 걸어가서 총신을 입속에 집어넣었다.

"이번에는 아니지만 곧 찾아온다."

그런 후에 그 자리를 떴다. 케닝턴 파크 끄트머리에서 3번 버스를 타고 2분 만에 램버스 다리를 넘어갔다.

웨스트민스터까지 갔을 때, 머릿속에서 헨드릭스의 노래를 틀었다. 온몸이 땀에 흠뻑 젖었다. 지미 헨드릭스의 〈헤이 조〉였다.

집에 도착했다. 내 몸은 아드레날린이 질주하는 도시였다.

흥분과 식은땀이 교차했다. 그래, 누군가를 죽이려면 좀 더 높이 겨냥하면 돼.

맙소사. 베컴을 쏘던 때를 재생하니 흥분이 밀려왔다. 끝내주게 쉬운 일이었다.

네 방으로 끝내느라고 애썼다. 아직 시작일 뿐이었다. 나는 총의 유혹을 이해하기 시작했다.

피가 솟구친다는 건 바로 이런 거다.

시계를 확인해보니 간트와 만날 때까지는 두 시간 남아 있었다. 정신을 추스르고 명랑해질 필요가 있었다. 마리화나를 하나 크게 말면서 웅얼거렸다. 엄청나게 큰 마리화나 담배가 되었다. 맥주를 한 캔 따면서 쇼의 진행을 늦추었다.

두어 번 깊이 들이마셨더니 몸이 으슬으슬해졌다.

욕실로 가서 아주 차가운 물을 틀어놓고 외쳤다.

"씹할…… 얼어 죽겠다!"

감옥에서 보낸 첫 주, '기차'를 탔던 때가 기억난다. 여덟아홉 명이나 되는 남자들에게 당했었다. 피가 사방에 튀었다. 그때 생각했다. '본때를 보여줘야지.'

정말로 그렇게 했다.

욕실에서 나와 물을 털고 기억을 떨쳤다.

좋은 인상을 주기 위한 옷차림을 했다. 그래.

카키 바지를 입고 남색 스웨터를 입고 그 위에 블레이저를 걸쳤다.

그러면서 생각했다. '필 콜린스 납셨네.'

갈 준비를 마치고 마리화나를 다 피운 참에 전화가 울렸다.

"여보세요?"

"미치 오빠, 브라이어니야."

"안녕."

"괜찮아?"

"뭐가?"

"목소리가 이상해서."

제길, 하루 종일 축구하는 젊은 애를 쏘고 돌아다녔는데 목소리가 이상하지 않으면 그게 이상하지.

"무슨 일 있었어?"

퉁명스러운 기색을 감출 수 없었다.

"나 사랑에 빠졌어, 오빠."

"잘됐네."

"화난 목소리야, 미치 오빠."

"네가 행복하다면 나도 좋다, 브리. 됐지?"

"그 사람은 오르가슴을 세 번이나 느끼게 해줬어."

이건 내가 알 필요가 없는 자잘한 정보들인데.

"아."

"오빠, 화났어? 내가 우리 민족을 배신해서 화났어?"

"뭐?"

"나도 백인이 좋지만 이건 카르마야."

나는 수천 가지 말대꾸를 생각했지만 결국 이 말밖에 할 수 없었다.

"행복해라, 브리."

"첫 아들을 낳으면 오빠 이름을 따서 지을 거야."

"고맙다."

"사랑해."

"나도."

브리는 전화를 끊었다.

아무리 진지하게 생각한다고 해도, 그런 전화를 받은 후에는 인생에 목적이 있다고 믿을 수가 있겠는가.

8시에 코벤트가든으로 갔다. 브라운에는 문지기가 있었다. 그가 나치처럼 수작을 부리기 전에 내가 선수 쳤다.

"간트 씨랑 약속이 있는데."

"안으로 들어가십시오."

실내는 호화로운 왕정복고풍이었다. 안내대 앞에서 다시 한 번 간트 이름을 언급했더니 식당으로 가라는 말을 들었다.

손님은 몇 명밖에 없었고 창가 자리에 그가 앉아 있었다.

그가 나를 보고 일어섰다. 회색 모직 양복을 입은 모습이 성공한 사업가 같았다. 그는 따뜻하게 악수하며 말했다.

"시간 맞춰서 와줘서 고맙네. 코벤트가든에는 브라운이 둘 있는데, 이쪽인지 어떻게 알았나?"

"다른 쪽에는 문지기가 없거든요."

그는 조용히 웃더니 물었다.

"식사 전에 한잔할까?"

데니스 루헤인이 《전쟁 전 술 한 잔》이라는 소설을 썼지.
"보드카 마티니로 하죠."

이제 세상사에 익숙해져 가는 듯했다. 웨이터가 왔고 간트는 마티니 두 잔을 주문했다. 사십 대 초반인 웨이터가 나와 짧게 눈이 마주쳤다. 그것만으로 충분했다. 그는 오만과 경멸을 세련되게 뒤섞은 태도를 가지고 있었다. 거기에 더해 아주 못생긴 새끼였다. 감옥에는 그런 놈들이 항상 일정 부분 존재한다. 교도관이다.

술이 도착하자 우리는 홀짝홀짝 마셨다. 간트가 말했다.
"난 자네가 여러 구역에서 수금을 맡아주었으면 해.
브릭스턴과
    클래펌
        스트리섬
            그리고 케닝턴."
"잘 모르겠습니다, 간트 씨."
"롭이라고 부르게."
"알았어요, 롭."
"집집마다 돌아다닐 필요가 없어. 조를 짜서 시키되, 애들이 너무 많이 떼먹지 못하도록 관리만 하면 돼. 총수입에서 약간은 떼어 가는 게 인지상정이지만, 욕심 많은 건달을 좋아하는 사람은 아무도 없지. 자네 친구 노턴은 요새 너무 야심찼어."
"롭, 노턴은 제 친굽니다."

웨이터가 메뉴를 가져왔다. 롭이 말했다.

"가자미 요리를 추천하네."

"스테이크를 먹을까 했는데요."

"오."

우리는 주문을 했고, 롭은 내가 발음할 수도 없는 와인 두 병을 가져다 달라고 했다. 웨이터는 나 보란 듯 완벽하게 그 이름을 되풀이했다. 음식이 도착했고 우리는 야채와 감자를 수북하게 쌓아놓고 먹었다. 롭은 양념을 쳐 가며 자기 음식을 공략했다.

"정말, 생선 요리를 먹었어야 했는데."

"감옥에서 너무 많이 먹었습니다."

웨이터가 와인을 따르자 나는 보란 듯 그 이름을 말했다. 롭이 물었다.

"오늘 케닝턴에서 총격이 있었단 소식 들었나?"

"아뇨, 뉴스를 못 봐서요."

"어린 축구 선수가 총에 맞았대."

"스카이 스포츠 채널을 보면, 총 맞아야 할 축구 선수가 많다는 걸 아실 걸요."

"그쪽으로 간 적 있나?"

"케닝턴요? 아…… 아뇨, 그쪽은 별로 제 구역이 아니라서."

그는 자기 음식을 끝내고 내 음식을 눈여겨보았다.

"자네는 별로 전과자처럼 먹지 않는군."

"네?"

"방어적으로 말이야."

"《마이애미블루스》를 읽은 이후로는 그렇게 하지 않죠."

간트는 디저트를 주문했다. 아이스크림을 얹은 애플 타르트였다.

디저트는 넘겼다. 마지막으로 커피가 나오자 그는 시거에 불을 붙이며 말했다.

"담배 피우고 싶으면 마음대로 하게."

웨이터에게 내가 담배를 마는 모습을 보여주고 싶었다. 그의 저녁을 비참하게 만들고 싶었다. 롭이 말했다.

"그 책에 그런 습관은 버리란 말이 없었나 봐, 어?"

대답이 필요한 질문 같진 않았다. 그가 다시 말했다.

"내가 정보가 권력이라고 말한 걸 기억하겠지."

"네."

"그 대가로 자네에게서 뭔가 받고 싶네. 관심이 있나?"

"물론이죠."

그는 시가를 비벼 껐다.

"교도소에 3년 있었다며."

"그랬죠."

"사건 당시에는 의식을 잃었다고."

"네."

"자네가 한 짓이 아냐."

"뭐라고요?"

"자네 친구 노턴이 때린 거지."

"그럴 리가 없습니다."

"손에 자국이 있던가?"

"아뇨……. 하지만."

"노턴은 술에 곤드레만드레 취해 있었어. 바 종업원이 자네들을 따라 나가 사건을 모두 목격했다네. 자네는 정신이 나가서 서 있을 수도 없었다고 하더군. 노턴이 발로 찼고, 경찰이 자네를 발견한 거지. 커피 좀 더 들겠나?"

"맙소사……. 난…… 됐습니다."

"충격에는 브랜디가 좋아."

웨이터가 커다란 유리잔을 들고 왔다. 빨래라도 할 수 있을 듯했다. 웨이터는 테이블 위에 브랜디 한 병을 놓고 갔다.

롭이 너그럽게 직접 따라주었다.

정신이 빙빙 돌았다. 나는 브랜디를 꿀꺽꿀꺽 마셨다. 목이 타는 듯 따끔했고 심장이 쿵쿵거렸다.

롭이 다시 말했다.

"시간이 필요하겠지…… 이 정보를 소화하려면."

"어째서 이런 이야기를 나한테 하는 겁니까?"

롭은 이 말을 곰곰이 생각해보더니 대답했다.

"내가 자네를 좋아하기 때문이라고 말할 수도 있지만, 자넨 믿지 않겠지. 노턴은 커다란 문제가 되고 있어. 이제 그 친구는 자네 문제이기도 하네."

"내가 아무 짓도 하지 않으면요."

그는 두 손을 식탁보 위에 펼쳐 놓았다.

"그럼 나는 아마 깜짝 놀라겠지."

나는 담배 하나를 더 꺼내 불을 붙이면서 이 정보를 모두 소화하려고 했다.

"나한테 뭔가 원한다고 하지 않았습니까?"

"그래. 내 폭로가 가치 있었나?"

"그렇게 말할 수도 있겠죠. 그래, 원하는 게 뭡니까?"

"롤스로이스 실버고스트."

나는 큰 소리로 웃어버렸다.

"웃기지 마십시오. 난 버스를 탄단 말입니다."

"하지만 거기 접근할 순 있잖아."

마침내 알아챘다.

"노턴, 그 개자식이 불었군요."

롭은 미소를 지었다.

"직접 훔치지 그래요? 젠장, 어디 있는지 안다면서요."

그는 집게손가락을 흔들었다. 씹할, 참도 멋있는 동작이었다.

"자넨 전체 요점을 놓치고 있어, 미치. 난 자네가 날 위해서 그 차를 훔쳐오길 바라네."

"대체 어째서요?"

"신의의 증표라고 말해두지."

롭은 화장실에 가겠다며 잠깐 실례했다. 웨이터가 총알같이 나타나서 히죽히죽 웃었다.

"계산서 갖다드릴까요?"

"그래요. 하지만 발에 땀나게 빨리 가져와야 할걸."

롭이 돌아와서 계산은 자기가 하겠다고 우겼다. 나는 말리지 않았다.

가게를 나갈 때 그가 내 팔을 잡았다.

"서두를 건 없어. 하지만…… 한 달 안에 배달 받을 수 있겠지?"

바깥에 나오자 그의 차가 대기하고 있었다.

"자네를 데려다주려고 했는데, 자네는 버스를 탄다니까."

"롭, 말씀하신 일자리 제안을 받아들일 수 없을 것 같은데요."

"그래, 좋아. 자네 아파트 집세는 일주일에 500달러일세."

"그런 말 마십시오."

"아, 또 하나 더 있어. 이제 밖에 나왔으니까, 다시 간트 씨라고 부르게."

그 말과 함께 그는 차에 올라타고 떠나버렸다.

나는 드루리 레인*까지 걸어가려고 했지만, 하룻밤에 극적인 사건은 이만하면 됐다 싶었다.

---

* 드루리 레인 지역에는 극장이 많다.

다음 날 클래펌 아파트에서 나갔다. 꼭 필요한 물건만 쌌다.

총

돈

약.

구찌 재킷은 챙겼다. 안 챙기면 미친 거지. 스웨터 몇 벌과 청바지도. 블레이저와 검은 정장은 남겨두었다. 더 이상 장례식에 갈 마음은 없었다. 범죄소설도 여섯 권. 모두 다 가방 하나에 들어갈 정도였다. 여행을 떠나듯 가볍게. 그런 후에 가뿐히 떠났다.

홀란드파크의 차로를 올라갈 때, 사람들이 집에 있었으면 했다. 고용인 입구로 돌아갔다. 조던은 부엌 탁자 앞에 앉아 〈선데이타임스〉의 경제면을 읽고 있었다. 나를 보고 놀랐는지는 모르지만 그런 기색은 전혀 내비치지 않았다.

"잔업이라도 하러 온 겁니까?"

"사실, 살러 왔습니다."

그는 신문을 단정하게 개키더니 말했다.

"마담 말씀이 맞았군요."

"네?"

"마담은 당신이 일주일 내로 이사 올 거라고 하셨습니다."

그는 일어섰다.

"커피 좀 마셔요. 방을 준비해줄 테니."

나는 앉아서 생각했다.

'젠장, 참 간단하군.'

담배를 한 대 말았지만 금연 규칙을 기억해냈다. 어쨌든 불을 붙였다. 이제 여기 주민이니까. 조던은 돌아왔을 때 연기를 보았지만 모른 척했다.

"필요한 건 다 있을 겁니다. 욕실, 조리대, 냉장고. 전화는 없지만, 선을 놓을 때까지 휴대전화를 하나 빌려드리죠."

"기본 수칙은 뭐요?"

"뭐라고요?"

"왜 이러시나. 해야 되는 일과 해서는 안 되는 일 말이오."

조던은 미소 지었다. 계획을 좋아하는 남자다.

"아주 간단합니다. 부름을 받을 때까지 본채에는 발걸음 하지 마세요."

"부름이라니. 기대가 되는군요."

부름 받는 시기는 우리 둘의 예상보다는 빨랐다.

"잠깐 실례합니다."

10분 후에 그가 돌아와 말했다.

"마담께서 느릅나무 저택에 오신 걸 환영하며 업무의 일환으로 운전할 준비가 되었는지 물으십니다."

"물론이죠. 기사 제복도 입어야 합니까?"

"우리는 제복을 쓰지 않습니다."

가방을 차고에 갖다 놓고 짐을 풀었다. 방에서 공기 청정제 냄새가 났다. 휴대전화가 탁자 위에 놓여 있었다. 차고에 롤스로이스, 손에는 휴대전화. 아방궁에 오신 걸 환영합니다.

제프에게 먼저 전화를 걸었다.

"제프, 미치야."

"안녕, 미치. 지난번에는 만나서 반가웠어. 일 안 하겠다는 마음은 바꿨어?"

"아니, 고마워. 간트라는 악당에 대해서 뭐 아는 것 있어?"

"이런, 골치 아픈 인간이지. 무엇보다 머리가 돌았어. 완전히 정신 나간 사이코야."

"오."

"네 친구 빌리 노턴이 그 사람이랑 일한다며."

내 친구라니!

"모험이긴 한데, 제프, 혹시 그 사람 어디 사는지 알아?"

"알아. 그 사람하고 일을 좀 했었거든. 다신 안 하지만. 내 말 들어. 절대 거기 가면 안 돼."

"그래도 알려줘, 제프."

"그래, 잠깐 기다려."

"덜위치, 리걸가든 19번지야. 그 집과 거리 대부분이 다 그 사람 거야."

"고맙네, 제프."

"그 사람 근처에는 얼씬도 마."

"노력해보지."

다음으로는 브리에게 전화를 걸어 새 주소와 휴대전화 번호를 알려주었다. 브리는 별말 하지 않았다. 그래서 물어볼 수밖에 없었다.

"브리, 듣고 있어?"

"그거 그 늙은 여자네 주소 아니야?"

"네가 생각하는 그런 일 아냐, 일이야."

"그 여자 나이면, 굉장히 힘든 일인 건 확실하겠네."

그러더니 내 귓전에서 전화를 끊어버렸다.

이런, 브리가 그렇게 조심스러운 성격이 아니었다면 유머 감각을 계발했을 텐데.

전화기가 뜨거워서 귀가 구워질 것 같았다. 노턴에게 전화를 걸었다. 나 때문에 잠에서 깬 목소리였다.

"빌리, 내가 깨웠냐?"

"아니……. 난……. 음…… 일어나려던 중이었어. 미치 너냐?"

"그래."

"너 이제 끝장났어."

"뭐?"

"간트가 너한테 단단히 화났어. 아, 그리고 너 해고됐어."

"이런, 빌리. 그 때문에 마음이라도 아팠나 보군."

깊은 한숨.

"어떻게 된 거야? 쏠쏠한 일거리를 갖다 줬더니 죄다 조져놓고."

"넌 내 친구지, 빌리?"

"그래."

"그럼 말해주지. 간트는 너도 떨떠름하게 여기고 있어."

"이봐……. 이봐, 미치. 다시 또 이러는군. 너 머리가 아주 돌았구나."

"빌리, 그치는 골치 아픈 인간이야."

"미치, 너야말로 골치 아픈 인간이야. 그 사람 말로는 네가 무슨 빚을 졌다는데."

"돈 좀 빚졌어."

"갚는 게 좋을 거야, 미치. 그 사람은 그런 일에는 아주 발광을 해."

"마지막으로 하나만, 빌리. 내가 3년 전에 폭행 사건에 연루됐을 때, 네 손은 어떤 상태였지?"

긴 침묵.

"넌 끝장이야. 말해봤자 내 입만 아프지."

그는 전화를 끊어버렸다.

이제 난 그 말이 사실임을 알았다. 빌어먹을 개새끼.

감옥에서 보낸 첫 해, 한 층 위에 흑인 동성애자가 있었다. 첫 주에 그 사실이 드러났고 많은 사람을 상대로 그 일을 하게 되었다. 열여덟 살이라 성인 감옥에 올 수 있는 법적 나이를 간신히 넘긴 애였다.

그 녀석은 화장품을 사기 위해 오럴을 해주고, 란제리를 사기 위해선 항문 성교도 마다하지 않았다. 매일 밤 11시 30분만 되면, 아바의 〈페르난도〉를 부르기 시작했다. 느릿하고 수정처럼 맑은 노래였다. 우울과 상실감이 가득한 블루스.

"드럼 소리가 들리니, 페르난도……."

노래를 부르는 몇 분간, 그 더러운 감옥 전체가 죽은 듯 잠잠했다. 소리 하나 나지 않았다. 그저 이 쓸쓸하고 가슴 아플 정도로 꾸밈없는 서정곡만이 흘렀다.

어느 날 저녁, 배식 줄에서 그 녀석이 내 앞에 서게 되었다. 내가 말했다.

"목소리가 아주 좋더군."

그 녀석이 몸을 돌렸다. 뺨에는 연지를 발랐고, 구두약으로 아이라인을 그렸다.

"어머, 고맙습니다. 오럴하고 싶어요?"

"아니. 난 그저 네가 대단한 재능이 있다는 말을 하고 싶었을 뿐이야."

괜한 참견을 한 게 벌써 후회스러웠다. 그 녀석과 좀 더 같이 있다간 다시 먹잇감이 되고 말 터였다. 내가 자리를 뜨려고 할 때 그 애가 말했다.

"아니……. 무료로 해줄게요."

맙소사.

이유는 모르겠지만, 나는 마지막 시도를 해보았다.
"왜…… 그런 일을 하지?"
"그게 나를 지킬 수 있는 유일한 방법이니까요."
내가 뭐라고 남의 일을 따지겠는가. 나는 그 자리를 떴고, 다음번에 녀석이 먼저 인사를 건넸을 때 이렇게 말해버렸다.
"씹할 새끼가 누구한테 감히 말을 거는 거야?"
몇 달 후 그 녀석은 타이즈로 목을 맸다.
나는 녀석을 무시한 게 내가 나를 지키는 방법이었다고 되뇌었다. 가끔, 반쯤은 정말로 믿기도 한다.
휴대전화를 침대 위에 던지고 큰 소리로 말했다.
"빌리 자식, 페르난도의 대가를 치르게 해주마."

일요일이면 런던 시내가 문을 닫던 때가 있었다. 지금은 마권업자들도 영업한다. 나는 베이스워터로 가서 아랍 사람들 틈에 섞였다. 영어로 말하는 사람이 있더라도 귀 기울이지 않았다.
휘틀리 백화점 3층에서 내가 원하던 걸 찾았다. 진열창 앞에 람보르기니와 페라리 사이에 낀 실버고스트가 있었다. 판매원이 다가왔다. 나는 고스트가 마음에 든다고 말했고 그가 내게 차를 건네주었다. 섬세한 부분까지 완벽하게 재현한 모형이었다. 싸지도 않았다. 남자가 포장을 하는 동안 나는 드로리언을 눈여겨보았다. 점원은 내 관심을 눈치 챘지만 난 고개를 저었다. 바가지를 쓸 순 없지.
버블랩이 대어진 작은 봉투와 우표도 하나 샀다. 봉투에 집

주소를 적고 이름을 썼다.

롭 간트

우표를 붙이고 큼지막하게 이렇게 쓰고는 바로 부쳤다.

우편요금 부족

하이드 파크까지 걸어가서 한 시간 동안 롤러블레이드를 타는 사람들 틈에 휩싸였다. 다음번에는 글록을 가져와야겠다. 저 속도를 줄이도록 해주지.
노턴은 어떻게 처리할지 계획을 세우지 못해서 일단은 그냥 놔두기로 했다. 노턴을 잘 아니까 하는 말이지만, 그쪽에서 먼저 행동할 거다. 간트 역시 복수를 해올 거다. 런던을 떠날 수도 있었다. 하지만 어디로 가지.
게다가 가고 싶지도 않다.
나는 릴리언 파머에게 반했고, 이 관계가 어떻게 될지 꼭 알고 싶었다. 내가 또 어디 가서 실버고스트를 몰아볼 기회가 있겠는가.
카페로 가서 달걀과 베이컨을 주문했다. 직원은 태국 사람이었는데, 짜증이 날 정도로 친절했다. 음식은 맛있었지만, 고추 맛이 약간 많이 났다. 젠장, 내가 뭘 알겠나. 하지만 다른 사람들은 이미 알고 있었는지도 모른다.

PART 2

―

그날 밤 릴리언을 가졌다.
위에서
아래서
옆에서
바닥에서
탁자 위에서
침대 위에서
그렇게.
다 끝났을 때 내가 말했다.
"이 집에선 직원들이 오래 못 버틴다고 하던데 이유를 당최 모르겠군."
그날 저녁 8시, 난 침대 위에 누워서 존 샌드포드의 〈먹이〉 시리즈 중 하나를 읽고 있었다.
휴대전화가 울렸다.
릴리언이었다. 그녀가 말했다.

"말벗이 필요해."

그래서 갔다. 집까지 천천히 걸어갔는데, 조명이 죄다 켜져 있었다. 조던의 기척은 없었다. 계단을 올라갔다. 침실 문이 열려 있어서 노크를 했더니 말소리가 들렸다.

"들어와."

언제나 그렇듯이 그렇게 했다.

그녀는 검정 비단 나이트가운을 입고 창가 옆에 서 있었다. 내가 걸어갔더니 그녀가 물었다.

"왜 이렇게 꾸물댔어?"

그때 광란의 시간이 시작되었다. 나는 3년간 수감 생활을 하면서 쌓였던 욕망을 배출했고, 그녀도 나름대로 산전수전 다 겪은 여자였다.

마침내 물리도록 다 하고 났을 때 그녀가 물었다.

"벅스 피즈* 마시겠어?"

"그 말만 바라고 있었죠."

샴페인 두 병을 다 마신 후에야 마침내 방 안을 들여다볼 겨를이 생겼다. 집의 다른 부분과 달리 방은 소박했다. 사진이 수백 장 붙어 있을 줄 알았는데, 한 장도 없었다.

"어째서 이 방은 이렇게…… 휑합니까?"

"간결한 영역도 필요한 법이니까."

"감옥을 아주 좋아하겠군요."

* 샴페인과 오렌지주스를 섞어 만든 음료.

그러더니 릴리언은 나를 보고 말했다.

"위대한 용사는 쓰러졌다네*."

이 말이 칭찬이 아니라는 건 알았다. 릴리언은 물었다.

"이 집 이름을 알긴 해?"

"그럼요. 느릅나무 저택이잖습니까."

"의미는?"

"집에 심은 나무가 느릅나무들이던데."

"《느릅나무 밑의 욕망》을 따서 지은 거야. 유진 오닐의 희곡."

"아일랜드 사람입니까?"

릴리언은 가소롭다는 듯 콧방귀를 뀌었다.

"내가 맡은 가장 훌륭한 역이었지. 하지만 난 엘렉트라를 연기할 거니까."

"무대로 돌아갈 계획이에요?"

"아, 물론이지. 오랫동안 이 역을 기다려 왔는걸. 웨스트엔드가 내 귀환을 환영하겠지."

"왜 지금입니까, 릴?"

그녀가 눈에 분노의 빛을 띠며 내 뺨을 때리려 했다. 내가 손목을 잡으니 침을 뱉었다.

"난 릴리언 파머야. 술집 여자가 아니고."

나는 일어나 앉았다.

---

* 《사무엘서》에서 다윗이 골리앗을 물리치는 장면을 인용한 표현.

"섹스는 고마웠어요."

릴리언은 그 말이 마음에 들었던 모양이었다.

"가지 마. 내 장대한 계획을 얘기해주지."

"굉장히 매력적일 것 같긴 한데, 기운이 다 빠져서."

릴리언은 일어나더니 옷을 걸쳤다.

"그쪽에서 나를 불렀어. 트레버 베일리가 세 번이나 전화를 했다고."

"그 사람이 누구인지부터 말해줘야겠는데요."

"제작자야. 지금 연극 두 편을 제작하고 있어. 내일 나를 거기까지 데려다줘야 해. 우린 세련되게 도착해야 하니까."

릴리언은 침대로 가더니 그 밑에서 두꺼운 종이 더미를 꺼냈다.

"내 작품이야. 난 엘렉트라를 좀 더 현대식으로 개작하고 있지."

"대단하네요."

"이걸 제일 먼저 읽을 수 있는 영광을 줄게."

릴리언의 표현은 진지함 그 자체였다. 이 개떡 같은 종이 속에 그녀의 인생이 있었다. 나는 대답했다.

"황송하군요."

그랬더니 릴리언은 아기처럼 그 종이를 건넸다.

"우린 장대한 일을 해낼 거야, 마이클."

내 이름은 미첼이라고 말할 뻔했으나 놔두었다.

계단을 내려오는데, 조던이 미끄러지듯 위로 올라오고 있었다. 소리 하나 내지 않고.

우리는 아무 말 하지 않았다. 심지어 그는 나를 쳐다보지도 않았다.

내 방으로 돌아와, 맥주를 한 캔 따고 그녀의 작품을 읽어보려 했다.

개소리였다. 한 장면도 제대로 따라갈 수 없었다. 나는 종이 뭉치를 침대에 던져두었다.

"쓰레기로군."

한 몇 시간 잠들었을까. 전화벨 소리에 잠에서 깼다.

젠장, 그 빌어먹을 게 어디 있더라……. 나는 힘겹게 찾아서 웅얼거렸다.

"네."

"다 봤어?"

"뭘요?"

"자고 있었어?"

"릴리언. 아니, 물론 아니죠. 아주 몰입해 있었어요. 작품에 빠져서."

빌어먹을 시간이 몇 시인지 보려고 했다. 3시 15분. 씹할. 릴리언이 말했다.

"어땠는지 평을 말해봐."

"걸작인데요."

"그렇지 않은데."

"아……, 칭찬할 수 있는 것 이상이에요."

"내가 가서 지금 좀 읽어줄까?"

"아니, 아니……. 그냥 내가 마법 속에 빠져 있도록 놔둬요."

"잘 자, Mon cherie(내 사랑)."

"그래요."

그렇지 않아도 걱정, 공포, 근심이 많았다. 그렇지만 그녀가 연기하는 모습을 봐야 할지도 모른다는 생각에 즉각 두려움이 솟았다.

* * *

다음 날 아침, 부엌으로 향했다. 커피를 마시고 토스트를 구웠다. 나는 벌써 여기를 마음대로 드나들고 있었다. 조던이 들어와서 말했다.

"운전을 하려면 정장이 좀 필요할 겁니다."

"벌써 준비해놓은 거요?"

그는 딱딱한 미소를 짓고 말했다.

"경비는 우리가 댑니다."

나는 그에게 커피를 갖다 주려고 했다. 조던은 됐다고 완강히 거절했지만, 그 자리를 뜨지 않았기에 나는 질문을 던졌다.

"베일리라고 들어봤습니까?"

"연극 업계에 있는 사람?"

놀랐다.

"진짜 있기는 있는 사람이군."

"마담에게 세 번 전화를 했습니다."

"직접 말도 나눠봤습니까?"

"전화는 언제나 내가 받습니다."

두 개째 토스트를 먹고 있는데 그가 말했다.

"마담 극본 말인데, 혹평을 하지는 않았길 바랍니다."

목소리에 강철 같은 차가움이 느껴졌다.

"그럴 리가요. 아주 훌륭하던데요."

"잘했어요. 마담의 심기를 불편하게 하고 싶진 않으니까."

"걱정 마시죠."

"수요일에 시간이 있는지 마담이 궁금해 하시던데요."

"시간이요?"

"브리지 할 수 있는 시간."

"맙소사. 난 빌어먹을 브리지 같은 건 하지 않아요."

그는 화를 참는지 긴 한숨을 내쉬었다.

"당신더러 하라고 하지 않았습니다. 단지 마담 친구들이 할 때 옆에 있어주기만 하면 돼요."

"끝내주게 재미있겠군요."

정장이 내 침대 위에 놓여 있었다. 모두 세 벌이었다.

검정

회색

청색.

그리고 하얀 셔츠 여섯 벌.

차고로 내려갔다. 번쩍번쩍 윤이 나도록 왁스칠을 하고 닦아

놓은 실버고스트가 있었다. 조던이 그 옆에 서 있었다. 나는 진심으로 감탄해서 휘파람을 불었다.
"솜씨가 대단하신데요."
"고맙군요."
"언제 시간이 나서 이런 걸 다 했습니까?"
"간밤에 당신이 마담의 극본을 읽고 있을 때죠."
"오."
"베일리 씨의 사무실에 확인했더니 올드빅 극장에서 정오에 만나자고 하더군요."

나는 위층으로 올라가서 샤워를 하고 운동을 했다. 마담을 위해서 날렵하게 보일 필요가 있었다. 샤워를 하면서 이렇게 생각했다. '제길, 이게 다 뭐야?'

가슴에 깊이 물린 자국이 나 있었다. 대단한 여배우가 나를 문 것이었다. 이것도 메워보시지, 조던.

벽장 맨 위 선반에는 오래된 잡지가 있었다. 아니, 포르노 잡지는 아니었다.

《GQ》나
《배니티 페어》같은 것.

우연히 코트니 러브가 한 말을 보았다.

> 성차별로 인한 어려움 같은 건 엿이나 먹으라고 해요. 여자들이 겪는 분노도 개나 줘버려요. 그런 건 폴리 하비*나 알아서 할 일이에요.

지금 내가 이 말을 대화에 써먹으면 어떻게 될까.

감옥에 있을 때, 페루에서 15년 동안 복역한 늙은이가 있었다. 석방된 후에는 추방되었는데, 일주일 후에 런던에서 강도질을 해서 다시 체포되었다. 7년 형을 받았다. 그가 내게 말했다.
"영국 감옥이 좋아. 아늑할 정도야."
"그래요, 감옥에서 목졸려 죽은 여왕에게 그 얘길 해봐요."
그는 내 말은 듣지도 않고 자기 이야기에만 골몰했다. 이런 이야기였다.
"페루 감옥에서는 먼저 옷을 다 벗겨서 가진 건 다 빼앗아. 그다음에는 찬물에 머리를 처박고, 불알에다 전선을 꽂아. 산후안 데 루리간초. 멋있는 이름 아닌가. 수감자들이 운영하는 감옥이야. 감옥 마피아들이 감방을 몽땅 사버렸어. 사방팔방에 똥과 모기 천지야. 하지만 최악인 건 정적이야. 정적은 갱단 사이에 전면전이 벌어졌단 뜻이었지."
나는 아늑하다고 한 그의 말을 이해할 수 있었다.
문을 두드리는 소리가 났다. 조던이었다.
"마담께서 준비를 끝내셨습니다."
그는 차를 앞에 대놓았다. 릴리언이 몇 분 후 내려왔다. 하얀 마 정장을 입고 페도라를 썼다. 릴리언은…… 늙어 보였다. 나

---

* Polly Jean Harvey, 1969~ . 영국의 여류 싱어송라이터. 십 대인 1987년에 이미 음악을 시작했으며, 그래미상과 머큐리상, 각종 음악 잡지에서 위대한 여성 록 아티스트로 꼽혔다.

는 문을 열어주고 돌아가서 운전석에 탔다.

이제 운전기사들이 왜 이렇게 오만한지 이유를 알 것 같았다. 그 빌어먹을 차가 사람을 우월하게 만든다. 집에서 빠져나오면서 내가 말했다.

"괜찮아요?"

가는 내내 릴리언은 아무 말 하지 않았다. 어디 신경 쓸까 보냐. 나는 차에만 정신을 집중했다. 이전에는 다른 차를 어떻게 운전할 수 있었을까 싶을 정도였다. 내 말은 이전에는 우그러진 볼보 운전대를 잡고서도 '야, 이거 좋은데'라고 생각했으리라는 거다.

차는 확실히 사람들의 시선을 끌었다. 찬탄에서부터 경탄, 경멸까지. 젊은 운전자들이 새치기를 하려고 많이들 시도했지만, 평범한 일제 자동차로는 어림도 없었다. 무장 호위하는 경호원이라도 있어야겠다는 생각이 슬슬 들기 시작했다.

올드빅 극장에 도착했을 때 나는 차를 옆으로 대고 말했다.

"제가 가서 왔다고 알려드리죠."

"기다리고 있을게."

문지기는 젊은 아이였는데 릴리언의 이름을 들어본 적 없다고 했다.

"그런 이름 들어본 적 없는데요."

우리가 옥신각신하고 있을 때 좀 더 나이가 든 남자가 와서 물었다.

"무슨 일이죠?"

"릴리언 파머를 밖에 모시고 왔습니다. 베일리 씨와 약속이 있으시다는데요."

그의 얼굴이 환해졌다.

"릴리언 파머, 세상에!"

나이 든 남자는 베일리를 데리러 갔다. 젊은 애가 물었다.

"뭐, 옛날에는 유명했나 보죠?"

"이제 보면 알겠죠."

한 남자가 성큼성큼 걸어 나왔고 그 뒤에 조수들이 졸졸 뒤따랐다. 그는 마치 주름을 편 조지 C. 스콧처럼 보였다. 승마 장화도 확성기도 들지 않았지만, 그랬다면 꼭 닮았을 것 같았다. 그가 말했다.

"내가 베일리요."

나는 그에게 내 이야기를 전했고 그가 소리쳤다.

"이건 필립스가 처리해야 할 일 같은데. 가서 데리고 와. 그 동안 릴리언 파머 양을 만나봅시다."

그는 확실히 릴리언을 어떻게 대해야 하는지 요령을 잘 알았다. 그녀 팔을 잡고 극장 안으로 에스코트해서 무대 위에 올라가게 한 후 몸을 돌려 말했다.

"신사 숙녀 여러분, 동료 연극인들, 여기 스타를 소개하겠소이다."

스포트라이트가 릴리언을 길게 뒤따랐고 사람들이 그 주변에 모여들었다.

릴리언은 그 순간 변모했다. 30년이라는 세월이 그녀의 얼굴에서 금방 사라져버렸다. 나는 생각했다.

'와우, 이전에는 정말 대단했겠는걸.'

베일리가 내 얼굴 표정을 읽었는지 대답했다.

"그녀는 정말로, 죽이는 대배우였지. 조던은 아직도 곁에 있나?"

"네, 있어요."

"전에는 두 사람이 부부 사이였지. 뭐, 어떤 의미에서는 우리도 다 그랬지."

그는 나를 보고 물었다.

"자넨 거기서 훈련하나?"

"뭐라고요?"

"그런들 자넬 탓할 순 없지. 릴리언은 일류니까."

"그녀가 쓴 극본은 본 적 있습니까?"

"적어도 일 년에 한 번은 보지. 어떻게 매번 최악인데도 매번 더 나빠진다니까."

베일리는 샴페인과 카나페를 배달시켰고 사람들은 무대 위에서 먹었다. 마침내 필립스를 찾아냈고, 그래, 그 사람이 세 번 전화를 건 사람이었다. 극단에선 홍보를 위해 롤스로이스를 빌리고 싶다고 했다. 베일리가 말했다.

"결국 그게 모두 차 광고거든."

릴리언은 듣지 못했다. 사람들은 우리를 차까지 따라와서 따뜻하게 배웅해주었다.

릴리언은 기뻐서 거의 망상에 빠졌다.

"봤지? 들었지? 저 사람들이 얼마나 나를 좋아하는지! 이제 곧 내 자리를 다시 찾을 거야. 아무데나 적당한 곳에 차 대. 너한테 사랑을 좀 받아야겠어."

하이드 파크 북쪽 가까이에 차를 댔다. 뒷자리로 가서 마치 진짜로 하고 싶었던 양 그녀랑 했다. 일을 마치고 차에서 내렸을 때, 공원 관리인 두 사람이 내게 박수를 보내줬다.

공연으로 점철된 하루였다.

목요일, 일상 업무로 돌아왔다. 지붕에 올라가서 빠진 슬레이트를 떼어냈다. 슬레이트가 파티오 위에 떨어져 유리처럼 깨지는 소리가 들렸다. 내가 상상력이 많은 사람이었다면, 깨진 꿈같다고 표현했겠지만, 내게는 그저 낡은 슬레이트일 뿐이었다. 마담은 온종일 전화를 붙들고 새 옷을 주문한다, 미용사를 부른다 난리를 쳤고 친구들과 수다를 떨었다. 아직 그 사람들을 한 명도 못 만나보긴 했지만, '브리지 하는 날 밤'에 가면 그 대답을 찾으리라.

저녁이 되자 샤워를 하고 나가서 피시 앤드 칩스를 사온 후 에드워드 벙커의 책을 읽으리라 결심했다. 새로 나온 조지 펠레카노스는 특별 진미로 미뤄두었다. 전화선이 설치되었는데, 그 전화가 지금 울리고 있었다.

"미첼 씨."

"의사 선생."

"어떻게 나인지 알았어요?"

"나한테 전화 걸 인도인이 몇이나 되겠소?"
"아."
"번호는 어떻게 알았소?"
"브라이어니가 알던데요. 아주 소식통이 많아요."
"그렇지……. 그래, 무슨 일 있어요?"
"좀 만날 수 있을까요? 제가 저녁을 사죠."
"그래요."
"잘됐네요. 노팅힐에 다빈치라는 근사한 이탈리아 식당이 있어요. 8시에 만날까요?"
"이탈리아 식당?"
"이탈리아 음식은 별로인가요?"
"아니, 물론 좋아하죠. 그래요. 그리고 미치라고 불러요."
"좋습니다, 미치 씨."

피시 앤드 칩스 쪽이 좀 더 끌렸지만, 젠장 뭐 어쩌겠는가. 파란 양복과 하얀 셔츠를 입었다. 거울에 내 모습을 비춰보았다.
"죽이는데."
물론 짐작했겠지만 모든 사람이, 의사까지도, 편안한 복장이었다.

식당은 따뜻하고 편안했으며, 직원들과 아는 사이였다. 시작이 좋았다. 우리는 조개를 넣은 링귀니 파스타를 주문했고, 그 다음엔 볼로네즈 스파게티를 먹었다. 빵은 이상화된 어린 시절처럼 바삭바삭하고 갓 구운 것이었다. 와인까지도 마음에 들었다. 빵으로 소스까지 깨끗이 닦아 먹었고, 의사는 와인을 좀 더 주문했다. 그때 내가 이야기를 텄다.

"무슨 일이오?"

"브라이어니 일입니다."

"Quelle surprise(거참 놀랍군)."

"프랑스어도 하십니까?"

"아니, 조금밖에 할 줄 몰라서 아껴 써야 하죠. 브라이어니가 옆에 있을 땐 내가 놀랍다는 말을 얼마나 자주 쓰는지 알면 놀랄 거요."

"솔직히 말해도 됩니까, 미치 씨?"

그런 말을 들으면 재빨리 계산하고 도망가야 한다.

"해봐요."

"난 브라이어니를 아주 사랑합니다."

"하지만 그 아인 제정신이 아니잖소?"

그 말에 의사는 잠깐 움찔했지만, 오히려 그것이 말문을 틀 신호가 된 셈이기도 했다.

"의대 다닐 때, 정신과로 갈까 진지하게 고민해본 적이 있습니다. 그때 경계성 증상에 대해서 배웠어요."

"경계라니 무슨 둘레 말하는 건가."

"아닙니다."

웨이터가 와서 남은 음식을 치웠다. 양이 상당했다. 이 식당에서는 손님을 양껏 먹이는 걸 좋아했다. 정말 좋은 사람들이었다. 의사는 후식으로 파블로바*를 주문했고, 나는 초콜릿 가루를 뺀 카푸치노면 충분하다고 했다. 초콜릿 가루는 싫다. 의사가 말했다.

"본질적으로 경계성 성격장애자들은 행동에 따라 감정을 분리합니다. 비극적인 것은, 그런 환자들은 절대 회복되지는 않는다는 겁니다. 그나마 최선의 방법은 그저 지금처럼 살 수 있도록 돕는 겁니다. 처음에 이런 환자들은 정상적으로 보이고 멀쩡한 직장에도 다닐 수 있죠. 하지만 언제나 광기와 정상 사이에서 아슬아슬한 줄타기를 합니다. 관계를 형성하지 못하고, 깊은 분노에서 헤어나지 못해 결국 자기 파괴적 행위를 하죠."

"그 애가 좀도둑질을 하는 것처럼?"

"바로 그겁니다. 이런 사람들은 계속 사건을 일으키면서 살아요. 역할 놀이에 능하고 제어할 수 없을 만큼 공허한 감정에 휩싸입니다. 절대 변하지 않아요."

"배우란 말이군."

"네, 경계성 성격장애를 겪는 환자들이 많이들 무대에서 뛰어난 활약을 하죠, 하지만 그래도……."

순간 릴리언이 떠올랐다.

"문제가 뭡니까, 의사 선생? 그냥 떠나면 되지 않습니까?"

의사는 후식을 내려다보더니 밀어버리고 말했다.

"난 그녀에게 푹 빠졌습니다."

"그만둬요, 선생. 어디 영국 술집에 가서 술이나 한잔합시다. 그런 걸 찾을 수 있으면."

---

* 크림과 과일을 얹어 만든 머랭 쿠키.

나는 그를 데리고 포토벨로 근처에 있는 선스플렌더 술집에 갔다. 적어도 거긴 영국식 술집이긴 했다. 그것도 예전 일이지만. 가장 좋은 맥주를 두 잔 주문하고 자리를 잡았다.
"마셔요."
의사는 그 말대로 했다. 그런 후에 나를 분석적인 눈길로 한참 쳐다보더니 물었다.
"어떻게 그렇게 침착할 수 있습니까? 여동생 일인데."
아마도 침착이 아니라 냉정이라고 말하려던 것이리라. 그래도 괜찮다. 나는 예의를 지킬 수 있다.
"의사 선생, 난 감옥에 있었어요. 그 생활은 정말 싫었소. 거기 돌아가지 않으려면 내 에너지를 다 쏟아 부어야 한다는 직감이 강하게 들어요. 난 그저 생존하기 위해서 감정을 내색하지 않고 살아야 해요. 열 내기 시작하면 죽은 목숨이오."
의사는 겁을 먹었다.
"하지만 그렇게 생존하는 건 끔찍하지 않습니까. 항상 긴장하고 자제한다니."
나는 잔을 다 비웠다.
"감옥보다야."
잠시 후, 술 한 잔씩 더 시켜서 마시던 중에 의사가 물었다.
"내가 할 일은 뭘까요?"
"의사 선생, 난 충고를 하지도 않고 절대 받지도 않지만, 이 거 하나만은 말해주죠. 가서 공을 차지하고 불꽃처럼 살아요. 사실 그 애가 당신을 떠날 거니까. 걘 언제나 그럽니다. 그런 후에 프랭크를 되살려서 코카인과 총과 광기로 돌아갈 거요."
"그럼 난 어떻게 살죠?"
나는 그의 어깨를 토닥였다.
"다른 사람들처럼 살겠죠. 아주 잘."

다음 두 주간은 잠잠했다. 나는 일을 하고 책을 읽고 여배우의 시중을 들었다.

간트가 오기를 기다리며 만반의 준비를 갖추고 싶었다. 그렇게 하지 않았다간 끝장이다.

크리스 디 버그*의 노래 중에 이런 게 있다. 〈허리케인을 기다리며〉.

브리지 하던 날 밤은 죽은 자도 부활할 수 있다는 것을 보여주었다. 남자 셋에 여자 하나. 모두 미라였다. 그나마 담배를 피우는 게 살아 있기는 하다는 증거였다.

나는 게임을 하지 않았고 아무도 내게 말을 걸지 않았다. 릴리언만 두 말을 되풀이할 따름이었다.

(1) 하이볼 한 잔 더 줘, 자기.

(2) 재떨이 좀 비워, 자기.

* Chris De Burgh, 1948~ . 아일랜드·영국의 싱어송라이터. 〈붉은 옷을 입은 여인〉이 대표적인 히트곡이다.

아, 참. 릴리언이 선물을 하나 줬다. 은제 담뱃갑.

퀸스웨이에 있는 술주정뱅이에게 줘버렸다. 그는 그걸 보더니 소리를 질렀다.

"이 거지같은 건 뭐야?"

내 말이.

의사에게서 걸려온 전화는 변화의 시작을 알렸다.

"그녀가 떠났어요."

"안됐군."

"어쩌죠?"

"원래 인생으로 돌아가요."

"무슨 인생으로요?"

눈물과 호소의 도시에 오신 걸 환영합니다.

2주가 지난 후에는 불안해졌다. 어떤 철학자가 이렇게 말했다. "모든 인간의 문제는 방 안에 가만히 앉아서 아무것도 하지 않을 수 없다는 데서 비롯된다."

그 말이 딱 맞다.

브롬프턴로드에 있는 핀치 술집에 갔다. 괜한 변덕이었다. 구찌 재킷을 입고 있었으니 전적으로 우연만은 아니리라. 지하철에서 누가 버리고 간 〈사우스런던 신문〉을 한 부 주웠다. 지하철 디스트릭트 라인이 평소처럼 난리법석을 겪는 동안 신문을 훑었다. 하마터면 그 기사를 놓칠 뻔했다. 그 면 가장 끝에 실린 기사에 따르면, 한 남자가 클래펌의 아파트 앞에서 시체로 발견되었다. 노상강도의 희생자라고 했다. 남자와 아파트는 아는 이름이었다.

나는 그의 재킷을 입고 있었고, 이전에 그의 아파트에 산 적도 있다.

핀치에 가서 평소에 마시던 술을 주문하고 조용한 자리로 가져갔다. 담배를 말면서 이런 때는 위스키가 더 낫지 않나 싶었다.

〈사우스런던 신문〉을 읽은 후, 얼마간 흐릿한 눈으로 먼 허공만 쳐다보았다. 그 사실을 깨닫지도 못 하고, 그저 스르르 빠져들었다. 그런 습관은 감옥에서 익힌 것이다. 아니, 저절로 그런 습관이 생겼다는 편이 맞을 것이었다. 그러다 조금씩 누가 내게 말을 걸고 있음을 깨달았다. 다시 초점을 맞추고 보니 술에는 손도 대지 않았고 담배에는 불도 붙이지 않았음을 알았다. 말을 건 사람은 옆 탁자에 앉은 여자였다.

"기절하신 줄 알았어요."

황갈색 스웨이드 재킷과 검은 티셔츠, 편안하게 빛바랜 청바지를 입은 삼십 대 후반의 여성이었다. 검은 머리카락에 얼굴도 예뻤지만, 왼쪽 눈 아래 깊은 흉터가 인상 깊었다.

"생각 중이었어요."

"혼수상태에 빠져 계시던데."

아일랜드 억양이었다. 부드러운 모음은 언제나 구분하기가 쉽다. 위로하는 느낌이다. 나는 맥주를 꿀꺽 들이켜고 물었다.

"지금 나랑 수다 떨자는 거요?"

"모르겠어요. 이제까지 수다라고 할 만한 말은 한마디도 안 하셨잖아요."

여자는 물론 매력적이었지만, 망설여졌다. 여자가 말했다.

"아일랜드어에는 아름다운 말이 있어요. 브로나크(brónach)라고. 슬픔, 그보다 더한 감정이란 뜻이에요. 어쨌든 지금 그렇게 보여요."

아직도 입을 제대로 놀릴 수가 없었다. 콧대도 높고 근사한 여자가 앞에 있다. 그런데도 나는 끔찍한 무기력 상태에 빠져 있다. 여자가 말했다.

"본인도 알 테지만 얼굴이 엉망이네요. 코도 깨지고 여기저기 멍도 들고. 아파요?"

나는 굳게 닫았던 입을 열었다.

"한잔하고 싶소?"

"아니, 괜찮아요. 고마워요."

의심스러울 땐 못되게 행동한다. 감옥에서는 항상 먹혔다.

"당신이야말로 어떻게 여기, 이 강 북쪽의 거지 같고 거만한 술집에 혼자 올 수 있었던 거요?"

여자 얼굴에 주먹을 날린 거나 다름없다. 여자는 흉터를 만지더니 물었다.

"그렇게 눈에 띄어요?"

나는 가차 없이 말했다.

"수술을 받지 그래?"

뺨을 한 대 더. 여자는 물러앉았다.

185

"괜한 참견해서 미안해요."

이제야 입이 풀렸다.

"난 미치요. 무례하게 군 건 참아줘요. 오늘 일진이 나빴거든."

여자는 미소 지었다. 웃으니 얼굴이 얼마나 환히 빛나던지 흉터가 텐트 걷고 떠나간 느낌이었다.

"그럼 같이 마실까요. 기네스 반병 마실게요."

"무슨 소리, 제대로 된 술을 마셔야지."

"뭐가 좋은데요?"

"위스키가 언제나 진리지."

나는 큰 잔으로 두 개 주문했다. 맛이 좀 더 순화되도록 뜨겁게. 여자가 감탄했다.

"어머나, 이거 참 맛있네요."

나는 그녀를 보고 물었다.

"항상 느낀 걸 그대로 말하는 성격인가 보지?"

"물론이죠. 당신은 안 그런가요?"

"실질적으로 따지면 한 번도."

여자의 이름은 애슬링이었다. 일단 내가 긴장을 풀자, 우리는 아주 친해졌다. 내가 이렇게 즐거운 시간을 보낼 수 있다는 걸 믿을 수 없었다. 우리는 그 술집을 나와 택시를 타고 케이준 음악을 연주하는 클럽으로 갔고, 둘이 먹다가 하나가 죽어도 모를 정도로 맛있는 바비큐 립을 먹었다. 맥주를 피처로 마시고, 계속해서 립을 먹었다. 이런 음식은 깔끔하게 먹을 길이 없다. 일단 먹게 되면 기름을 잔뜩 묻힐 수밖에 없으니까.

그녀는 제대로 먹을 줄 알았다.

두고두고 복 받기를.

클럽에는 작은 댄스 플로어가 있었는데, 그녀가 나를 끌고 나갔다. 악단에 악마 같은 바이올린 연주자가 있었는데, 우리는 그에게 완전히 홀려버렸다. 땀에 흠뻑 젖어서 자리로 돌아가 피처를 하나 다 마시고 립을 좀 더 먹자 지상낙원이 따로 없었다.

애슬링이 내 팔을 잡았다.

"키스해줘요."

나는 그 말대로 했고, 이로써 메뉴가 완성되었다. 그때 객원 솔로 연주자가 와서 〈그날 밤 차를 타고 옛날 남부 동네를 지나갔지〉를 연주했다. 우리는 그에 맞춰 천천히 춤을 추었고, 나는 행복에 가까운 기분을 느꼈다.

거의 기절할 뻔했다. 그녀가 말했다.

"미치, 당신 정말 키스 잘하는 거 알아요?"

이럴 수가!

애슬링은 손으로 내 목 뒤를 쓸며 노래를 따라 불렀다. 내 몸에 전류가 짜릿하게 흘렀다. 그녀는 세상에서 가장 배신을 잘하는 독약을 주었다. 희망.

그녀가 말했다.

"말해줘요, 미치. 이곳은 절대로 문 닫지 않는다고."

"나도 그러길 바라."

그때 애슬링이 눈을 떴다.

"뭔가 근사한 말을 해줘요. 진실이 아니더라도 언제까지나 기억할 수 있는 원대한 이야기."

그 순간, 나는 그녀가 그런 말을 들을 자격이 있다고 느꼈다.

"당신은 내가 이제까지 만난 사람 중에 가장 사랑스러운 사람이야."

그녀가 나를 꽉 껴안았다.

"멋지고 완벽해요."

그 말은 사실이었다.

가끔 신들은 가차 없으며 냉엄한 생각을 한다.

"이만하면 됐어. 저 새끼에게 다른 세상이 있을 수도 있다는 것을 보여주자. 오직 축복받은 사람에게만 주어진 세상을."

악단 연주가 끝나자, 애슬링이 말했다.

"같이 가요, 미치. 켄징턴에 있는 허름한 내 아파트로요. 아이리시 커피를 만들어줄게요."

그래서 따라갔다.

우리는 커피를 마시진 않았지만, 이제까지 그런 게 있는지도 몰랐던 달콤하고 부드러운 사랑을 나누었다. 내가 나가려 할 때 애슬링이 물었다.

"다시 만날 수 있어요?"

"나도 그러길 바라. 정말."

허공에 둥둥 뜬 기분으로 집으로 돌아갔다. 케이준 음악, 그녀의 경쾌한 목소리, 부드러움 그 자체인 몸을 생각하니 정신이 황홀했다. 홀란드파크의 차로로 올라가며 나는 웅얼거렸다. "이만하면 충분해, 여기서 나가겠어."

베개 위에 거미처럼 보이는 물체가 놓여 있었다. 검은색에 뭉개진 것. 천천히 다가가본 후에야 그게 뭔지 알아볼 수 있었다. 간트에게 보낸 롤스로이스 모형의 잔해였다.

마침내 차를 샀다. 그래, 이젠 그럴 때가 되었다. 보증서도 없고 앞으로 여섯 달 정도는 탈 수 있을 것 같은 오래된 볼보였다. 여기저기 우그러졌지만, 다들 한두 군데는 우그러져 있지 않은가. 이 차에 기어를 넣자, 롤스로이스 생각은 머리에서 죄다 사라졌다.
　시내를 누비며 노턴을 찾아내기까지 사흘이 걸렸다. 결국 해로우로드의 비디말론 가게에서 찾아냈다. 단골 구역 밖이었다.
　전날 밤에도 그러했듯이 나는 기다렸다. 가게가 문을 닫고 그가 나오기를. 다른 손님들과 손뼉을 맞추며 작별인사를 하기를.
　술 취한 좀팽이들의 기운이 넘쳤다. 노턴이 여전히 웃으며 차 열쇠를 더듬더듬 찾고 있을 때 내가 글록을 귀 뒤에 갖다 댔다.
　"이제 누가 바닥으로 떨어진 것 같나, 얼간이."
　그를 뒷좌석에 밀어 넣고 눈썹 사이에 총을 갖다 댔다.
　"이제 날 협박해봐, 이 자식."
　잠깐 정신을 차릴 틈을 주었더니, 노턴이 말했다.

"미치······. 우리 이 일을 잘 해결할 수 있을 거야, 그렇지?"

"내 베개 위에 증표를 놓아두다니······."

"이봐, 미치. 일어나 앉아도 돼? 우리 오해를 풀자고."

나는 그를 일으켜 앉힌 후 물었다.

"방을 다 뒤집어엎지 그랬어! 좋은 물건들 사이에 이것도 있었는데."

총신을 코에 갖다 대며 계속 말을 이었다.

"그래서 이제 내가 손가락을 들게 된 거지."

노턴은 고개를 저었다.

"그 사람이 나보고 아무것도 건드리지 말고 빨리 하고 나오라고 했어. 특히 집사 새끼에게는 걸리지 말라고. 그러면 깜짝 선물을 망친다나."

"아파트에 살던 사람은 어떻게 된 거지?"

노턴은 나를 보고 물었다.

"그 얘기 들었군."

"읽었지."

"간트는 네가 나갔다는 걸 믿지 않았어. 그 집에 잠복하고 있었는데, 멍청한 새끼가 몰래 들어오려고 한 거야. 그래서 간트가 정신이 나간 거지. 너도 그 사람 알잖아. 검둥이 어떻게 했는지 봤잖아."

"그럼 아직도 나한테 앙심을 품고 있는 건가?"

노턴은 거슬리는 소리로 웃었다.

"그 이상이야. 간트는 가끔 콜롬비아인들과 사업을 하는데,

그자들의 가차 없는 일처리에 아주 탄복하고 있어. 그자들은 너랑 관련 있는 사람은 누구든지 죽일 거야."

이 말을 받아들이는데 잠깐 시간이 걸렸다.

"내 여동생?"

그는 고개를 끄덕였다.

"새로 친구를 사귀지 마라."

"너는 어떻게 할 거지, 빌리?"

"난 빠져나올 거야. 갖고 있는 걸 현금으로 바꾸는 대로 뜰 거야."

"네가 현재 처한 불리한 상황을 간과하고 있는 거 아니냐?"

노턴은 총을 보고, 나를 보더니 말했다.

"넌 나를 쏘지 않을 거야, 미치."

이 모든 상황에서 빌어먹을 점은 내가 아직도 어떤 면에서는 노턴을 좋아한다는 것이었다. 쓰레기 같은 인간이지만, 우린 함께 해온 시간이 있다. 대부분은 나쁜 시간이지만, 어쨌든 있긴 있다. 나는 말했다.

"네 말이 맞아, 빌리."

나는 총을 치우고 차에서 내렸다. 그때 비가 내리기 시작해서 옷깃을 세웠다. 노턴이 차에서 내렸다. 한참 그렇게 서 있는데 노턴이 손을 내밀었다.

"악수하고 털어버리자, 친구."

"너무 밀어붙이지 마."

나는 그 자리를 떴다.

프레드 윌러드의 《폰스가에서》를 읽던 중이었다. 나한테 딱 맞는 책이었다. 하드보일드에 웃기기까지 하고. '미워할 틈도 없이 활기가 넘치는 도시'라고 불리는 조지아 주 애틀랜타를, 도둑질할 만한 틈은 있는 도시라고 묘사하는 사람을 어찌 싫어할 수 있을까.

전화가 울렸다.

"네."

"미치 오빠, 브라이어니야."

"다행이다, 그렇지 않아도 널 만나려고 했는데."

"나도 좋아."

"내일 저녁에 만나자. 저녁 사줄게. 캠버웰에 있는 네가 좋아하는 이탈리아 식당에서 8시. 어때?"

"나 혼자 갈 거야, 미치 오빠."

"그것도 좋지."

"항상 끝에는 나 혼자 남아."

"그 얘기도 해보자."

"늙은 여배우는 데리고 오지 않을 거지?"

"아니, 너랑 나뿐이야."

전화를 끊으며 혼잣말을 했다.

"맙소사, 앤 정말 골칫덩이라니까."

내가 새로 사람을 만났다는 말은 하지 않을 작정이었다. '늙은 여배우' 이야기 역시. 책을 읽고는 있었지만 마음은 두 길로 흘렀다. 하나는 책에, 다른 하나는 간트에.

일단은 임시방편을 실행해보기로 하고 그에게 전화를 걸었다. 간트가 받았다. 나는 말했다.

"롭, 이 친구."

침묵이 흐르더니 "미첼"이라는 대답이 돌아왔다.

"다른 사람 누가 있겠나, 잘 있었어, 형씨?"

"음, 미첼. 조만간 자네를 방문할 거야."

"그래서 전화를 걸었지. 내가 여러 군데서 들어오는 월급을 어떻게 쓰고 있는지 알려주고 싶어서. 돈이 엄청 들긴 했지만, 전문 킬러를 하나 '고용'했거든. 그래서 일을 이렇게 진행할 거야. 당신이 나나 내 여동생에게 해를 입히면, 그 사람이 당신 딸을 쏠 거야. 개가 지금 몇 살이라고 했지? 열한 살? 덜리치에 있는 학교에 다닌다고 했던가? 아니, 더 있어. 아직 현금이 좀 남았거든. 당신 아내에 대한 추가 계약을 할 수 있을 만큼만. 당신 부인은 일주일에 사흘, 오후에 옥스팜에서 자원 봉사를 한다지. 그 부인을 위해서 '염산 샌드위치'를 구했어. 봐, 당신 충고를 받아들여서 조사를 좀 했지. 당신 말대로 정보가 힘이니까."

"허풍 떨고 있군."

"그게 바로 멋있는 점이야. 허풍인지 아닌지 결정을 해야 할 테니까. '허풍 카드 맞히기'라는 게임의 변형이랄까. 어떻게 생각해?"

"내 생각엔 미첼, 자네 지금 누구한테 협박을 하고 있는지 모르는 모양이야."

"바로 그러니까 통쾌한 거지."

"내 말 믿어, 미첼. 곧 만나게 될 거야."

"난 이만 끊어야겠어. 아, 마지막으로 하나. 이슬람 연합이 당신하고 얘기를 하고 싶어서 죽을 지경이라는데. 브릭스턴에서 끝장낸 애 때문에. 의자에 묶였던 애 있잖아."

전화를 끊었다. 이걸로 시간은 좀 벌었다. 그는 확인을 해볼 거고, 조만간 나를 추격해 오리라. 그때까지는 계획을 짜낼 수 있기를 바랐다. 적어도 탄약을 좀 더 채울 수는 있을 것이다.

다음 날 저녁, 브라이어니를 만나러 가면서, 오벌 경기장에 차를 세웠다. 차를 세우고 새로 온 〈빅이슈〉 노점상이 어떻게 하고 있나 보러 갔다. 젊은이는 멀쩡하게 거기 있다가 나를 금방 알아보았다. 한 부 사는데, 그 애가 힐끔거리는 게 느껴졌다.
"요새 어때?"
"걔네들, 아저씨가 그랬죠? 맞죠?"
"뭐?"
"조를 죽인 애들이요. 아저씨가 걔네들 해치웠잖아요."
"축구선수라는 애?"
"네. 베컴 셔츠 입고 다녔던 애."
"걔 잘했냐?"
"재능이 있었죠."
"그래. 난 가봐야겠다."
차로 가는데, 애가 고함을 질렀다.
"내가 무슨 생각 하는지 알아요?"

"뭐?"

"걔네들이야 죽든 말든!"

"내 차 좀 봐줄래?"

"맡겨만 줘요."

나는 캠버웰 뉴로드로 걸어갔다. 똥구덩이 같은 동네다. 술집도 나쁘고, 분위기는 더 나쁘다. 모자 달린 운동복을 입은 젊은 애들이 계속 누비고 다녔다. 공기 중에는 악의가 펄쩍펄쩍 뛰었다. 24시간 갇혀 있다 나온 교도소 마당 같았다. 이전에는 노숙자들이 몇 푼 달라고 굽실거리며 구걸했다. 요샌 대놓고 요구한다. 이처럼.

한 남자가 나를 이리저리 재면서 처음에는 휙 지나치다가 다시 돌아왔다.

"담배 하나만 줘요."

그럴 때는 험악하게 굴면서 버텨야 한다. 헛소리를 하거나 '담배 안 피워요' 같은 말로 사과하면 큰코다친다.

"꺼져."

노숙자는 떠났다.

물론 약 기운이 올랐으면 얘기는 완전히 다르다. 약쟁이들에겐 아무 규칙도 안 먹힌다. 그런 자들을 만나면 재빨리 해치고, 멈추지 말고 가야 한다. 차를 몰고 오지 않은 걸 뼛속 깊숙이 후회했지만 한편으로는 아드레날린 때문에 계속 정신을 날카롭게 유지할 수 있었다.

캠버웰 그린에 이르자 안도의 한숨을 내쉬고 식당 안으로 들어갔다. 브라이어니는 벌써 도착해서 와인 한 잔을 마시고 있었다. 오늘은 고딕식으로 옷을 차려 입었다. 검정 의상에 하얀 화장.

"이게 뭐냐. 밴시 패션이냐?"

"마음에 들어?"

"근사한데?"

식당 주인은 옛날 친구여서 나와 손뼉을 마주쳤다. 페컴에 처박혀서 사는 이탈리아인이 쉽게 할 만한 행동은 아니었다.

"반가워, 알폰스."

"자네도, 친구. 두 사람 대신 내가 알아서 주문해줄까?"

"그럼 좋지."

브라이어니는 내 몫으로 와인을 좀 따라주었고 우린 가볍게 건배를 나누었다. 내가 먼저 물었다.

"그래서?"

"의사 선생이랑 헤어질 수밖에 없었어."

"들었어."

"내게 비밀번호를 알려주는 거 있지."

"그래서 헤어진 거야?"

브라이어니는 웃음을 터뜨렸다. 다행이다. 저녁 내내 침울하게 보내지 않아도 되겠다. 동생이 말했다.

"개 하나 샀어."

나는 '개'를 '가게'로 잘못 알아들었다.

"이야, 의사가 돈을 얼마나 준 거냐?"

"스패니얼이야."

"아, 개."

브라이어니는 소녀처럼 보였다. 뭐, 고딕 소녀.

"강아지가 스패니얼 종이라고."

"좋네."

"아주 순해. 진정제를 잔뜩 맞은 것처럼."

"운 좋은 강아지로군."

알폰스가 음식을 날라 왔다.

이런 음식들이었다:

전채로는 채소 프리토 미스토. 서양 호박, 가지, 브로콜리에 옷을 입혀 튀긴 채소 모둠.

크로스티노 알 프로슈토. 얇게 썬 햄을 녹진녹진한 파르미지아노 치즈로 덮은 음식.

브리가 먹는 모습을 보고 있노라니 기분이 좋았다. 동생은 섬세하게 집중하며 음식을 먹었다.

"개 이름을 바틀리잭이라고 지었어."

"어째서?"

브리는 자기도 영문을 모르는 표정으로 말했다.

"몰라."

메인 코스로 브리는 코톨레타 알라 밀라네제를 먹었다. 빵가루 반죽을 묻히고 향신료를 넣어 튀긴 쇠고기 요리였다. 입 안에서 살살 녹았다.

나는 뇨끼를 먹었다. 포치니로 향을 낸, 작은 밀가루 만두 같은 음식이다.

포치니란 야생 이탈리아 버섯이다.

이런 설명을 브리에게 해주었다. 브리는 감탄했다.

"어떻게 이런 걸 다 알아? 오빤 요즘 거의 영어도 안 하는 것 같아."

"감옥에서 처음 2주일 동안, 다른 것 배우기 전에 읽을 게 이탈리아 요리 메뉴밖에 없었어. 감방 벽에 붙어 있었거든. 천 번은 읽었을걸. 그런데 누가 훔쳐가더라."

"왜?"

"감옥이잖아. 거기선 사람들이 뭐든 훔쳐가. 뭔지는 상관도 안 하고."

마지막으로 에스프레소를 마셨다. 입천장이 델 만큼 뜨겁고 쓴 진짜 에스프레소였다.

"브리, 내 말 좀 진지하게 들어."

"그래."

"잠시 어디 가 있을 데 없어?"

"왜?"

"오빠가 좀 처리해야 할 일이 있는데, 네 걱정은 하기 싫어서."

"안 가."

"뭐라고?"

"지금 강아지를 기르잖아. 못 가."

"야, 그 강아지도 데리고 가면 되잖아."

"오빠가 이유를 말해주면."

나는 담배에 불을 붙이고 한숨을 내뱉었다.

"나한테 압박을 가하는 사람들이 있어. 그 사람들이 너를 해치려고 할지 몰라."

"쳇. 엿이나 먹으라고 그래."

"제발, 브리. 내가 돈을 줄게."

"돈이라면 나도 많아."

"제발, 브리. 오빠 부탁이다."

"생각해볼게. 의사 일은 왜 안 궁금한 거야?"

"물론 궁금하지. 무슨 일이 있었는데?"

"그 사람 채식주의자였어. 달걀도 안 먹어."

"그게 뭐? 너도 가끔은 채식하잖아?"

"이래라저래라 하는 거 싫어. 어쨌든 난 악당이 제일 좋아. 오빠처럼."

두 손 두 발 다 들었다. 계산서를 갖다 달라고 하고 값을 치렀다.

"브리, 택시 불러주랴?"

"나 버스 카드 있어."

"언제부터?"

"어제부턴가."

"그럼 몸조심해."

브리는 특유의 미소를 지었다. 아무것도 약속할 수 없다는 미소.

내가 다시 뉴로드로 발걸음을 떼려 할 때, 차 한 대가 나를 보고 빵빵거렸다.
 창문이 내려가고 제프의 얼굴이 나왔다.
 "미치, 널 계속 찾았어."
 "그래?"
 "얼른 타. 집까지 태워줄게."
 "오벌 경기장까지만 태워주면 돼. 거기 차를 세워놨으니까."
 내가 올라타자 제프는 엑셀을 밟았다. 그 속도에서 바깥의 걸인들은 그저 흐릿하게 흘러갈 뿐이었다. 제프가 이야기를 꺼냈다.
 "내 부탁 좀 들어줘, 친구."
 "할 수 있으면."
 "이틀 후 우린 북쪽으로 갈 거야."
 "응?"
 "팀원 중 두 명이 비었어. 게리는 당해서 다리가 부러졌고, 잭은 마누라가 병원에 있고."
 "연기할 순 없어?"
 "벌써 원정 두 건을 접었어. 악당이자 가장에게는 힘든 일이야."
 "그럼 내게 할 부탁은 뭐야, 제프?"
 "빈자리 좀 채워줘."
 친구끼리는 괜히 진을 빼면 안 된다.
 하거나 말거나.
 "하지."

"야, 만세. 월요일 아침 우리 집으로 와. 8시 30분."
내가 차에서 내릴 때 제프가 말했다.
"같이 가줘서 고마워, 미치."
"별일도 아닌걸."
그때 생각은 그랬다.

홀란드파크 차로를 걸어 올라가면서, 불이 다 꺼졌다는 것을 눈치 챘다. 다행이다. 지금 여배우 위에 올라타는 건 감옥에서 먹던 아침식사만큼이나 구미가 당기지 않았다.
내 방으로 가려는데, 부엌에 불이 켜진 게 보였다.
조던이 셔츠 바람으로, 병을 하나 앞에 두고 부엌 탁자 앞에 앉아 있었다.
"여어."
내 말에 조던은 고개를 들더니 내게 술을 권했다.
"같이 한잔하죠."
"좋죠."
조던이 재킷을 벗은 모습은 처음 보았다. 구릿빛 팔은 근육질이었다. 그가 나보고 잔을 가져오라고 손짓했다.
그 말대로 했다. 그가 병을 기울여 잔 하나 가득 따라주었다.
"예네버라고 하는 네덜란드 진입니다."
우리는 잔을 맞부딪치고 '스콜*'처럼 들리는 무슨 말을 중얼

---

* 바이킹식의 건배.

거린 후 한 번에 마셔버렸다. 맙소사, 끝내주는 술이었다. 한순간 부드럽게 넘어가나 싶더니 확 뛰어올라, 위가 폭격을 당한 양 찌르르했다. 눈물이 찔끔 났다. 숨을 헉 들이켰다.

"후유."

조던이 고개를 끄덕이고 말했다.

"한 잔 더?"

"물론이죠."

이중타의 충격에서 회복한 후, 나는 담배를 말기 시작했다. 조던이 말했다.

"나도 한 대 줄 수 있겠소?"

"규칙은 어쩌고요?"

"그런 건 집어치우라고 해."

나는 그에게 담배 하나를 건네주고 불을 붙였다.

"이제 제대로 된 말 좀 하네요."

그는 담배를 깊이 들이마셨다. 처음 피워본 솜씨가 아니었다. 담배 먹고 자란 품새였다.

"마담은 어떻게 지내요?"

"극장으로 오라는 전화를 기다리고 있지."

"저런! 그런 전화는 절대 안 올 거 아니오. 그럼 어떻게 되는 거요?"

조던은 고통스러운 표정을 지었다. 취해서 그렇기도 하지만, 고통이 대부분이었다.

"다른 걸 생각해내면 되지. 언제나 그러니까."

나는 술기운이 적당히 오른 김에 담대하게 물었다.
"뭣 때문에 그러는 거요? 어째서 아직 머무르는 거죠?"
그는 놀란 표정이었다.
"이게 내 인생이니까."
더 이상 자세한 설명이 없어서 나는 더 캐물었다.
"이전에는 남편이었다고 하지 않았소?"
내가 안다는 사실에도 그는 머쓱해하지 않았다.
"아직도 남편이야."
그러더니 두 손을 탁자 위에 대고 나를 똑바로 쳐다보았다.
"그녀를 만나기 전에 난 아무것도 아니었어. 그녀는 내 심장의 박동이지."
우리 둘 다 꽤 취한 김에 계속 밀고 나가기로 했다.
"하지만 릴리언은……. 알다시피, 다른 남자들도 만나지 않소?"
그는 바닥에 침을 뱉더니 '푸' '퉤'와 같은 소리를 냈다.
"그들은 아무것도 아니야. 쓰레기처럼 버릴 노리개지. 난 변함없어."
입술에 침 자국이 남았고 눈에는 열기를 품었다. 그가 아직 카드를 다 내보이지 않았다는 생각이 들었다. 나는 긴장을 풀기로 했다.
"당신이 그녀를 잘 보살펴주는 건 확실하네."
조던은 가보라는 듯 두 손을 흔들었다. 나는 진을 좀 더 삼킨 후 물었다.

"가스 브룩스와 트리샤 이어우드가 듀엣으로 부른 〈다른 이의 눈으로 보면〉이라는 노래 들어본 적 있어요?"

"아니."

"음악을 별로 듣지 않는군요."

"음악이란 바그너뿐이야."

이런 말에 제정신으로 할 수 있는 대답은 없을 것이다. 적어도 나는.

다음 순간, 그는 참으로 괴상한 짓을 했다. 일어서더니 정중하게 인사를 했다.

"대화는 즐거웠소만, 이제 문단속을 해야겠군요."

나도 일어섰지만 그와 악수를 해야 할지 갈피를 잡지 못했다.

"술 고마웠소."

내가 문으로 갈 때 그가 말했다.

"미첼 씨, 만약 어려움에 처하면 내가 언제든지 도와줄 수 있어요."

"오."

"난 아주 쓸 만한 아군입니다."

침대로 향하면서 잠시도 그 말을 의심하진 않았다.

잠시간 텔레비전을 보려고 했지만 시야가 흐렸다.

〈앨리 맥빌〉도 그렇게 나쁜 드라마가 아니라고 생각한 걸 보면, 잔뜩 취했던 건 분명하다.

금요일. 월요일에 은행을 털러 갈 거면 휴식과 오락을 갖는 편이 나을 것 같았다.

애슬링에게 전화를 했다. 그녀가 전화를 받더니 이런 말을 했다.

"다신 연락 안 할 줄 알았는데."

"왜?"

"남자들이 흔히 하는 수법이잖아요. '전화할게' 하고 숨도 안 쉬고 거짓말하니까."

"그래……. 그럼 잠깐 볼까?"

"아, 그래요. 나한테 계획이 있어요."

"계획이 최고지."

"그럼 8시 30분에 엔젤 지하철역으로 데리러 올래요?"

"이슬링턴?"

"그럼 안 돼요?"

"북쪽이잖아."

"그래서요?"

"아니……. 북쪽도 갈 수 있지."

"나중에 봐요."

하루 종일 일을 했다.
문을 고치고
창문을 닦고
휘파람을 불고.

저녁이 되자 조던이 현찰 한 다발을 내 앞에 놓았다.
"마담께서 잠깐 얘기 좀 하자는 군요."
"네. 그런데…… 월요일은 좀 쉬어야 할 것 같은데."
"습관적으로 빠지지는 말도록 해요."
지난 밤 존재했던 동료 의식은 다 사라진 듯했다.
하지만 그의 눈에 핏발이 선 게 보였다. 진을 꿀꺽꿀꺽 마시는 법을 가르쳐줘야겠다.
마담은 식당에서 기다리고 있었다. 근사한 모습이었다.
헤어드레서
메이크업 아티스트

물리치료사

한 부대가 훌륭하게 일을 마치고 갔다. 피부와 눈에서 빛이 났다. 목이 깊게 파인 크림색 드레스를 입고 있었고, 피부는 가볍게 그을렸다. 일품이다.

마음이 흔들렸다. 육체는 개새끼라서 내 의지와 상관없이 움직인다. 릴리언은 알겠다는 웃음을 지었다.

"그렇게 노동을 했으니 덥고 땀을 흘렸겠지."

나는 애매하게 어깨를 으쓱했다.

"오늘 밤에는 외출할 거야. 사보이에 자리를 하나 예약했어."

"난 안 돼요."

"뭐라고?"

"다른 계획이 있어요."

"그럼 취소해. 이제 내가 대중 앞에 모습을 보여야 할 때야."

"재미있는 시간 보내요. 하지만 난 같이 못 가요."

"내가 동행도 없이 사람들 앞에 나서야겠어? 에스코트할 사람이 있어야 해."

"전화번호부 찾아봐요."

릴리언은 내가 자기를 거절한다는 것을 믿지 못하고 소리를 질렀다.

"날 거부할 순 없어!"

나는 매서운 눈초리로 그녀를 쏘아보았다.

"이봐요, 숙녀답게 굴어요."

그러고는 걸어 나갔다. 그녀가 비명 지르는 소리가 들렸다.
"나가라고 한 적 없어, 다시 돌아와!"

물론 조던이 모습을 드러냈다. 그가 뭐라 말하기 전에 내가 선수 쳤다.

"연습하시나 봐요. 방해하지 마세요."

샤워를 하면서 나는 생각했다. '정말 성가시기 그지없는 여왕님이라니까.'

나는 그처럼 앞일은 꿈에도 몰랐다.

―――――

 샤워를 한 후, 맥주를 한 캔 따고 옷을 입었다. 가볍게 입자. 스웨터와 청바지. 코는 여전히 아팠지만 그럭저럭 살만 했다. 간트가 아직도 마음 언저리에서 어정댔다. 한 번 만들어진 마음의 실은 끈질기고 음흉하다. 《101마리 달마시안》에 이런 구절이 나온다.

 미워해서가 아니야. 완전히 황폐하기 때문인 거지.

 가끔 아동문학에서 그렇게 보석 같은 말들을 찾는다. 나갈 준비를 하고 휴대전화를 챙겨서 청바지 주머니에 넣었다. 한 번에 차 시동이 걸렸다. 차로 끝까지 나갔을 때 전화가 울렸다.
 "여보세요?"
 릴리언이었다.
 "당신은 내 기대를 훌쩍 뛰어넘긴 했지만, 내 희망에는 훨씬 못 미쳐."

그러더니 끊어버렸다.

8시 10분에 엔젤 지하철역에 다다랐다. 이슬링턴은 차가 다니기에는 개떡 같은 동네였다. 애슬링이 미리 와서 기다렸다. 더플코트를 입고 색 바랜 청바지를 입었다. 해사한 학생처럼 보였다. 문을 열어주었더니 올라탔다. 그녀가 앞으로 몸을 숙여 입을 맞췄다.

"늦어서 미안해."

"내가 늦었으면 우리 둘 다 미안해했을 거예요."

그 말뜻은 더 캐지 않고 물었다.

"어디로 가지?"

애슬링은 복잡한 길 설명을 했고 나는 두 번이나 길을 잃었다. 마침내 그녀가 외쳤다.

"멈춰요!"

그렇게 했다.

어떤 술집 밖에 주차했다.

"여기가 맥내스티*라는 술집일 거예요."

"농담하는 거지?"

"아니, 진짜 이름이에요."

"브롱크스에 있어야 할 술집 같은데."

"범죄소설 좋아한다고 한 말이 기억났어요. 여기엔 범죄소설가가 오고, 작품이랑 관련된 음악을 틀어요. 오늘 밤엔 누가

---

* 더럽고(filthy) 역겹다(nasty)라는 뜻. 맥은 아일랜드어 이름 앞에 붙는 접두사다.

오는 줄 알아요?"

전혀 알 수 없었다.

"전혀 모르겠는데."

"제임스 엘로이*."

"거짓말……. 대단한데!"

술집엔 벌써 사람이 꽉꽉 들어차 있었지만, 바 구석에 있는 의자 두 개를 차지할 수 있었다. 애슬링의 얼굴은 대작가를 만난다는 흥분으로 환히 빛났다.

"내가 살게요. 뭐 마시고 싶어요?"

"기네스 맥주."

애슬링은 그것과 말리부 한 잔을 주문했다. 음료수가 나오자 우린 건배를 나누었다.

"말리부가 뭐야?"

"럼에 코코넛을 섞은 거요."

"참 도 맛있겠는데."

"마셔 봐요."

"그러고 싶지 않아."

"아, 어서요."

"맙소사, 엄청 쓴데. 꼭 감기약 같아."

---

* James Ellroy, 1948~ . 미국의 범죄소설가, 수필가. 어린 시절 어머니가 살해당한 경험 이후 청소년 시절을 범죄로 보냈으며, 어머니 이야기를 《내 어둠의 근원》이란 수필로 썼다. 촘촘한 플롯과 비극적인 세계관, 로스앤젤레스를 무대로 한 이야기가 특징으로, 대표작으로는 《블랙 달리아》, 아카데미 각본상을 수상한 영화로 더 유명한 《L. A. 컨피덴셜》이 있다.

애슬링은 웃더니 내 허벅지를 꽉 쥐었다.

"만나서 기뻐요."

기분이 무척 좋았다. 세상에, 이런 기분을 느껴본 게 얼마만이지? 애슬링은 멋지고 재밌고 똑똑하며 나를 좋아했다. 지갑에는 돈이 있고 발기도 적당히 된다. 지상낙원이군.

제임스 엘로이가 왔다. 덩치가 큰 사람이었는데 한잔했는지 달떠 있었다. 그는 책을 낭독했다기보다 아예 종합 공연을 했다. 최면을 건 듯 황홀했다.

휴식 시간에 엘로이 주변에 사람이 모였다. 애슬링이 말했다.

"가서 이야기 좀 하지 그래요."

"나중에 만나보지, 뭐."

애슬링은 사악한 미소를 지었다.

"이따가 우리가 뭐 할지 알아요? 당신을 우리 집으로 꼬여서 욕조에,

향료

기름

그리고

당신을

넣을 거예요. 그다음엔 와인을 한 병 따서 붓고요. 커다란 피자를 한 판 주문한 다음, 피자가 식기 전에 당신을 먹을 거예요. 당신이 자는 동안 그 모습을 바라볼 거고요."

휴대전화가 울렸다.

나는 조용한 곳을 찾아서 사람들 틈을 비집고 들어갔다. 한

남자가 웅얼거렸다.
"빌어먹을 여피."
내가?
전화를 가까이 댔다.
"여보세요."
"미첼 씨, 조던이오."
"네?"
"파머 양이 자살을 기도했어요."
아, 염병할.
"상태가 심각한 거요?"
"그런 것 같아요."
"뭘 해야 되죠?"
"와줬으면 하는데."
"아, 젠장."
"좋을 대로 해요."
그러면서 그는 전화를 끊었다. 나는 되뇌었다.
씹할.
씹할.
씹할.
한 남자가 말했다.
"엘로이는 휴식 시간 후에 훨씬 낭독을 잘해요."
나는 다시 사람들을 비집고 돌아가 애슬링에게 말했다.
"가봐야겠어."

"어머, 안 돼요."

"내 말 들어봐, 가는 길에 데려다주고 갈게."

"아니, 당신은 먼저 가는 편이 낫겠어요."

"괜찮겠어?"

"어쩌면 제임스 엘로이와 얘기를 할 수 있을지도 몰라요."

"나중에 보충해줄게."

그녀는 슬픈 미소를 보였다.

"두고 봐야죠."

술집을 나올 때, 낭독 배경 음악은 U2의 〈가장 다정한 사람〉이었다.

그런 게 사람 괴롭히는 게 아니라면, 달리 뭐가 사람 괴롭히는 것이겠는가.

"당신에 대한 기억 외에는 모두 흘려보낼 거야."

저런, 저 대사가 도대체 어느 책에 나왔더라?

이슬링턴의 복잡한 길을 싹싹 피해 나가려니 뼛속까지 피곤했다. 홀란드파크까지 돌아가는 데 두 시간 걸렸다.

부엌에 들어가자 조던이 있었다.

"상태는 어때요?"

"의사가 진정제를 주었지만 깨어 있습니다."

"올라가봐야 합니까?"

"그렇게 해줘요."

그가 더 이상 아무 말도 덧붙이지 않아서 나는 부엌을 나갔다. 마치 사형수처럼 계단을 올랐다. 릴리언의 침실에는 스탠드 하나만 켜 있었다. 침대 이불 위로 두 팔이 놓여 있었다. 손목에 감긴 붕대가 보였다. 상처를 가리기에는 어림도 없었다.

"릴리언."

"미치, 미치, 자기야?"

"그래요."

릴리언은 안간힘을 다해 일어나 앉으려 했으나 다시 뒤로 무너지며 속삭였다.

"미안해, 미치. 당신에게 불편을 끼치긴 싫었는데."

한 대 후려치고 싶었다.

"괜찮아요. 이제 쉬어요. 다 괜찮을 거예요."

"그 여자 예뻐, 미치? 젊어?"

"뭐라고요?"

"당신이 만나는 여자."

"그런 사람 없어요. 남자 친구들하고 나갔다 온 겁니다."

"약속해줘, 미치. 날 절대 떠나지 않겠다고."

마음속으로는 고함을 지르고 있었다. '대체 어쩌다 우린 이 지경까지 온 거지?' 나는 대답했다.

"약속해요."

"내 손 좀 잡아 줘, 자기."

그렇게 했다. 릴리언은 깊은 한숨을 내쉬었다.

"이제 편안한 기분이 드네."

판사의 말을 들었을 때도 이런 기분이었다.

"3년형을 선고한다!"

강도질을 하러 갈 때는 편안한 옷을 입어야 했다. 새 신발을 신고 나갈 만한 행사는 아니다. 고환이 꽉 죄는 바지도 안 된다.

제프의 집에는 일찍 도착했다. 옛날 팀원 두 명이 벌써 와 있었다. 버트와 마이크, 돌처럼 믿음직한 친구들이었다. 담배 연기와 커피 향이 공기 중에 짙게 배었다.

분위기는 잔뜩 고조되었다. 이 친구들은 프로이고, 매번 할 때마다 판돈이 커졌다.

소파 위에는 무기들이 어지럽게 흩어져 있었다. 제프가 말했다.

"새 친구를 영입했어."

내 마음엔 들지 않았다. 그래서 말했다.

"마음에 안 들어."

제프는 두 손을 들었다.

"나도 그래. 하지만 저 친군 최고의 운전수라고. 선택의 여지가 없어."

제프의 체계는 간단했다. 차가 세 대 있다. 한 대는 강도용이고, 다른 두 대는 도주용이었다. 주말에 이 차들을 정해진 자리에 갖다 놓았다. 무엇보다 운전이 관건이었다. 제프가 물었다.

"아침 먹을래, 미치?"

엄청난 베이컨과 달걀이 산더미 같은 토스트 옆에서 지글지글 타고 있었다.

은행 강도 전에 하는 식사에 대해서는 두 부류가 있다.

(1) 체력 수준을 유지하기 위해 돼지같이 많이 먹는 사람.

(2) 아드레날린을 올리기 위해 아무것도 먹지 않는 사람.

나는 두 번째 부류였다.

"커피면 됐어."

소파로 가서 9밀리미터 구경을 골라 바지춤에 쑤셔 넣었다. 펌프식 엽총도 하나 골랐다.

이 빌어먹을 물건을 쓰면 사람들의 관심을 한 몸에 받는다. 낡은 전투용 웃옷을 입고 주머니에 총알을 채웠다. 커피 맛을 보았다. 두 배로 진하게 탔더니 주먹으로 얻어맞은 것처럼 정신이 번쩍 들었다.

문에서 노크 소리가 나자, 제프가 조심스레 문을 열었다. 그는 우리를 돌아보며 말했다.

"새로 온 친구야."

한 펑크족이 들어왔다. 어딘가 모르게 아주 낯이 익었다. 얼굴 옆에 긴 상처가 났다. 그걸 보니 기억이 났다.

파티에서 브라이어니와 함께 뒤로 나갔다가 개한테 얼굴 긁히고 총을 입에 쑤셔 박힌 녀석이었다. 그가 말했다.
"구면이네요."
나는 고개를 끄덕였다. 그 애는 히죽히죽 웃으며 물었다.
"그 미친 여동생은 잘 있어요?"
제프가 끼어들었다.
"자, 모두 화해하자고."
나는 제프에게 말했다.
"저 친구, 믿을 수 있어?"
"내가 보증할게."
마음엔 안 들었지만 발을 빼긴 너무 늦었다. 우리는 조를 짜서 목적지로 향했다.
나와 제프는 앞좌석에 앉고 다른 애들은 뒤에 앉았다. 펑크족은 시끄럽게 나불댔지만 버트와 마이크는 그저 무시했다.
제프가 말했다.
"목적지는 뉴캐슬언더라임이야. 다른 차들은 킬 대학에 주차해놓았어."
"자, 그럼 이제 계획을 말해봐."
"현금이 많은 은행이야. 아마도 1만 2000은 될 걸."
"좋은데."
"그러길 바라야지."
나는 뒤에 기대앉으며 생각을 마음 가는 대로 놔두었다.

어느 날 밤, 여배우에게 봉사한 후에 내 독서 범위를 이야기해준 적이 있다. 무슨 바람이 불어 그랬는지는 모르지만, 아주 빠르게 내가 읽은 여러 분야를 줄줄 읊어댔다. 내 말이 끝나자 릴리언이 말했다.

"독학한 사람, 노동자의 책들이네. 우리 모두 그런 자들이 어떤지 알잖아.

비참하고

이기적이며

자기본위고

조야한데다가

충격적이고 궁극적으로

역겹지."

"재수 없게 잘난 척하는군요."

릴리언은 웃었다.

"안타깝지만 날 비난하지 마. 제임스 조이스에 대한 버지니아 울프의 분석이니까. 버지니아 울프 알아?"

"어떨 거 같아요?"

***

밴이 앞으로 덜컹 쏠리자 제프가 말했다.

"킬에 도착했어."

우리는 대기하던 차에 장비를 싣고 상하가 붙은 작업복으로 갈아입었다.

버트는 두 번째 차에 남았고, 마이크가 세 번째 차를 탔다.

차마다

사람들을 두고

안전하게

준비해놓는 게 무엇보다도 필수였다.

펑크족이 운전대를 잡았다. 제프가 그 옆에 앉고 나는 뒷좌석에 앉았다.

펑크족은 장비를 훑어보면서 말했다.

"이거 아주 고물이네."

제프가 대꾸했다.

"입 닥치고 운전이나 해."

펑크족은 그렇게 했다.

20분 후, 뉴캐슬로 들어갔다. 아드레날린이 마구 솟았다. 제프는 펑크족에게 은행 뒷문에서 20미터 떨어진 자리에 주차해

놓고 기다리라고 했다.

우리는 문을 박차고 들어갈 때 스키 마스크를 썼다. 어떤 패거리는 은행을 털 때, 말로 공포심을 심어주는 게 중요하다고 믿는다. 그들은 소리를 지르면서 들어가 욕설을 외친다.

시민들에게 신에 대한 두려움을 심어준다. 나는 이 방법이 낫다고 생각했다.

하지만 제프는 자기 나름대로의 방법이 있었다. 그는 백문이 불여일견이라고 생각했다.

그래서 가장 먼저 마주친 사람을 쏴버렸다.

제프가 남자의 무릎을 쏘았고, 남자는 맥없이 쓰러졌다. 제프는 총알을 장전했다. 이 총알들은 중상을 입히지 않을 때에도
되지게 아프게 할 수 있고
전문적으로 보이며
어마어마하게 겁을 줄 수 있다.

2분 후, 나는 직원들과 손님들을 한데 몰았다. 제프는 바이러스처럼 은행을 돌아다니며 검은 가방을 채웠다. 그런 후 우린 빠져나왔다.
차로 뛰어갈 때, 위대한 영국 전통이 작용했다. 그래, 범인을 잡아야 한다는 시민정신이다. 한 남자가 뒤에서 나를 붙잡더니 두 팔로 나를 꽉 죄고 눌렀다. 펑크족이 시동을 걸고 있었다. 나는 슬쩍 움직이며 신발로 남자의 발등을 찍었다. 남자는 브릭스턴까지 들릴 만큼 큰 소리로 비명을 질렀다. 그는 나를 거의 놔주었다. 나는 빙그르르 돌며 총을 그의 얼굴에 들이대고

소리를 질렀다.

"이 머저리 새끼가, 너 죽고 싶어? 엉?"

제프가 나를 끌어내며 이를 갈았다.

"가자, 그만해."

벌써 사이렌 소리가 들려왔다. 나는 뒷걸음쳐 차로 뛰어갔다. 우리는 그 자리에서 튀었다. 제프가 말했다.

"야, 미치. 난 네가 그 남자를 죽이는 줄 알았잖아."

"나도 그런 줄 알았어."

펑크족은 히스테리 환자처럼 웃어댔다.

"죽였어야지. 그자를 날려버렸어야죠!"

그 자식이 운전을 하고 있지만 않았더라면 옆통수를 한 대 갈겨주고도 남았을 것이다.

킬에 가서 차를 바꾸었다. 그 후에는 좀 더 차분한 속도로 세 번째 차로 바꾸었다. 다시 차를 바꾸자 순식간에 우리는 고속도로로 들어서 수천수만 대의 차들 틈에 숨어버렸다. 일단 밴에 올라탄 후, 긴 한숨을 내뱉었다. 숨을 참고 있다는 것도 몰랐었다.

뒷좌석에서 마이크와 버트, 펑크족이 야단법석을 떨었다. 제프는 운전을 하면서 운전석 아래에 손을 뻗었다. 그러더니 5분의 1쯤 남은 커티삭 위스키를 꺼내 내게 건넸다. 나는 꿀꺽 들이켜며 타는 맛을 즐겼다. 제프는 나를 흘끗 쳐다보았다. 그의 얼굴에서 점점 웃음이 떠올랐다.

"식은 죽 먹기였군."

제프의 집으로 돌아와 파티를 열었다. 나는 버드와이저를 마시고 커티삭을 홀짝홀짝 들이켰다. 펑크족은 진 한 병을 거의 혼자 작살냈다. 제프와 버트는 돈을 셌다.
마이크가 물었다.
"버드 한 병 더 마실래, 미치?"
"좋지."
나는 부엌 의자에 앉고, 마이크는 탁자에 기대고 있었다.
"너, 재한테 악감정이 있지?"
"쟨 골칫거리야."
"뭐, 그래도 오늘은 잘했잖아."
"쟤 팔 봤어? 온통 주사 자국이야."
마이크는 잘 살피더니 말했다.
"지금은 안 하는 것 같은데. 팔이 안 부었어."
"프리퍼레이션 H를 바른 거지."
"뭐?"
"그 연고 바르면 붓기가 가라앉아."
마이크는 정말로 놀랐다.
"저런, 미치, 그런 쓰레기 같은 걸 어떻게 다 알아?"
"《죽은 자들을 위한 새로운 희망》을 보고."
"뭐?"
"찰스 윌리포드 소설이야."
"무슨 말인지 하나도 모르겠다."
"찰스 윌리포드도 이젠 모를 거야. 그 사람 죽었거든. 아일랜드는 아까운 사람을 잃었지."

제프가 손을 들었다.

"자, 여러분. 합계가 나왔습니다."

우리는 기다렸다.

"1만 5000이야."

시끄럽게 환성을 질러댔다. 제프가 비용을 제한 후, 우리는 2700씩 고루 나눴다. 펑크족이 말했다.

"파티를 계속하자고."

한참 후, 하나둘 떠나갔다. 제프가 불렀다.

"나 좀 보고 가지, 미치."

"그래."

사람들이 다 떠난 후, 제프는 맥주를 땄다.

"케르코비언이라는 남자, 들어본 적 있어?"

"아니."

"키가 크고 마른 새낀데, 검은색으로 빼입기를 좋아해. 눈이 꼭 시체 같아. 동유럽 조직에서 온 것 같고."

"흥미롭긴 한데, 제프. 그게 나랑 무슨 상관이야?"

"그자가 너에 대해서 캐묻고 다녀."

"오."

"밤길 조심해."

"그래. 고마워, 제프."

"너, 누구 성질을 단단히 건드렸나봐."

"그런 데 타고난 재능이 있는가 보지."

꽃집으로 갔다. 장미와 난초, 튤립을 한 다발 주문했다. 꽃집 주인이 말했다.

"그렇게 섞으면 비싸져요."

"내가 뭐래요?"

"아니, 그런 건 아니지만……."

꽃다발을 차 트렁크에 싣고 페컴으로 향했다.

조의 무덤은 벌초가 잘 되어 있고, 셀로판지로 싼 〈빅이슈〉 최근호가 얌전히 놓여 있었다. 그걸 보니 마음이 슬퍼졌다.

한 남자가 무덤 주변을 돌아다니며 정돈하고 있었다. 그에게로 다가가 인사했다.

"여어."

"여어는 무슨."

"저기 무덤, 당신이 관리했소?"

"그랬다면 어쩔 거요?"

"그저 고맙다고 하고 싶어서."

내가 지폐 몇 장을 꺼내자 그는 재빨리 챙겼다. 돈 몇 푼에 사람 태도가 확 바뀌었다.

"묘석도 하나 세우면 싹 달라질 텐데요."

"어떻게 하면 되지?"

그는 주머니에서 술병을 꺼내 내밀었다. 내가 고개를 끄덕이자 그는 한 모금 꿀꺽 들이켰다.

"몸을 데워주니까."

"그렇지."

묘지기는 술병을 치웠다.

"평소 가는 석수에게 가면 바가지를 씌울 거요. 여기서는 반값에 해줄 수 있어요."

나는 지폐를 좀 더 떼어주며 물었다.

"해줄 수 있죠?"

"기꺼이 해드리죠. 원하는 비문이라도?"

나는 잠깐 생각해보았다.

"이 사람이 이슈 그 자체였다."

"그게 다요?"

"그래요."

"시나 뭐 그런 건 필요 없소? 저기 내 오두막에 멋있는 시가 좀 있는데."

"그 사람은 시는 별로 안 좋아해서."

"알았소이다. 알아서 하죠."

그는 돈을 세더니 말했다.

"여기선 너무 많은 돈인데."

"아니, 잔돈은 챙기쇼."

내가 그 자리를 뜨려고 할 때 그가 물었다.

"날 어떻게 믿소?"

"묘지에 있는 남자를 믿지 못한다면⋯⋯."

그는 낮은 소리로 킬킬대며 말을 받았다.

"가장 무시무시한 악당들은 발밑에 묻혀 있으니까."

"평생 새겨두어야 할 말이죠."

홀란드파크에 돌아가자 아드레날린이 빠지면서 잠이 간절했다. 조던이 나와 나를 맞았다.

"마담이 계속 찾았습니다."

"알았어요."

"찾은 사람이 마담뿐이 아니었죠."

"아?"

"손님이 두 명 왔었어요."

"두 사람이 같이?"

"아니, 각각. 한 명은 경찰이던데."

"베일리군."

"예의가 아주 없더군요."

"할 말 없소."

"다른 사람은…… 어떻게 묘사하면 되려나? 헝가리 방언에 이런 말이 있습니다. Zeitfel. '걸어 다니는 시체'라는 뜻이지요."

"좀비 같은 거군요."

"어쩌면. 이건 악을 연료로 삼아 악의로 나아가죠. 미국 사람들은 이런 말 쓰지 않나. 돌같이 냉정한 킬러라고."

"까만 옷을 입었던가요?"

"그래요."

이 말을 곰곰 생각하는데, 조던이 말했다.

"떠나면서 저 느릅나무를 가리켰어요."

조던은 차로 왼쪽에 있는 거대한 나무를 향해 고개를 끄덕였다.

"그러더니 이런 말을 하더군요. '이상한 열매를 조심하쇼'."

"빌리 홀리데이군요."

"뭐라고요?"

"빌리 홀리데이가 미국 남부의 흑인 린치를 은유하는 노래를 부른 적이 있어요. 바로 〈이상한 열매〉죠."

조던은 재킷 속에 손을 넣더니 봉투 하나를 꺼냈다.

"편지도 하나 왔고."

브라이어니의 필적이었다.

"고맙습니다."

나는 브라이어니의 편지를 뜯었다. 앞면에 슬픈 표정의 곰이 한 마리 있었다. 이 곰은 '슬퍼요'라고 쓰인 표지판 하나를 들고 있었다.

오, 미치 오빠.

내가 떠나기를 바랐지. 크리스토퍼 이셔우드는 이런 말을 했어.

"모든 벽장에는 사산된 명성의 가엾고 작은 유령이 들어 있다. 떠나라, 유령은 속삭인다. 온 데로 돌아가. 여긴 안식처가 없어. 나는 허영심이 많고 탐욕스러웠어. 그들은 내게 아첨했지. 나는 실패했어. 너도 실패할 거야. 가버려."

나를 사랑하는 건 강아지뿐이야.

XXX
브리.

이셔우드가 누군지 알았다면 이 말을 좀 더 잘 이해했겠다 싶다. 적어도 그의 의도가 뭔지 알았더라면.

침대에 누워 애슬링을 생각했다. 정말 그녀에게 전화를 걸고 싶었다. 그런 후에 강도 사건을 머릿속에서 재생해보고 그 멍청이가 나를 뒤에서 잡던 순간을 떠올렸다. 한순간 정말로 방아쇠를 당기고 싶었다.

내가 지나치게 흥분했었다는 건 인정한다. 도를 벗어났다.

천천히 잠이 밀려들어와 생각 중에 그만 잠들어버렸다.

잠에서 깼을 때는 벌써 늦은 저녁이었다. 어렴풋하게 불길한 예감이 덮치는 느낌이었다. 커피를 내리며 기분을 떨쳐버렸다. 침대에 앉아 담배를 말아 피웠다. 나처럼 나이 들어가는 맛이 났다. 샤워를 하고 빳빳한 흰 셔츠와 빛바랜 청바지를 입었다. 거울에 내 모습을 비추어보았다. 화장실 사건이 있기 전의 조지 마이클* 아버지 같았다.

전화가 왔다. 여배우였다.

"보고 싶었어, 미첼."

"뭐, 돌아왔잖아요."

"특별 깜짝 선물이 있지."

"그럴 줄 알고 그에 맞춰 옷을 입었죠."

"뭐라고?"

"가는 길이라고요."

---

* 조지 마이클은 1998년 캘리포니아의 한 공중 화장실에서 외설적인 행동을 한 혐의로 체포되었다.

"실망하지 않을걸."

머그잔에 커피가 2센티미터 정도 남았기에 스카치위스키 병을 찾아서 넉넉하게 2센티미터 훌쩍 넘게 부었다. 대차대조를 맞춰야지. 벌컥벌컥 들이켰다. 아까보다 맛이 더 진해졌지만 일단 가기로 했다.

릴리언은 거실에서 기다렸다. 누군가 바쁘게 움직였는지 가구들이 다 뒤로 밀려 있었다. 카펫도 걷어놓았다. 고광택 나무 바닥이 드러났다. 가운데에는 작은 무대가 있고 조명등이 하나 무대를 비췄다. 아, 염병할.

무대 앞에 의자 하나가 놓여 있었다. 그 옆에는 술이 쌓인 탁자가 있었다. 나는 병을 확인하고 조니워커 스카치위스키를 골랐다. 술을 콸콸 들이켰다. 술기운이 필요할 성싶었다.

고전 음악이 울려 퍼지더니 조명들이 내려왔다.

나비넥타이를 하고 검은 양복을 입은 조던이 무대 위에 올라왔다. 그가 읊었다.

"릴리언 파머의 귀환을 알리게 되어 영광입니다. 오늘 저녁, D. H. 로렌스의 소품을 낭독할 예정입니다. 이미 사라진 영국에 대한 비가입니다."

나 자신이 사라질 것 같은 기분이었다. 위스키만 꿀꺽꿀꺽 마셨다. 조던은 꾸벅 인사를 하고 바로 물러났다. 갈채를 기대했다면 기다렸을 것이었다.

한 손으로 박수치는 소리도 나지 않았다.

그때 그녀가 나타났다. 모양새 없는 사리 같은 걸 입고 있었다. 가슴이 훤히 보일 정도였다. 릴리언은 머리를 숙였다. 그러고 나서 천천히 대사를 낭독했다.

이것이 영국입니다, 신이시여, 영국이 제 영혼을 부수었습니다. 이 영국이. 이 부서진 창문들, 느릅나무들. 과거, 위대한 과거가 산산이 부서져 가루가 되었습니다. 피는 봉오리의 힘이 아니라 이제 힘을 다 소진한 잎의 무게에. 아니, 참을 수가 없습니다. 앞으로 길게 뻗은 겨울 동안, 모든 미래가 사라지고 기억이 죽어버렸습니다. 참을 수 없습니다. 과거가, 쇠락이, 멸망이, 너무나 위대하고 너무나 장엄한 해안이 부서지는 것을.

나는 스위치를 꺼버렸다. 약간 졸기까지 한 것 같다. 조니워커를 사납게 끝장내버렸다. 마침내 릴리언의 연기가 끝났다. 나는 비틀비틀 일어서서 소리 질렀다.
브라보.
대단해요.
빨갱이들 어디 와보라지.

그다음에 생각나는 것이라곤 무대 위에 올라 그녀의 옷을 찢는 나뿐이다.
땀투성이에
소란하고
격렬한 행위였다.

그녀가 내 목에 이를 깊이 박고 내가 고함을 질렀던 게 어렴풋이 기억난다.

"음란한 흡혈귀 같으니!"

일이 끝난 후 나는 바로 누워 숨을 골랐다. 그녀가 말했다.

"내 공연에 대한 감상평으로 받아들여도 되겠지?"

어느 쪽 공연?

나는 몸을 동그랗게 말고 정신을 잃었다.

누군가 나를 끌어당기고 나는 밀어버리려 하고 있었다.

마침내 눈을 떴다. 조던이 내 위에서 내려다봤다.

"봐야 할 게 있어요."

"지금요?"

흐린 눈으로 시간을 보려고 애썼다. 힘들었다.

3시 45분.

"맙소사. 나중에 보면 안 되는 거요?"

"상당히 긴급한 일입니다. 부엌에서 기다리죠."

고개를 흔들었다. 큰 실수였다. 두통만 낳았을 뿐이다. 속이 쿨렁대는 건 말할 것도 없다. 조던은 문으로 가면서 말했다.

"옷을 입는 게 좋을 것도 같군요."

끙끙대며 청바지와 돌돌 뭉쳐놓은 하얀 셔츠를 입었다. 그러다가 토해버렸다.

조던이 회중전등을 들고 나를 보고 있었다. 그는 고개를 끄덕이더니 밖으로 나갔다. 칠흑같이 깜깜한 밤이었다. 조던은 잔디밭을 가로질러 가더니 느릅나무 아래 멈췄다. 내가 따라오기를 기다렸다.

"준비됐습니까?"

"뭘요?"

그는 강한 불빛을 나뭇가지 사이로 비추었다. 빌리 노턴이 두꺼운 가지에 매달려 있었다. 사타구니가 있어야 할 자리에 검고 뻐끔한 구멍만이 뚫려 있었다.

"맙소사."

갑자기 구역질이 일었다. 조던이 전등을 껐다.

그가 조용히 물었다.

"친구?"

"그렇소."

조던은 작은 술병과 담배 한 갑을 꺼냈다. 한 개비에 불을 붙여 내게 건넸다. 그런 후에 술병 뚜껑을 따고 권했다. 내가 꿀꺽꿀꺽 다 마시니 그가 말했다.

"브랜디와 포트와인을 섞은 겁니다."

술은 위장 속으로 들어가 도로 역류할 듯싶더니 결국엔 나오지 않고 진정이 되었다. 간신히 담배를 피울 수 있었다.

빌리의 모습을 보지 않으려 했다. 조던이 물었다.

"손 봤어요?"

"손? 아니요."

"오른손에 손가락이 다 사라졌던데. 서명이죠."

"무슨 서명요?"

"보스노크 갱. 동유럽 살인 부대요. 동유럽이 개방된 이후로 다들 일자리를 잃었죠. 런던은 해충들을 끌어들이니……."

"케르코비언!"

조던이 고개를 끄덕였다.

"경찰에 알리면 안 되는 일이겠죠?"

"그래주면 고맙겠소."

우리는 빌리를 집 뒤에 묻었다. 힘든 일이었다. 적어도 내겐 그랬다. 숙취 때문에 제대로 삽질을 할 수가 없었다. 땀이 온몸에서 폭포수처럼 쏟아졌다. 또 맨발이라 흙이 오물처럼 느껴졌다. 조던은 쉽게 리듬을 타며 땅을 팠다.

"삽질이 처음은 아닌 모양이죠?"

"여러 번 팠죠."

나는 '이 자리에'라는 뜻인지 물어볼 배짱은 없었다. 어떤 일은 그냥 넘어가는 편이 제일 좋다. 일을 마치고 조던이 물었다.

"저 사람에게 마지막으로 해줄 말 없습니까?"

"꺼져서 속 시원하다!" 마음속 한 부분은 이렇게 소리치고 싶었다. 나는 고개를 끄덕이며 말했다.

"잘 가게, 빌리."

조던에게는 충분한 듯했다. 그는 집으로 향했다. 나도 뒤따랐다. 부엌에 들어가자 흙 발자국이 남았다. 나는 바로 사과했다.

"미안합니다."

그는 마법 가루 봉지를 좀 꺼내더니 치료약을 만들기 시작했다. 내 마음은 자유낙하 상태로 들어섰다.

교도소에선 호의를 주어서도 안 되고 받아서도 안 된다. 그곳은 위험투성이다. 나는 이 규칙을 딱 한 번 깼다. 크레이그라는 남자를 위해. 그가 집중력을 잃었을 때 뒤를 봐준 적이 있다. 그 후, 그는 대부분 나와 함께 식사를 했다. 심지어 내게 자기 디저트를 주기도 했다.

크레이그의 형은 경찰이었다. 평범한 경찰이 아니고, 앤드류 박스보다도 아동 성범죄자를 더 많이 잡아들인 유명한 형사였다. 하지만 종국에는 그 심연이 도로 그를 덮쳤다. 술에 취한 어느 날 밤에 그는 자기도 모르게 아이를 물색하러 돌아다니고 있었다. 돌연히 정신을 차린 후, 그는 곧장 집으로 돌아가서 총으로 자살했다. 그 자살의 이유를 아는 건 크레이그뿐이었다. 경찰들에게 형은 여전히 영웅으로 남아 있었고, 그저 입에 총을 넣고 자살한 것으로 알려졌다. 여기까지 얘기하고, 크레이그는 자기 음식에서 고개를 들더니 내 눈을 똑바로 바라보았다. 수감자들은 그를 뒷받침해줄 칼이나 파이프를 들지 않은 한 절대로 남과 눈을 마주치는 법이 없다. 그는 말했다.

"이 이야기의 요점은 난 열정은 피한다는 거야. 어린애들 괴롭히는 성폭행범을 잡든 말든 난 상관 안 해."

나는 요점을 이해했다. 며칠 동안 감옥에 광기가 쌓이고 있었다. 그러면 보통 마지막에는 성폭행범 사냥으로 끝나곤 했다.

내가 말했다.

"난 그런 무리에 낄 생각 없어."
여전히 나와 눈을 마주친 채로 그가 말했다.
"자기 정당성은 감염이 잘되지. 사람들은 그에 휩쓸려버려."
나는 반박하지 않았다. 그는 자기 빚을 갚고 있었다.

조던이 팔꿈치로 나를 찌르더니 머그잔을 하나 건넸다.
"마셔요."
그렇게 했다.
이런, 이거야말로 진짜배기였다. 모든 게 노래를 부르는 듯했고, 몸의 시스템이 젊어지는 느낌이었다. 조던이 물었다.
"케르코비언이라는 사람, 어쩔 거요?"
"찾아야죠."
"그래요."
나는 망설였지만, 그는 기다릴 태세였다.
"그런 후에는 죽일 겁니다."
"도움이 필요하겠는데."
"이건 당신하고는 상관없는 일이오."
조던은 팔짱을 꼈다.
"내 땅에 와서 내 창문 앞에 시체를 걸었는데, 다른 쪽 뺨도 내주란 말입니까?"

"우리 둘 다 없어지면 누가 마담을 돌보죠?"

"대비를 해놓을 겁니다."

"좋아요. 사냥하러 가보죠."

"무기는 있어요?"

"있어요. 당신은?"

그는 나를 보고 씩 웃었다. 유머는 전혀 실려 있지 않은 웃음이었다.

쉽게 잠이 들기 위해 라디오를 켰다. 다이어 스트레이츠가 기타리프를 연주하고 있었다. 딕시랜드 재즈에 대한 가사가 있는 협박조의 노래였다. 빌어먹을 케르코비언이 각오하고 있기를 바랐다.

다음 날, 조던이 연습을 해보자고 했다. 내 차를 이용해서.

"의심이 드는 차에 접근할 때는 뒷좌석부터 조심스레 확인해요."

나는 그렇게 했다. 문을 열어보려고 했지만 열리지 않았다. 창문 안을 들여다보았다. 보이는 것이라곤 바닥에 구겨진 담요와 빈 좌석뿐이었다. 창문을 두드렸더니 담요가 움직이면서 조던이 몸을 일으켜 밖으로 나왔다.

"어떻게 그렇게 몸을 작게 접을 수 있소?"

그는 서글픈 미소를 지었다.

"하인 노릇을 오래 하면."

너무 뻔한 걸 물었다.

"어째서 문이 열리지 않는 거죠?"

"옛날 차라서 앞문만 열립니다."

"그자가 그 말을 믿을까요?"

"믿는 게 좋을 겁니다."

그자를 추적하는 데 사흘이 걸렸다. 우리는 클래펌, 스트리섬, 스톡웰, 케닝턴을 훑고 다녔다. 마침내 브릭스턴에 있는 클럽에서 그자를 찾았다. 나는 글록을 가지고 왔다. 조던이 뭘 가지고 왔는지는 몰랐지만 중장비이길 바랐다. 우리는 케르코비언이 들어간 클럽에서 약간 위쪽에 주차했다.

조던이 말했다.

"총을 줘요."

"뭐라고요?"

"아마 당신의 몸을 수색할 겁니다."

"아."

"행운에 맡길 순 없어요. 이런 문제는 타이밍과 긴장이 필수니까."

"난 행운 쪽에 걸죠."

나는 차에서 내리면서 말했다.

"이따 봐요."

"아니, 못 볼 겁니다."

클럽 문지기는 영업하는 주제에 까다롭고 나한테 거만하게 굴기로 작정한 모양이었다.

"회원 전용입니다."

"얼마요?"

그는 계산적인 표정으로 나를 보더니 그 표정 그대로 말했다.

"25파운드."

나는 지폐를 떼어주며 물었다.

"회원증 같은 건 안 주나?"

"얼굴을 기억하고 있어요."

"젠장, 거참 되게 안심되네."

안으로 들어갔다. 클럽 안은 붐볐다. 클럽은

레게 머리

      고스족

           복장 도착자

                 아일랜드 놈들

           조무래기 악당들

      변태 경찰들

이 우글우글 섞여 있는 브릭스턴 양조장 같았다.

나는 그 펑크족과 함께 구석 자리에 앉아 있는 케르코비언을 찾아냈다. 젠장.

그들에게로 다가가며 인사했다.

"어이."

펑크족이 히죽히죽 웃었다.

"미첼."

케르코비언은 검은 양복을 입고 있어서, 아주 심하게 망가진 브라이언 페리처럼 보였다. 그가 나를 보고 말했다.

"당신 얘기 많이 들었지."

가짜 미국인 같은 억양이었다. 최악의 B급 영화만 보고 배운 듯한 억양. 충치도 많았다. 치과 치료를 받지 않은 동유럽인의 특징이다. 그는 일어섰다.

"술 한 잔 사지."

"지금은 말고. 당신이 나를 찾는다는 말을 들었는데."

"제대로 들었군, 친구."

"자, 내 차가 밖에 있어. 차 타고 가면서 얘기하지."

나는 케르코비언을 쳐다보았다.

"나와 같이 가는 게 두려운 건 아니겠지?"

그가 미소를 짓자 시커멓게 썩은 어금니들이 훤히 드러났다.

"무기는 가지고 있지 않아. 몸수색해도 좋아."

그는 그렇게 했다. 여긴 브릭스턴 클럽이다. 아무도 눈 하나 깜짝하지 않는다.

펑크족이 한마디 했다.

"변태네."

내가 물었다.

"그래서, 따라올 건가?"

"내 친구도 같이 간다고 하면."

나는 어깨를 으쓱했다. 내가 먼저 나갔다. 차에 다가가며 말했다.

"뒷문은 열리지 않아."

펑크족은 앞으로 가면서 뒤 창문을 들여다보았다.

"아무것도 없어."

내가 운전대 앞에 앉고 펑크족이 나와 엽총을 든 케르코비언 사이에 앉았다. 펑크족이 물었다.

"이 똥차는 어디서 구했어요?"

시동을 걸려고 할 때 조던이 일어나서 철사를 케르코비언의 목에 감았다. 나는 팔꿈치로 펑크족의 얼굴을 뭉개고 머리를 계기반에 박았다. 케르코비언은 꿈틀대며 손을 허우적댔지만, 조던의 무릎이 좌석에 대고 꽉 눌렀다. 한 시간처럼 여겨지는 시간이 흐른 후, 케르코비언이 축 늘어지며 눈알이 튀어나왔다. 내가 말했다.

"조던, 조던. 놔도 돼요."

"이런 쓰레기들을 상대할 땐 아무리 조심해도 지나치지 않아."

"세상에, 거의 목이 잘려나갔네."

그제야 조던은 철사를 놓았다. 나는 차 시동을 걸고 거기서 빠져나갔다. 조던이 말했다.

"홀란드파크로 돌아가요."

앞좌석은 피바다였다. 조던이 그들 몸 위로 담요를 던졌다. 내가 물었다.

"이 애는 어쩌죠?"

"땅 파는 걸 돕게 합시다."

장대비가 쏟아져서 앞좌석의 짐들을 가리는 데 도움이 되었다. 내 신발 위로, 브레이크 위로 피가 샜다.

홀란드파크에 도착할 무렵, 비는 폭우 수준으로 변해 있었다.

"여배우님이 깨면 어떡하죠?"

"정오까지는 주무실 겁니다."

"확실해요?"

"확실하게 해놓고 왔어요. 차고까지 차를 몰아요."

그렇게 했다.

차에서 내려 안으로 들어가자 조던이 비옷을 꺼내더니 말했다.

"손수레를 가져와요."

그다음 우리는 케르코비언과 펑크족을 차고로 날라 들어왔다. 펑크족은 정신을 차리려 하고 있었다. 조던이 말했다.

"주머니에서 물건을 다 빼요."

케르코비언에게서는

시그사우어 45구경

지갑

담배

단도

전화번호가 적힌 쪽지 한 장을 뺐다.

전화번호는 간트의 것이었다.

펑크족에게서는

브라우닝 권총

두툼한 돈다발

폴로 목캔디

콘돔

코카인이 나왔다.

조던은 물 한 동이를 받아 핑크족에게 뿌렸다.

핑크족은 파드득거리며 숨 막혀 하더니 천천히 눈을 떴다. 그에게는 악몽 같았으리라. 긴 방수 외투를 입은 두 형상과 폭풍, 시체 한 구라니.

"내 코를 부러뜨렸잖아요."

조던이 말했다.

"일어서, 할 일이 있다."

그는 비척비척 일어서며 징징댔다.

"어떻게 된 거예요?"

조던이 다시 말했다.

"입 닥쳐야 그나마 목숨이라도 부지할걸."

핑크족은 순식간에 입을 닫았다.

"케르코비언은 어디다 묻을 거요?"

내가 물었다.

"그자가 당신 친구를 매달았던 느릅나무 밑."

조던은 뒤쪽 선반 위에 손을 뻗더니 브랜디 병을 집어 내게 주었다. 나는 꿀꺽 들이켜고 핑크족에게 건넸다.

핑크족은 너무 심하게 몸을 떠느라 병을 잡을 수도 없을 지경이었다. 브랜디가 앞으로 줄줄 흘러내렸다. 내가 말했다.

"두 손을 써."

핑크족은 술을 마시다 사레가 들렸지만, 간신히 넘겼다. 나는 병을 조던에게 전했고, 그는 아주 조금만 마셨다. 핑크족은 나를 보면서 애걸했다.

"저 사람한테 제발 죽이지 말라고 해주세요, 미첼 씨."

미첼 씨라니!

"물론이지."

조던이 대답했다.

"이 사람 목에서 철사 떼어내는 것 좀 도와요."

우리는 케르코비언을 뒤집었다. 그의 머리가 데구루루 굴렀다. 아랫입술을 물고 있는 이는 비교적 깨끗했다. 펑크족은 웩 웩거리더니 토했다.

철사 양쪽에 나무 손잡이가 달려 있었다. 둘 다 상당히 닳아 보였다. 그 점에 대해서는 더 생각하고 싶지 않았다. 우린 손잡이 한쪽씩을 잡아당겼다. 철사는 깨끗하게 떨어져 나왔지만 깨끗하다고는 말할 수 없었다. 조던은 죽은 남자의 양복에 철사를 닦았다. 그러고 나서 몸을 펴고 헛기침을 한 후 그에게 침을 뱉었다.

"들어요."

우리는 시체를 수레에 실었다. 조던은 시그사우어를 집더니 손으로 무게를 달아보았다. 내가 말했다.

"이건 구할 수 있는 총 중에서는 탄피 걸림 현상이 없는 자동 권총에 제일 가까운 물건이죠."

조던은 펑크족 쪽으로 총을 가볍게 겨누었다.

"수레를 밀어."

폭풍이 더 심해졌다. 비가 비옷 속으로 뚫고 들어올 지경이었다. 펑크족은 수레를 미느라 고생을 했지만 결국에는 느릅나무까지 갔다. 조던은 삽을 땅에 던졌다.

"땅을 파."

펑크족은 부서진 코에서 흐르는 피와 콧물을 연신 닦으며 물었다.

"나 혼자서요?"

"해."

진흙 때문에 파는 작업은 좀 더 쉬웠지만 계속 미끄러졌다. 조던은 내게 술병을 건네주고, 나는 미친 사람처럼 술을 마셨다.

마침내 무덤을 다 팠다. 조던은 수레 위로 몸을 숙이고 비옷에서 집게를 꺼내더니 케르코비언의 새끼손가락을 잘랐다.

펑크족은 낑낑 울었고 나는 소리를 질렀다.

"망할!"

뼈가 부러지는 소리는 권총 쏘는 소리와 비슷했다. 그러고 나서 조던은 수레를 기울였고 시체가 굴러 떨어졌다. 땅에 부딪히는 소리가 지옥에서 풍덩 물이 튀는 소리와 비슷했다. 조던이 내게 시그사우어를 건넸다.

"어쩌라고요?"

조던은 내 눈을 똑바로 들여다보았다.

"그동안 당신 말이 미국식 영어로 오염되어 있다고 생각했지. 자, 미국식으로 말하면 이제 당신이 나설 차례요."

펑크족은 무슨 일이 생길지 예감하고 애원하기 시작했다.

"아, 제발, 미첼 씨. 아무한테도 말 안 할게요."

주저 없이 그의 이마를 쐈다. 펑크족은 한순간 흔들거리더니 구멍 속으로 떨어졌다. 조던이 삽을 잡아서 무덤을 메웠다. 나는 움직이지 않고 그저 거기 서 있었다. 비가 굴러 떨어졌고 권총을 든 손이 힘없이 늘어졌다.

조던은 몸을 일으켰다.

"가서 차 한 잔 합시다."

조던이 차를 만들 때 나는 부엌 탁자에 앉아서 말했다.

"미키 스필레인의 책을 보면 등장인물은 언제나 위스키를 마시는데, 그 이유는 그가 코냑의 철자를 제대로 쓸 수 없었기 때문이라더군요."

조던은 아무 대답 하지 않았다.

나는 신경 쓰지 않았다.

그는 김이 모락모락 나는 찻잔 두 개를 내려놓았다.

"비스킷이라도?"

"리치 티 있소?"

"미카도밖에 없습니다."

"그럼 됐소."

그가 스카치위스키 한 병을 싱크대 밑에서 꺼냈다.

"뭡니까. 술병을 사방팔방에 꿍쳐놓은 겁니까?"

"술병만 그런 건 아니고."

"아."

그는 뚜껑을 따더니 술 한 방울을 차에 떨어뜨렸다.

나도 내 차에 좀 섞었다. 마치 위스키 섞은 차 맛이 났다.

담배를 하나 말아 그에게 건넸다. 그가 담배를 받아 들자 또 하나 말았다. 불을 붙이자 곧 연기구름이 자욱해졌다.

"조던, 어떻게 그 이름을 얻은 겁니까? 야구랑 관련 있는 건 아니겠죠?"

그는 코웃음 쳤다.

"우리 아버지가 요르단 강에서 태어났습니다."

"헝가리 사람인 줄 알았는데요."

"이민 간 겁니다."

"이런 인용구 들어본 적 있어요? '나는 오래된 묘지처럼 관들로 가득 차 있다.'"

조던은 꽁초를 비벼서 눌러 껐다.

"아직 끝난 게 아닌데."

"인정하고 싶진 않지만 당신 말이 맞겠죠."

나는 일어섰다.

"가서 좀 자야겠습니다."

"그럴 필요가 있겠군요."

PART 3

조던은 잘라낸 손가락을 간트에게 보냈다.
바삭바삭한 박엽지에 싸고
빨간 벨벳 리본을 묶어서
황금 상자에 담아
예쁘게 포장해서
그러면서 내게는 이렇게 말했다.
"움직이는 손가락이 글씨를 쓰며 움직였다……*."
"당신 정말 정신병자로군."
 나는 애슬링에게 다시 연락했다. 애슬링은 처음엔 새침을 떼서 진땀을 빼더니만 곧 다시 만나기로 했다. 우리는 포토벨로에 있는 선스플렌더에서 만나기로 했다. 나는 새 신발도 샀다. 진짜 토즈 브랜드로. 빌어먹게 비쌌지만, 발이 아주 편했다.

---

* 페르시아의 철학자 오마르 카이얌(1048~1123)이 쓴 시집 《루바이야트》의 한 구절을 인용한 것으로, 이 부분은 《다니엘서》에 나오는 예언을 묘사하고 있다. 느브갓네살 왕의 연회에 나타나 그의 멸망을 예언한 벽의 글씨를 의미한다.

신발이 황갈색이어서 그에 어울리는 갭 카키 바지를 입고 크림색 스웨터를 입은 후, 구찌 재킷을 걸쳤다. 같이 식사할 파트너로 손색이 없을 만큼 말끔해 보였다.

애슬링은 멋진 검은 드레스를 입고 나타났다.

"죽이는 드레스인데!"

그녀는 미소를 띠었다. 상황이 희망적으로 보였다.

"당신도 나쁘지 않은데요."

"이 신발 마음에 들어?"

"발리 제품이에요?"

"아니."

"짝퉁?"

"그럴 리가."

"아, 미안해요. 당신이 분별력과 취향을 가진 남자라는 걸 잊고 있었네요."

"그거 롤링스톤스의 〈악마에게 동정을〉에 나오는 가사 아냐?"

"모르겠는데요."

"당신 세대에겐 옛날 노래지."

애슬링은 그 말은 무시했다.

"어디로 가요?"

"근사한 저녁 먹을까?"

"당신이 좋은 거면 나는 다 좋아요. 더욱이 아일랜드인들은 자비로우니까."

아일랜드인에 대해서 확실한 건 말을 잘한다는 것이다. 맙소사, 정말 말발이 셌다. 하지만 대체 무슨 소리를 하는 건지.
제길, 알 수가 있나.
애슬링이 제안했다.
"이런 건 어때요. 비디오를 하나 빌려서 피자를 주문하고 죽이는 드레스 밑에 뭐가 있는지 알아보는 건."
"여기에서 바로 알아보면 이상하게 보이겠지?"
우리는 애슬링의 집으로 갔다. 집에 들어가자마자, 그녀는 내게 덤벼들었다.
허리를 돌리고, 입을 희망처럼 꼭 맞댔다. 일이 끝나자 나는 숨을 헉 들이쉬었다.
"피자 어때?"

그 후에 우리는 〈세 가지 색 : 레드〉를 보았다. 내가 그 내용을 다 이해했는지는 의문이다. 애슬링은 보는 내내 울었다. 나는 영화를 보면서 자막을 읽는 게 짜증나게 싫었다. 애슬링이 물었다.
"재미있었어요?"
"응, 재미있는데."
"솔직히 말해도 돼요, 난 신경 쓰지 않으니까."
저녁놀 속에서 나는 도가 넘치는 행동을 했다.
"난 프랑스 영화가 좋아. 프랑스 영화엔 뭔가……. Je ne sais quoi(말로 하기 어렵군)."

그녀는 걸려들었다.

그 낚싯바늘에

그 낚싯줄에

프랑스어를 바른 낚시찌에.

"어머, 너무 기뻐요, 미치. 프랑스어를 할 줄 아는군요."

감옥에서 달랑 그 한 마디를 배웠다. 상습 강간범은 감옥의 자경단원들이 다가올 때마다 저런 비명을 지르곤 했다.

일주일에 두 번, 그들은 그렇게 벌을 주었다.

"물론이지."

나는 대답했다.

애슬링은 일어나 앉았다. 그 바람에 시트가 가슴에서 흘러내렸다. 그 광경을 볼 수 있다면 염병할 러시아어라도 하리라. 애슬링이 말했다.

"이 영화 너무 멋져요. 3부작인데, 〈블루〉와 〈화이트〉도 봐요."

나는 고개를 끄덕이고 담배를 집어 한 개비 말았다. 그녀는 홀린 듯 구경했다. 내가 담배를 권했다.

"한 대 줄까?"

"당신이 내 약이에요."

오호.

마침내 우리는 피자 먹을 정신이 들었다. 전자레인지에 뜨겁게 데웠더니 입에서 줄줄 흘러내렸다. 애슬링이 물었다.

"이제 모든 식욕이 채워졌어요?"

나는 고개를 끄덕였다.

라디오에서는 나지막이 음악이 흘러나왔다. 이제까지 나온 음악은 다 좋았다.

그램 파슨스

카우보이 정키스

필 콜린스가 〈트루 컬러스〉를 망쳐 놓기 전까지는.

애슬링이 물었다.

"무슨 생각 하고 있어요?"

이 질문에 대한 답은 뻔하다.

"당신 생각."

그녀가 웃자, 나는 덧붙였다.

"전등도 필요 없어. 당신 눈이 내 방을 환히 비출 테니까."

"헛소리도."

라디오에서 아이리스 드멘트의 노래가 시작되었다.

"일 년 전 아버지가 돌아가셨지……."

애슬링이 울기 시작했다. 그녀를 안아주러 가까이 갔지만, 그녀가 손짓으로 날 멀리했다. 여운이 맴도는 마지막 선율이 끝나자 그제야 잠잠해졌다.

"우리 아빠는 알코올 의존증 환자였어요. 오빠 말로는 어린 시절에 난 쌩쌩 지나가는 차의 헤드라이트에 비친 사슴처럼 살았다고 하더군요. 몇 년 동안 내가 대처할 수 있었던 유일한 방법은 아빠가 드라마가 아니라 오락 프로그램처럼 살도록 하는 것뿐이었어요. 그래서 아빠가 술을 마시다가 죽었을 때는 기뻤어요. 병원에서 아빠 유품을 주는데…… 뭐였는지 알아요?"

알 리가 없었다.

"모르겠는데."

"보이 스카우트 허리띠와 묵주였어요."

그녀는 피자 부스러기를 만지작거렸다.

"묵주는 강에 던져버렸어요."

"허리띠는 보관하고?"

"그건 아버지 재산이었으니까요."

"이런, 당신은 물에 빠져도 입만 둥둥 뜰 거야. 그거 알아?"

그녀는 살짝 웃었다.

"헛소리 하나 들을래요?"

"어떤?"

"엉터리 같은 헛소리."

"뭐……."

"요새는 어디 가나 신여성이라는 말을 해요. 전통적인 것들을 거부하는 여자. 이 여자는 남편과 가정과 아이를 원해요."

나는 아무 말도 하지 않았다. 술에 손을 뻗었다. 애슬링이 말했다.

"난 당신을 원해요."

애슬링은 몸을 숙여 나를 올라타더니 사랑을 하기 시작했다. 나는 거부하지 않았다. 끝난 후, 애슬링이 물었다.

"원하지 않는다면 내가 미친 거 아니에요?"

"미친 거지."

나는 미친 기분이 들지 않았다. 다음 날 내내 그녀와 함께 보냈다. 포토벨로 마켓에 가서 노점들이 팔고 있는 쓰레기를 보며 웃었다. 웨스트엔드에 가서 트로카데로 극장에서 사진을 찍었다. 참으로 이상하게도 스냅사진 치고 나쁘지 않았다. 애슬링은 젊고 빛나 보였다. 그리고 나는…… 나는 그녀가 그렇게 보여서 기쁜 얼굴이었다. 실제로 기뻤다.

홀란드파크에 돌아오니 시계가 자정을 쳤다. 집은 캄캄했다. 여배우를 확인하러 가서 뺨에 손을 댔더니, 그녀가 웅얼댔다.
"으음……."
그러면서도 잠에서 깨지 않았다.
조던의 흔적은 없었다.
내 방으로 가서 맥주를 한 캔 땄다. 좋은 기분에서 나오는 노곤한 느낌이 들었다. 그 기분이 사라질까 봐 너무 면밀하게 분석하지 않았다. 애슬링을 사랑하는 걸까. 두말하면 잔소리다. 애슬링은 내가 한때 되고 싶어했던 그 사람인 것처럼 느끼게 해주었다.

맥주를 마시자 서늘하고 만족스러운 기분이 들었다. 옷을 벗고 침대로 들어갔다. 세상에, 완전히 뻗었다. 다리를 폈다. 발가락에 뭔가 축축한 게 닿아 재빨리 다리를 움츠렸다. 침대에서 뛰어나왔다. 공포가 점점 커졌다. 침대보를 확 뒤로 젖혔다. 핏덩어리가 붙은 동그란 물체가 하나 있었다. 눈은 그 물체에 고

정했지만 머리가 제대로 돌지 않았다. 자세히 들여다봐야만 했다. 강아지 머리였다. 브라이어니의 개. 빌어먹을 개 이름이 뭐더라…… 바틀리? 바틀리잭이었다.

돌로레스 킨*이 부르는 〈칼레도니아〉를 들어본 적 있는지.

그때 그 노랫소리를 들었다.

왜인지는 모르겠다.

그 공포의 침대에서 튀어나올 때, 그 노래가 머릿속에서 쿵쿵 울렸다.

광기였나 보다.

그때 누군가 어깨를 잡는가 싶더니 뺨을 세게 쳤다.

"어이, 적당히 날려요."

"고함을 지르고 있더군요. 마담을 깨우고 싶진 않아요."

"그런 심각한 일이 일어나도록 주님께서 가만히 보고만 계시겠어요?"

그는 침대 쪽으로 걸어가 헝가리어로 뭔가 꿍얼댔다.

영어의 '염병'에 해당하는 말 같았다.

"저건 내 여동생의 개예요."

"어째서 아직 여기 있는 거죠? 나갑시다."

우리는 비옷과 총을 챙겨서 내 차를 타고 나갔다. 길에 차가 별로 없어서 30분 만에 시내를 주파했다.

브라이어니는 페컴로드에 있는 주택에 살았다. 조용한 동네

---

* Dolores Keane, 1953~ . 아일랜드 출신의 포크 가수, 여배우.

로, 반짝이는 불빛들로부터 조금 떨어진 곳이었다.

집 안에는 불이 휘황했다. 조던이 물었다.

"앞으로 갈 겁니까? 아님 뒤로?"

"앞으로 가죠."

나는 글록을 오른쪽 주머니에 넣어두었다. 문은 빼꼼히 열려 있었다.

문을 천천히 뒤로 밀었다. 까치발로 살금살금 홀로 들어갔다. 브라이어니가 피투성이가 되어 팔걸이의자에 앉아 있었다. 순간 숨이 헉 막혔으나 곧이어 피는 무릎에 놓인 개에게서 나온 것임을 깨달았다.

동생은 뚫어져라 앞만 쳐다보았다.

"브리?"

"아, 오빠 안녕."

나는 방 안으로 들어가, 동생에게 다가가며 물었다.

"너 괜찮니?"

"나쁜놈들이 내 아기를 어떻게 했는지 봐."

"누가 그랬는데?"

"나도 몰라. 집에 오니까 침대에 이렇게 놓여 있었어. 얘 머리는 어디 있을까, 미치 오빠?"

조던이 방 안으로 들어왔다.

"브리, 이쪽은 내 친구 조던이야."

"아…… 안녕하세요, 조던. 차 한 잔 드실래요?"

그는 고개를 흔들었다. 내가 말했다.

"브리, 내가 잠깐 바틀리잭을 안고 있어도 될까?"

"그래."

나는 그 덩어리를 브리의 무릎에서 치웠다. 강아지의 몸은 아직도 따뜻했다. 그걸 보니 머리 뚜껑이 열릴 듯 분통이 치밀었다. 조던이 말했다.

"내가 여동생을 씻기겠습니다."

그는 브리가 의자에서 일어나도록 부축하며 손을 잡았다. 전화가 울렸다. 전화기를 들었더니 새되게 킬킬 웃는 소리가 들렸다.

내가 문으로 향하자 조던이 나를 따라와 물었다.

"어디 가는 겁니까?"

"간트 짓이에요."

"그래서?"

"그 자식을 죽여버릴 겁니다."

그는 나를 돌려세우더니 말했다.

"찬찬히 생각하세요. 그가 무방비 상태일 때 잡고 싶을 것 아닙니까. 그 사람, 가족이 있습니까?"

"학교에 다니는 딸이 하나 있소."

"그럼, 아침식사 시간에 습격합시다."

"아이가 학교 간 후에요."

"좋으실 대로."

"브라이어니는 좀 어떻소?"

"자고 있습니다. 진정제를 주었죠."

"도대체 당신 정체가 뭡니까? 걸어 다니는 약국입니까?"
조던은 씩 웃었다.
"내 정체 중 하나죠."
조던은 30분 정도 나가더니 쇼핑백을 들고 돌아왔다.
"이 밤을 지새울 수 있도록 도와줄 겁니다*."
"거기에 노랫가락을 붙이면, 최고 인기곡이 되겠군요."
조던은 얼굴을 찡그렸다. 그는 버드와이저 여섯 개들이 한 팩, 바게트 빵, 햄, 토마토, 피클, 마요네즈 한 병을 가지고 왔다.
"대체 어디서 이런 것들을 다 구해왔죠?"
"여긴 페컴이니까."
어련하려고.
맥주를 몇 병 마신 후, 내가 말했다.
"로렌스 블록의 책에 나오는 매트 스커더가 이런 말을 했죠.

겨울이 뭐 대수인가.
옷을 따뜻하게 입고
씩씩하게 걸어가."

프렌치 롤을 먹다 말고, 조던이 물었다.
"대체 무슨 뜻이오?"
"나도 몰라요. 그냥 적당해 보여서."

* 1970년 컨트리 가수 크리스 크리스토퍼슨이 발표한 발라드 제목과도 같다.

우리는 간트의 집을 덮칠 계획을 세웠다. 계획이라기보다는 다양한 안을 내보았다.

다 버리고

수정했다가

결론에 도달했다.

조던이 말했다.

"좋아요. 그게 좋겠군요. 자, 그럼 마약 거래를 망쳐서 복수한 것처럼 보이도록 합시다."

"어떻게요?"

그는 가방에 손을 넣어,

피하주사기

헤로인,

그리고

기타 등등을

탁자 위에 늘어놓았다.

"이건 내 기구들이잖소!"

"알아요."

"내 방을 뒤졌습니까?"

"매일."

"씹할, 도대체 무슨 짓을 꾸미는 거요?"

"앤서니 드 멜로*라고 들어봤소? 물론 금시초문이겠지. 그깟 범죄소설 몇 권 읽어놓고 세상 물정 안다고 생각할 테니까."

그는 '이 멍청아!'라고 말하진 않았다.

하지만 그런 뜻이 담겨 있었다.

아, 그래.

조던이 말을 이었다.

"드 멜로는 사람들의 90퍼센트는 잠들어 있다고 말했소. 절대로 깨어나는 법이 없다고. 헝가리 봉기가 언제 일어났죠?"

"이거 뭡니까, 수수께끼? 헝가리 봉기랑 나랑 대체 무슨 개나발 같은 상관이 있겠소?"

"봐요. 당신은 근본적으로 범죄소설 작법의 기본도 몰라요. Cherchez la femme(여자를 찾아라). 난 점잖고 동정심이 많은 남자들을 보면서 자라났소. 그 사람들은 아동 살해범들을 찾아내서 처단해야 했어요. 그러기 위해서는 짐승이 되고, 돌로 변해야 했죠. 절대로 웃음을 띠지 않았지."

나는 그가 무슨 말을 하려는 건지 감이 잡히지 않았다.

"무슨 말을 하려는 건지 감이 안 잡히는데요."

그는 가방에서 알약을 몇 개 꺼내 의자 팔걸이 위에 놓았다.

"드 멜로는 스페인 닭의 이야기를 했습니다. 독수리 알이 닭장 안에 떨어지면, 닭이 그 알을 품어 자기 자식으로 키운다고 하더군요. 아기 새는 다른 닭처럼 땅에서 쪼는 법을 배우며 자랍니다. 어느 날 어린 새는 머리 위를 나는 거대한 새를 보죠. 모든 동물 중에서 가장 우월하다는 말도 듣고요. 그 새는 여전히 땅에서 모이를 쪼고 늙어서 죽습니다. 자기가 닭이라고 믿

---

* Anthony de Mello, 1931~1987. 예수회 사제이자 심리치료사. 영적 지도자로 유명하다.

으면서요."

나는 어깨를 으쓱했다.

"아주 심오하네요."

조던이 대답하지 않자, 나는 말했다.

"내가 읽은 평범한 범죄소설 얘기 하나 해주죠. 해리 크루스가 《우스꽝스러운 남부 고딕》이라는 책을 썼는데……."

그는 손을 들었다.

"돼지 이야기를 들어본 적이 없나 보군요."

"돼지 새끼가 뭐 어쨌다는 겁니까?"

"말하자면, 돼지에게 노래를 가르치려 해봤자 소용없다는 거죠. 본인에겐 시간 낭비고, 돼지 입장에선 고통스럽고. 당신이 노래할 수 있을지도 모른다고 생각했다니, 사과를 해야겠군요."

그때 브라이어니가 비명을 지른 덕에 일촉즉발의 이야기에서 주의를 돌릴 수 있었다.

브라이어니는 자면서도 울고 있었다. 그 애를 내 팔에 안고 어르자 진정이 되었다. 나 또한 졸면서 꿈을 꿨다.

머리 없는 돼지와

하늘을 나는 병아리

말 없는 시체들.

그러다 조던이 내 팔을 두드리며 말을 거는 바람에 정신이 들었다.

"이만 가보는 게 좋겠습니다."

그가 내게 커피와 약을 건네주었다. 나는 둘 다 삼켰다. 브라이어니는 깊이 잠들어 있어서 나는 그 애의 이마에 입을 맞춰주었다. 조던은 읽을 수 없는 표정으로 우리를 쳐다보았다.

"죽은 자만이 브루클린을 아는 법이죠."

이건 토머스 보일의 책 제목이었다. 조던은 범죄소설은 읽지 않을지 모르지만, 그렇다고 해서 제목도 들어보지 말란 법은 없었다.

우리는 비옷을 걸치고 소곤소곤 계획을 의논했다.

발가락과 손가락 끝이 간질간질했다. 아드레날린이 치솟고 있었다.

"젠장, 어떻게 된 거죠?"

"이제 곧 날아오를 겁니다."

"뭐라고요?"

"내가 당신 속력을 더해줬다고만 하죠."

"암페타민 탔어요?"

"그런 비슷한 거요."

동이 트고 있었다. 조던이 말했다.

"당신 여동생에게 아기가 있는 줄은 몰랐군요."

"아기는 없는데."

"옷장 속에 아기 옷이 가득하던데."

"뭐라고? 걔 방도 뒤졌소?"

"습관의 힘이죠."

약이 내 눈을 물고 늘어지는 듯해서, 나는 눈을 크게 떠야만 했다. 조던은 자기 총, 시그사우어를 점검했다.

"그 총 마음에 듭니까?"

"9밀리미터 구경이잖아요. 마음에 안 들 이유가 없죠."

우리는 밖으로 나갔다. 거리 청소부가 벽에 기대서 있었다. 담배 휴식 시간이다.

청소차 위에 라디오가 얹혀 있었다. 아바의 〈내겐 꿈이 있어요〉가 흘러나왔다.

그는 우리에게 "어떻게 지내쇼"라고 인사했다. 아일랜드인이었다.

내가 응답했다.

"날씨 좋습니다."

"적어도 아직 하늘만 보고는 모르겠는데."

조던은 차에 시동을 걸었고, 우리는 그곳을 빠져 나왔다. 나는 해리 크루스가 찰스 브론슨과 했던 인터뷰를 생각했다. 브론슨은 이렇게 말했다.

> 친구를 갖지 않을 이유란 없죠.
> 오히려 그 반대가 맞지. 하지만 난 친구들에게 시간을 줄 마음이 없다면 친구를 가져선 안 된다고 생각하오.
> 난 누구에게도 시간을 주지 않소.

간트의 집까지 20분 만에 날아갔다. 이런 말을 해도 될지 모르지만, 내 몸엔 약 기운이 올라 무엇이든지 속도가 붙었다. 아직 아침 8시였지만, 내 몸의 체계가 과속으로 움직였다. 손발이 움찔거리고 추진력을 얻은 생각들이 홍수처럼 쏟아져 마음속에서 뒹굴었다. 거리엔 가로수가 줄지어 있었다. 조던이 말했다.

"대로군요."

"런던에도 빌어먹을 대로가 있죠."

통학 버스 한 대가 거리를 천천히 내려왔다. 조던이 물었다.

"《뛰어난 사람들과의 만남》* 읽은 적 있어요?"

"필사적인 남자들과 만남이라면 있죠."

그는 내 말은 무시하고 버스를 눈여겨보면서 계속 말을 이었다.

"구르디에프

　　　　우스펜스키

　　　　　　시바난다

　　　요가난다

블라바츠키**

베일리의 저작들을 탐독해봐요. 그런 후에도 깨달음을 포기하고 어둠 속으로 걸어 들어가든가."

나는 뿔이 나서 리버풀 축구팀 선수 이름을 줄줄댈까 하는 생각이 들었지만 그랬다간 총 맞을까 두려웠다. 간트의 앞문은 열려 있었고 한 여자가 어린 소녀의 손을 잡고 나타났다. 여자는 아이의 책가방을 챙기느라 부산을 떨고, 외투를 고쳐 입힌 뒤 안았다. 아이는 버스에 올랐다. 여자는 상실감 어린 표정으

---

* 그리스계 미국인 신비주의자인 구르디에프가 쓴 자서전의 일부.
** 모두 신비주의 철학 지도자들이다.

로 아이가 떠나는 모습을 바라보았다. 그러더니 안으로 들어갔다. 조던이 말했다.
"갑시다."
걸어가면서 그가 물었다.
"앞으로 갈 겁니까, 아님 뒤로?"
나는 험악한 미소를 짓더니 입술을 깨물며 침을 꿀꺽 넘겼다.

살인에 어울리는 배경 음악은 뭘까. 내 머릿속에서는 레너드 코헨의 〈페이머스 블루 레인코트〉였다. 앞문에 손을 뻗으며, 클린턴가에 흐르던 음악에 대한 대목을 흥얼거렸다. 그 가사가 좋다.

초인종을 눌렀다.

차임벨이다!

설상가상으로 음악까지 나왔다. 〈우나 팔로마 블랑카〉*다! 정말 짜증난다. 도대체 이 가수들은 쉬지도 않나. 어떻게 이렇게 오랫동안 나오느냔 말이다.

간트 부인이 문을 열었다.

나는 여자의 얼굴을 정통으로 쳤다. 여자는 감자 자루처럼 뒤로 푹 주저앉았다. 둘러보았다. 우유 배달부가 금방이라도 나타나, "저 여자가 당신 돈도 떼어 먹었군요, 그렇죠?"라고 할

---

* 네덜란드 밴드 조지 베이커 셀렉션의 1976년 곡. 스페인어로 '하얀 비둘기'라는 뜻이다.

것 같았다.

여자의 머리채를 잡고 질질 끌고 들어가 문을 닫았다. 여자는 정신을 완전히 잃었다. 어떤 인물이 복도에 나타났다. 나는 기겁하고 총을 더듬어 찾았다. 조던이었다. 그는 고개를 저었다. 그런 후 한 손가락을 입술에 대고 위층을 가리켰다.

간트가 침대에 앉아 아침식사 쟁반을 무릎 위에 놓고 있었다. 그는 어안이 벙벙한 얼굴이었다. 내가 입을 열었다.

"좋은 아침이군."

그는 커피 잔을 입으로 가져가려던 참이었다. 잔은 이제 허공에 그대로 멈춘 상태였다. 나는 다가가서 잔을 손으로 쳐버렸다. 잔이 벽에 부딪혀 튕겼다.

조던은 문 옆에 서 있었다. 나는 간트를 손등으로 쳤다.

"날 보고 싶었지, 안 그래? 자, 여기 내가 몸소 납셨다고."

그는 아직 한마디도 하지 않았다. 그의 파자마를 잡아 침대에서 끌어내렸다. 조던은 외투에서 망치를 하나 꺼내 거울을 부수기 시작했다. 간트가 소리쳤다.

"그만두지 못해!"

나는 글록을 꺼내 느슨하게 들고 물었다.

"개 대가리를 자를 때, 몸이 흥분되던가?"

"뭐라고?"

나는 이성을 잃고 권총으로 그를 후려쳤다. 마침내 조던이 내 팔을 잡고 뜯어말렸다.

"정신을 잃었습니다."

약 기운에서 깨보니 양팔에 피가 튀어 있었다. 내 피는 아니었다.

조던이 말했다.

"갈 때가 됐어요."

간트는 멀쩡한 눈으로 간신히 초점을 잡고 말했다.

"거래 조건을 이야기하지 그래."

나는 그의 입을 쏴버렸다. 조던은 마약 기구 일습을 침대에 늘어놓고 간트의 머리에 총알을 하나 박았다. 집을 뒤졌더니

2만 파운드

꽤 많은 크루거란드 금화*

권총 세 자루

숨겨놓은 코카인이 나왔다.

모두 챙겼다.

그 집을 떠나려고 할 때 부인이 깨어나기 시작했다. 조던이 여자의 머리를 발로 차면서 물었다.

"불을 지를까요?"

"아니, 난 불을 싫어합니다."

페컴으로 들어갈 때 내가 말했다.

"나 좀 여기 내려줘요. 친구를 만나고 갈게요."

"진심입니까? 당신 지금 약 기운으로 들떠 있을 텐데."

"죽은 친굽니다."

---

* 남아프리카 공화국의 1온스 금화.

이 말에 대꾸할 말이 있었는지 몰라도, 조던은 입 밖으로 내진 않았다.

"이 장비들은 다………."

나는 전리품을 가리키며 말했다.

"당신이 가져요."

"뭐라고요?"

"당신 거란 말입니다."

"농담이겠죠. 젠장. 이거만 있으면 작은 나라도 하나 세울 수 있는 예산이오."

"난 돈이 필요 없어요."

"그렇게 굳이 우기신다면야."

약 기운 탓인지 나는 불쑥 내뱉었다.

"참, 조만간 결혼할 것 같소."

조던이 그렇게 기쁜 얼굴을 하는 걸 처음 봤다. 그는 내 손을 잡더니 따뜻하게 꾹꾹 눌렀다.

"잘됐어요. 잘 생각한 겁니다……. 하지만 릴리언이 법적으로 독신인지는 확실히 모르겠는데."

그 말을 이해하는 데 한참 걸렸다.

"릴리언이라니! 누가 릴리언 이야기랍디까?"

그는 내 손을 떨어뜨렸다. 얼굴이 흐려졌다.

"다른 사람과?"

"그렇소."

나는 웃으면서 애슬링에 대한 헛소리를 줄줄 늘어놓았다.

서서히 흥분이 누그러졌다.
"결혼식에는 꼭 올 거죠? 네?"
그는 차문을 열어주었다.
"가서 죽은 친구나 만나시오."

버스 차고지 근처의 꽃가게에서 무진장 큰 꽃다발을 샀다. 내가 너무 과용하는 바람에, 꽃가게 점원이 불안해하기 시작했다. 내가 현금 다발을 꺼낼 때까지는. 나는 이 남자에게 팁까지 줄 정도로 정신이 나가 있었다. 허공에서 금화를 빙그르르 돌렸다.
"즐거운 시간 보내쇼."
한 남자의 집을 습격하고, 그 아내를 때리고, 남자를 침대에서 끌어내 입에 총을 쏴 죽이기까지 했는데, 더 못 할 게 뭐가 있단 말인가.
꽃을 들고 무덤으로 비척비척 걸어갔다.
빙고 게임장에 기대 있던 한 남자가 아일랜드 속어로 "어이, 친구"라고 말을 걸어왔다.
무덤에 가보니 묘지기가 조의 무덤에 하얀 십자가를 세워놓았다.
"안녕, 조."
꽃다발을 조심스레 내려놓았다. 나는 죽은 듯 꼼짝도 않고 거기 서 있었다. 그동안 일어났던 사건을 조에게 다 이야기했다.

"보고 싶네요, 친구."

홀란드파크로 돌아갔을 때는 약 기운은 증발해버리고 살인자들이 느끼는 침울함 속에 빠져들고 있었다. 침대에 앉아 위스키를 좀 더 마시고 우울한 기분을 떨쳐버리려 했다. 침대 위에는 노획품들이 놓여 있었다. 나는 큰 소리로 외쳤다.

"나는 부자다. 빌어먹을 부자다!"

전화가 울렸다.

릴리언.

그녀가 가르랑거리는 목소리로 말했다.

"어때, 자기?"

"지금은 녹초라서."

"쉬어, 사랑은 나중에 나누자고."

"그러죠."

"모든 건 다 잘 처리됐어, 자기."

"그래요?"

"아, 그럼. 잘 자."

나는 침대에 누워서 생각했다. '여기서 대체 무엇을 놓치고 있는 걸까?'

나는 마치 진심으로 원했던 양 여배우 위에 올라탔다. 그녀는 내 정력에 놀랐다.

"비타민이라도 먹고 왔나 보지?"

자기 자신에게 역겨움을 느끼면서 나는 대답했다.

"비타민 말고도 많이 있죠."

그녀는 나를 더 꼭 안았다. 나는 섹스 후에 혐오감을 느꼈다. 일주일 후엔 이 집에서 나가자고 마음먹었다. 애슬링과 가정을 꾸미고 정신 차리고 살자. 릴리언이 말했다.

"탁자 위에 놓은 열쇠 꾸러미 봤어?"

"못 봤는데."

"가서 봐."

"지금?"

"가서 봐, 자기."

일어서서 옷도 입지 않고 탁자로 갔다. 반짝이는 열쇠 꾸러미를 집었다. 릴리언의 눈이 불타오르며 내 몸을 훑는 게 느껴졌다. 다시 침대로 가서 물었다.

"이거예요?"

릴리언은 얼굴을 환히 빛냈다.

"BMW 열쇠야."

"근사하네요."

"자기 BMW야."

"뭐라고요?"

"오늘 배달 왔어. 빨간색. 마음에 들었으면 좋겠는데."

좋아하기는, 개뿔.

"제일 좋아하는 색이죠."

"자기, 이건 그저 시작일 뿐이야. 이제 당신 버릇이 나빠질 만큼 응석을 받아줄 거니까."

"그럴 필요 없는데."

"내가 그러고 싶으니까."

그녀는 도로 누웠고, 나는 내가 이 열쇠를 챙길 거라는 걸 알았다.

계단을 내려가는데, 조던이 올라왔다. 편지가 가득 쌓인 은쟁반을 들고 있었다.

"청구서요?"

"팬레터입니다."

"뭐라고요?"

"매일 대중들에게서 연락을 받죠."

"어째서 그게 팬레터라고 그렇게 자신 있게 말하는 거요?"

"내가 이 편지들을 썼으니까."

다음 날 저녁, 나는 애슬링의 집에 가기로 했다. 애슬링은 '아일랜드풍'으로 밤을 지내자고 했다.

"그게 뭐야?"

"음, 먼저

    블랙 벨벳을 마시고,

        아일랜드 스튜를 먹고

            클라나드*를 들은 후

    아일랜드 아가씨와 잠자리에 드는 거죠."

* Clannad. 1970년부터 활동한 아일랜드 포크 음악 밴드. 아일랜드 전통 음악을 세계화한 첫 세대 음악가라고 볼 수 있다.

"근사할 것 같은데."
"실제로 그래요."

그날 오후, 물건을 사러 갔다. 현금을 좀 처치해야 할 필요가 있었다. 먼저 시티 지구로 갔다. 한가운데 보석상이 하나 있다. 주인인 크리스 브래디와 나는 오래전부터 알고 지낸 사이였다. 에롤 플린을 닮은 남자였다. 매력이 철철 넘치고 동작이 우아했다. 그는 내가 읽어야 할 책을 추천해준 사람이었다. 내가 제대로 된 시민에 가깝게 살 때, 내 교육을 도와주었다. 그러다가 나는 옆길로 새버렸다. 처음에 그는 나를 알아보지 못했다.
"미치?"
"그럼 누구겠어요."
그는 카운터를 돌아 나와 다정하게 나를 안아주었다. 나로 말하자면, 사실 그렇게 안기 좋은 사람이 아니다. 내가 자란 곳에서는 남자가 다른 남자에게 손이라도 댔다가는 팔 한 짝 잃기가 십상이었다. 크리스가 말했다.
"이렇게 자네를 보다니 반갑네."
나는 진심으로 그의 말을 믿었다.
그에게 애슬링 얘기를 하고 결혼 계획을 의논했다.
"자네에게 필요한 게 뭔지 내 정확히 알지."
그는 뒤편으로 사라졌다. 라디오에서는 미드나이트 오일의 〈침대는 타고 있다〉가 흘러나오고 있었다. 귀에 쏙쏙 들어오는 곡조였다.

〈이브닝스탠더드〉 내일 자 신문이 의자 위에 놓여 있었다. 간트의 사진이 1면에 나왔다. 나는 신문 가장자리를 집어 기사를 훑었다. 마약 관련한 사건으로 보도되었다.

크리스가 돌아왔다.

"이건 아일랜드 결혼반지라고 하는 거야. 손 안의 심장, 혹은 클라다 반지라고 하지."

마음에 들었다. 가격표를 슬쩍 살폈다.

"어휴."

크리스가 말했다.

"걱정 마."

그러면서 반값으로 깎아주었다.

내가 가려고 하자 그는 한마디 덧붙였다.

"잠깐 기다려. 자네가 읽을 만한 책이 있으니."

그는 얇은 책 한 권을 꺼냈다. 제목을 읽어보았다.

이지 바이아.

케빈 웰란 지음.*

"좋은 책이에요?"

"대단하지."

악수를 나눈 후에, 크리스가 말했다.

* '자폐, 삶, 미해결 미스터리'라는 부제가 붙어 있는 추리소설. 케빈 웰란 또한 아일랜드 출신 작가이다.

"저, 언제 저녁 먹으러 우리 집에 와. 샌드라가 자네를 보면 아주 좋아할 거야."

나는 그러겠다고 약속했다. 우리는 둘 다 노골적인 거짓미소를 지었다. 어떤 친구 사이에서는 서로 거짓말을 한다고 해서 상대방을 나쁘게 생각하지 않는다.

주머니에 반지를 고이 모셔두고 시내를 빠져나가는데, 머릿속에 트리샤 이어우드의 노래가 울렸다. 〈갑옷을 입은 심장〉.

그 노래를 떠올리니 마음이 슬퍼졌지만, 걱정이 되는 슬픔은 아니었다.

다음으로는 리젠트가로 갔다. 이전에 통 크게 돈을 쓸 여유가 생기면 신발을 사겠다고 스스로에게 약속했었다. 아무 신발이 아니고, 위전 로퍼로. 신발 파는 점원은 은행 지배인보다 옷차림이 번듯했다. 하지만 비웃는 미소는 똑같았다.

"제가 어떻게 도와드릴까요, 손님?"

"먼저 말부터 제대로 하지."

저런 쓰레기 같은 걸 어디서 배웠을까. 이 사람들에게 냉소와 오만을 주입식으로 교육하는 학교가 따로 있는 건가.

"위전 한 켤레 줘요. 사이즈 10, 황갈색으로. 알아들었나?"

점원은 시키는 대로 했다.

그 신발을 신으니 신발 천국에 온 것 같았다.

"손님 마음에 드십니까?"

"좋군. 검정과 갈색으로 두 켤레 더 줘요."

청구서는 침을 꿀꺽 삼킬 만큼 어마어마했다. 그야말로 숨을 삼켰다. 비웃음 점원이 물었다.

"현금으로 하시겠습니까, 카드로?"
돈다발을 내려놓았다.
"맞혀보시지."
그랬더니 점원은 구두 사기꾼들이 흔히 구사하는 기술을 썼다.
"이 구두들은 조심해서 닦으셔야 하거든요."
그러면서 구두약 튜브들을 카운터에 올려놓기 시작했다.
"됐어."
"손님?"
"그래봤자 침 발라서 천으로 닦는 게 최고야."
"손님 좋으실 대로 하십시오."
짐 꾸러미를 챙겼다.
"당신, 보고 싶을 것 같군."
점원은 대답하지 않았다.

쇼핑을 할 때면 반드시 화장실에 들러야 한다. 의무적으로 근사한 커피 전문점에 가야 한다. 나도 그럴 수 있었다.
시애틀 커피 컴퍼니. 거기 가면 가지각색의 커피와 만날 수 있다. 나는 라테를 주문했다. 그 이름을 말하려면 즉시 혀가 꼬인다. 카운터에 있는 점원은 짐짓 친절한 접대용 표정을 띠고 있었다. 이름표에 '데비'라고 쓰여 있었다. 데비가 물었다.
"커피에 시럽을 추가해드릴까요, 손님?"
"그래요. 위스키 듬뿍 넣어줘요."
데비는 참을성 있게 미소를 띠었다.
"저희는

바닐라

블랙커런트

메이플이 있습니다."

"워, 데비, 그냥 카페인만 줘요."

소파에 털썩 주저앉아 신문을 집었다. 라테는 거품과 공기 맛이 났다. 헤비메탈에 빠져 있다는 열세살 짜리들과 크랭크나 스피드라고 하는 결정형 각성제 중독에 빠진 열다섯 살짜리들에 대한 기사를 읽었다. 이런 애들은 주말이면 폭력단과 어울린다고 한다.

이들은 똑같은 쇼핑센터와 슬롯머신 아케이드를 끊임없이 배회한다.

각성제에 취하거나

술에 취해서

파티를 하고

싸움을 벌인다.

지루함을 죽일 수 있다면 뭐든지 한다.

그들의 행태에 종지부를 찍을 수 있는 건

감옥과

낙태와

자살뿐이다.

나는 신문을 내려놓았다. 점원이 다가왔다.

"고객 카드 발급해드릴까요?"

"뭐라고요?"

"저희 가게를 이용할 때마다 카드에 구멍을 뚫어드려요. 열 번 방문하시면 커피 한 잔을 무료로 드립니다."

"난 성실한 것과는 거리가 먼데."

"뭐라고 하셨나요?"

"기분 나빠하지 마요, 데비. 하지만 당신은 내 카드에 구멍 뚫기엔 너무 어려."

가게 바깥에서 한 남자가 약 구하지 않느냐고 물었다. 나는 돌아보았지만, 이 남자가 백주에 대놓고 약을 파는데도 아무도 개의치 않는 것 같았다. 나는 물었다.

"고객 카드도 해주나?"

애슬링의 집에 도착하자 심장이 쿵쿵 뛰었다. 애슬링이 문을 열자 나는 감탄했다.

"오호!"

애슬링은 몸에 꼭 맞는 원피스를 입고 있었다. 줄어든 슬립 같았다. 그녀의 가슴 골 사이로 눈길이 갔다.

"원더브라(Wonderbra)의 기적이에요."

이런 말을 하지 않고는 배길 도리가 없었다.

"Wunderbar(놀랍군)!"

집 안으로 들어가자마자 우리는 키스를 나누었고 마침내 애슬링은 나를 밀어냈다.

"후유, 난 저녁 차려야 해요."

"나도 마찬가지야."

애슬링은 제임슨 아이리시 위스키를 꺼냈다.

"이걸로 아일랜드풍 저녁을 시작해요. 뜨겁게 해서 마실래요?"

"뻔하디뻔한 걸 굳이 대답할 필은 없겠지."

나는 크리스가 쳐다보았던 표정 그대로 애슬링을 쳐다보았다.

"당신에게 아일랜드 출신 작가를 찾아다 주려고 런던을 다 뒤졌지."

그녀는 꺅 소리를 질렀다.

"케빈 웰란! 좋아하는 작가인데!"

나는 하나 덧붙였다.

"그리고……."

그러면서 상자를 꺼냈다. 애슬링은 상자를 천천히 받아 조심스럽게 열었다.

"어머나, 세상에!"

반지는 꼭 맞았다.

맛있는 음식 냄새가 부엌에서 풍겨왔다. 나는 벽에 걸린 액자에 들어 있는 시를 보았다. 제프 오코넬의 시였다.

난파

그는 한 감정이 정반대의 감정으로 바뀌는
바로 그 순간을 찾았다

거기서 그녀를 잔인하게 다루었던 죄를 용서해줄 수 있는
핑계를 찾을 수 있기라도 한 양

이 시를 읽고 있노라니 기괴한 감정이 들었다. 마치 누가 내 손금 점이라도 본 것 같은 기분이었다. 애슬링이 물었다.
"어떻게 생각해요?"
"후유."
"무슨 뜻이에요?"
저 말은 까닭 없이 소름이 끼친다는 뜻이었다. 지금 생각해보니 그런 뜻이었다.
"이 사람 어디 출신이야?"
그녀의 웃음소리가 들렸다.
"정말 아일랜드적이네요."
"무슨 말이야?"
"질문에 대답 대신 질문으로 답하는 것이요."
"아."
"골웨이 출신이에요. 클라다 반지의 고향. 정말 기괴하지 않아요?"
너무나도 섬뜩했다.

아일랜드라는 주제에 따라, 아일랜드 포크 밴드 퓨리스의 〈낸시를 떠나며〉를 틀어놓고 우리는 뜨겁고 국제적인 사랑을 나누었다. 애슬링이 물었다.

"나 사랑해요?"

"그런 거 같아."

"그럼 나와 결혼할 거예요?"

"그렇게 말할 수 있겠지."

"언제?"

"되도록 빨리."

애슬링은 일어나 앉았다.

"어머나, 진심이에요?"

"진심이야."

그녀는 침대에서 뛰어나갔다가 샴페인을 들고 돌아왔다.

"말했지만, 원래는 흑맥주와 샴페인으로 칵테일을 만들 작정이었잖아."

"그런데?"

그녀는 내 목소리를 완벽하게 흉내 냈다.

"기네스, 다 망해버려라."

인생 최고조의 행복에 가까운 상태였다. 아주 근접했다.

나는 아주 심한 사투리를 흉내 냈다.

"결혼식을 성대하게 하고 싶어?"

"결혼식을 빨리 하고 싶어요."

사랑이든 그와 이웃인 감정이든 그 때문에 나는 아주 이기적이 되었거나 부주의해진 게 틀림없었다. 아니면 그저 단순히 신경을 쓰지 않았는지도 모른다. 나는 브라이어니가 어떻게 지내는지 확인해보지 않았다는 사실을 떨치려 했다. 거의 그렇게 했다. 심지어 전화도 하지 않았다는 사실을.

그로부터 이틀이 지난 날 밤, 나는 홀란드파크에서 깊이 잠들어 있었다. 전화벨이 울려 나를 끈질기게 깨웠다. 마침내 전화를 잡고 웅얼웅얼 대답했다.
"뭐야?"
"미첼 씨?"
"그래요."
"파텔입니다."
"누구? 아, 그렇지. 이런, 지금 몇 시오?"
"2시 30분입니다. 응급 사태에요. 브라이어니 일입니다."
나는 일어나 앉았다.
"무슨 일이오?"
"약을 과다 복용한 것 같아요."
"같다니? 선생, 뭐 하는 사람이오? 짐작이나 하고 있게!"
"저도 최선을 다하고 있습니다, 미첼 씨."
"그래, 그렇겠지. 곧 가요."

새 BMW를 몰아보기에 이보다 더 안성맞춤인 때는 없겠군. 한편으로는 정말로 빨간색일 리는 없을 거라고 생각했다. 아무리 릴리언 파머라도 빨간 BMW를 구할 순 없었을 거다.

하지만 정말 빨간색이었다. 그것도 빌어먹게 환한 빨강.

뭐, 적어도 밤이니 다행이었다. 색깔이 얼마나 보이겠는가. 노팅힐 게이트에 있는 신호등까지 쭉 미끄러져 갔다. 꿈같은 질주였다. 신호등이 바뀌기를 기다리는데, 파란 마쓰다가 내 옆에 와서 섰다. 흑인 애들이 차 안에서 랩을 질러대고 있었다. 내 창문은 내려져 있었고, 운전자가 나를 빤히 쳐다보았다.

"형씨, 그거 죽이게 멋진 색깔인데."

나는 고개를 끄덕였다. 그는 내게 손을 뻗어 마리화나 한 대를 건네주었다.

"그런 야한 차를 탔으면, 좀 놀아줘야지."

나는 약을 받아들고 깊이 들이마셨다. 초록불로 바뀌자 옆차 운전자는 차를 출발시키면서 말했다.

"화끈한 형씨로군."

약 기운이 확 돌면서 시야가 흐려졌다. 엘리펀트와 캐슬 로터리에서 자전거 타고 가던 남자를 칠 뻔했다. 그는 큰 소리로 욕설을 해댔고 나는 이렇게 응수했다.

"진정하쇼, 형씨!"

성 토머스 병원에 도착하자, 의사 전용 주차 구역에 차를 댔다. 제복 입은 경비원이 소리를 버럭 지르며 급히 달려왔다.

"이봐요!"

"네?"

"여긴 의사들 자리예요."

"내가 의삽니다."

"예?"

"담배를 얼마나 피운 거요? 맙소사. 낯빛을 봐요. 마지막으로 심전도 검사 해본 게 언제요?"

"저……."

"그리고 햄버거 끊어요. 안 그러면 여섯 달도 못 살 테니."

나는 그를 지나쳤다. 약 기운 때문에 걷는다기보다는 나른하게 쓸고 지나가는 편에 가까웠다.

중환자실 바깥에서 파텔을 만났다. 그는 악수도 청하지 않고 비난부터 했다.

"약에 취했군요!"

"그래서?"

"너무하지 않습니까?"

"브라이어니, 의식은 있어요?"

"아뇨."

"그러면 취했든 깼든 무슨 개떡 같은 상관이란 말이오!"

스스로 건드릴 때까지 분노가 마음속에 고여 있었다는 사실을 미처 깨닫지 못하고 있었다. 예부터 전해 내려온 '애먼 심부름꾼 죽이기' 증상이었다.

"위세척을 했습니다. 파라세타몰을 일흔다섯 알이나 삼켰더군요."

"그걸 다 세고 앉아 있었소?"

내 침이 의사의 하얀 가운에 튀었다. 나는 두 주먹을 불끈 쥐었다. 2초만 더 있었으면 그를 두들겨 팼을지도 모른다. 그는 뒤로 주춤 물러서며 물었다.

"환자를 보고 싶습니까?"

"씹할, 당연한 걸 뭘 묻소."

중환자실에 들어가기 위해서 옷을 입어야만 했다.
가운
마스크
장화.
드라마 〈ER〉에 나오는 불필요한 단역배우가 된 기분이었다.
브라이어니는 죽은 듯 보였다. 절망한 사람처럼 창백한 낯빛이었다. 인공 호흡기를 달고 있었다.
동생의 손을 잡고 있으니 간호사가 의자를 가져다주었다.
"동생 분에게 말을 거셔도 돼요."
"내 말 들을 수 있습니까?"
"어쩌면요."
"그럼 처음이겠네요."
"네?"
"얘는 절대 내 말을 듣지 않았거든요."

———

　브라이어니는 6시가 조금 지난 무렵에 죽었다. 동이 틀 때까지 버티지 못했다. 후에 파텔이 나를 사무실로 데리고 갔다.
　"마음껏 담배 피우십시오."
　"고맙군요."
　"정말 마음이 아픕니다."
　"어쨌든."
　"난…… 그녀를 사랑했습니다. 난……."
　"그만둬요, 의사 선생. 듣고 싶지 않으니까. 알았소?"
　"그러죠."
　서류 작업을 다 마치고 의사가 말했다.
　"가족 묘지에 묻고 싶으시겠죠?"
　나는 악의로 날카로워진 웃음을 뱉었다.
　"가족 묘지라고 해봤자 구두 상자요."
　"아."
　그는 고개를 숙였다. 나는 주머니에 손을 넣어 두툼한 돈다발을 꺼내 탁자 위에 던져 놓았다.

"화장해줘요. 인도인들은 그렇게 하지 않나? 그런 후에 그 애의 재를 당신 벽난로 선반 위에 놓아둬요. 드디어 그 애를 갖게 될 테니."

내가 걸어 나가려는데 그가 물었다.

"강아지는 어떻게 됐습니까?"

"머리가 나갔어요. 가족력이죠."

접수대에서 한 간호사가 나를 불렀다.

"미첼 씨?"

"네?"

"정말 안됐어요."

"그래요."

"동생 분 비옷 가져가시겠어요?"

"뭐라고요?"

"병원에 올 때 비옷에 싸여 있었어요. 가져가고 싶으세요?"

간호사를 한참 쳐다보았다.

"그 애랑 체격이 비슷하시니까, 가지세요."

내가 돌아서 가려고 할 때, 간호사가 말했다.

"간트인데."

"뭐라고요?"

"비옷이요. 간트 거예요. 미국 상표. 아주 비싼 브랜드예요."

나는 영문을 똑똑히 알 수가 없어서, 간호사에게 손짓으로 인사를 하고 나왔다. 밖에 나와서 담뱃불을 붙이려 했다. 손이

제멋대로 춤을 췄다. 나는 담배를 던져버리고 차로 향했다.

그전 날 일어났던 사건, 아니, 그 전의 사건 탓이리라. 아니면 약, 술, 브라이어니의 죽음 때문인지 모른다. 그도 아니면 그저 내가 멍청한 개자식이었기 때문인지도 모른다.

이유는 어쨌든 나는 두 가지 핵심적인 질문에 대한 대답을 생각해보지 않았다.

(1) 브라이어니를 발견한 사람은 누구인가.

(2) 누가 브라이어니를 병원으로 데려왔는가.

아니, 사소한 피해에 집중하느라 여념이 없었다. 가장 가까이에 있는 것에 덤벼들었다.

경비원이 성큼성큼 걸어왔다. 나는 그의 반짝이는 바지에 집중했다.

영혼의 오점을 그대로 거울처럼 비춰주는 바지였다. 드라이 클리닝의 기적이 아직은 깊이 스며들지 않은 것 같았다. 그는 팔짱을 끼고 아무 말 하지 않았다. 좋아. 나는 생각했다. '엿이나 먹어.'

BMW에 다다랐다. 앞쪽 펜더를 따라 커다란 글자가 끌로 새겨져 있었다.

변태

나는 몸을 빙그르 돌리며 소리쳤다.

"이래도 당신이 경비원이야?"

"아닐 건 또 뭐야? 당신 같은 인간도 의사라고 사칭하고 다니는데."

순백의 분노가 나를 뚫고 지나갔다. 특히 더욱 화를 돋운 것은 맞춤법도 틀렸다는 것이다. 나는 경비원에게 물었다.

"누가 그랬는지 전혀 모르실 거고."

그는 이를 환히 드러내며 웃었다.

"모르지."

그러자 화가 공기 중으로 사라졌다. 더 이상 신경을 쓸 여력이 없었다. 차를 몰고 여기서 빠져 나가자. 여전히 그의 얼굴이 보였다. 낙담한 표정이었지만, 나는 그저 모른 척했다. 나 또한 낙담한 마음이었다.

그날 남은 시간 동안, 나는 런던 남동부의 술집들을 유령처럼 배회했다. 나는 거기서

술을 마셨지만

아무에게도 연락을 취하지 않았다.

한참 후, 홀란드파크에 도착해서는 옷을 입은 채 그대로 잠이 들었다. 깨어보니 여배우가 내게 오럴을 해주고 있었다. 그녀는 잠깐 하던 동작을 멈추었다.

"걱정 마, 자기. 거의 다 와 가니까."

그때, 나는 그녀가 나를 거의 절정으로 이끌고 있다는 뜻이라고 생각했었다. 더할 나위 없이 엄청난 착각이었지만.

―――

다음 날 아침, 면도와 샤워를 한 후, 새 옷을 입었다.
기분이 좋지는 않아도 더 상쾌해지기는 했다. 니코틴과 카페인을 합작해서 정신을 깨우고 있을 때 전화가 울렸다.
"여보세요?"
"미치."
"제프, 자네인가?"
"그래, 친구. 브리 일은 정말 유감이야."
"고마워."
"저, 자네와 하고 싶은 얘기가 있는데."
"그래."
"오늘 저녁 8시에 찰리 채플린에서 봐."
"갈게."
말투가 왠지 뾰족한 것 같은데.
그렇지만 어깨를 으쓱하며 그 생각을 떨쳐버렸다. 아니, 제프는 그럴 리가 없어. 그는 내 동료였다. 젠장, 오래전부터 알고 지낸 사이다.

집 밖에 나가자 조던이 정원을 가꾸고 있었다.

"정말 못 하는 게 없네요."

그는 고개를 들었지만 대답은 하지 않았다. 나는 BMW로 걸어갔다. 낙서는 지워지고 없었다. 조던이 말했다.

"두고 볼 수가 없어서."

"직접 수리한 겁니까?"

"그래요."

"제길, 대단한데요."

"언제나 그렇지만, 당신은 아주 자명한 사실을 과장해서 말하는 습관이 있군요, 미첼 씨."

결혼 계획을 실행하려면 출생증명서와 남자다운 용기가 필요했다. 전자는 갖고 있었고, 후자는 갖고 있기를 바랐다. 제프와 만나기 위해서 구찌 재킷을 입었다가 찌는 듯한 더위를 생각하고 도로 벗었다. BMW는 타고 가지 않기로 했다. 런던 남동부에선 순식간에 덥석 도둑맞을 것이었다. 택시를 잡고 기사에게 말했다.

"엘리펀트가의 찰리 채플린으로 가줘요."

그는 한동안 말없이 있다가 입을 열었다.

"거기 어째서 그런 이름이 붙었는지 알아요?"

"기사 양반이 곧 말해줄 것 같은 감이 오는데요."

"찰리 채플린이 케닝턴 위쪽에서 태어났기 때문이랍니다."

그를 부추기고 싶지 않아서 아무 대답하지 않았다. 그렇지만 기사는 전혀 기가 죽지 않았다.
"거기 또 누가 사는지 알아요?"
"모르겠는데요."
"그레타 스카키가 산대요!"
"와."
목적지에 도착하자 나는 택시비를 내고 말했다.
"마스터마인드 퀴즈쇼에 출연해보시죠."
"대기하고 있을까요?"
"괜찮아요."
기사는 명함을 건네주었다.
"언제든지 전화만 하쇼."
술집으로 들어가기 전에 가늘게 찢어버렸다.
제프가 기네스 한 병을 손에 쥐고 바에 앉아 있었다.
"오래 기다렸나?"
"아니."
"무슨 생각 중이야, 제프?"
그는 숨을 깊이 들이쉬었다.
"그 사람 말이야, 케르코비언. 사라졌어."
"거참 시원하군."
"그건 두말하면 잔소리지만, 그 애도 같이 사라졌어."
"애?"
"펑크족 있잖아. 자네가 양심을 갖고 있었던 애."

"그래서?"

"걔가 케르코비언하고 어울려 다녔단 말이지."

나는 술을 들이켜고 담배를 하나 말았다.

"그래서 하고 싶은 말이 뭐야?"

"자네, 뭐 아는 거 없나?"

"없어."

그는 자기 술을 다 마셔버리고 일어섰다.

"사람들은 그 애를 좋아했어. 자네가 그 애를 해치웠다는 말이 돌고 있어."

"헛소리."

"실은 말이야, 미치. 일단 자네 동생 장례식이 끝나면, 런던 남동부 쪽에는 발걸음하지 말라는 충고를 하러 왔어."

그 말뜻을 제대로 이해하기까지는 한참이 걸렸다.

"지금 나를 협박하는 거야?"

"나는 사람들의 말을 전하는 것뿐이야."

하루 종일 사람들이 내게 던진 오물을 맞고 다닌 기분이었다.

"여기 내 말도 좀 전해줘."

주먹을 크게 휘둘러 제프의 턱 아래를 갈겼다. 제프는 뒤로 밀리며 바에 쿵 부딪혔다. 나는 그 자리에서 돌아서 걸어 나왔다.

택시가 한 대도 보이지 않았다. 흩어진 명함 조각을 다시 주워 맞춰볼까 하는 생각이 설핏 들었다.

다음 날 아침에 오른손이 죽도록 아팠다. 주먹 관절에 멍이 들고 부어올랐다. 손을 물에 담그고 살균제를 퍼부었다.
"따가웠냐고?"
뒈지게 아팠다. 나는 병을 떨어뜨리고 머리를 뒤로 젖힌 후 미친개처럼 울부짖었다.
정장을 입고 거울에 비친 내 모습을 확인했다. 이류 폭력배처럼 보였다. 하층민에 일가친척 하나 없는 인간.
부엌으로 내려가니 좋은 향이 풍겼다. 조던이 조리대 앞에 서 있었다.
"허기집니까?"
"뱃가죽이 등에 붙었습니다."
의자를 끌어다 앉자 그는 내게 혓바닥을 델 것처럼 뜨거운 커피를 따라주었다.
향기가 정말 좋았다. 맛을 보기가 두려울 정도였다. 맛이 어떻게 향에 필적하겠는가. 조던은 접시를 내 앞에 놓았다. 노른자를 터뜨린 계란과 바삭한 베이컨. 버터를 듬뿍 바른 토스트와 함께 조금 베어 물었다. 아, 마치 한 번도 가져보지 못한 어린 시절 같았다. 조던은 자리에 앉아서 자기 음식을 먹었다. 그는 마치 아무리 먹어치워도 만족하지 못하는 불처럼 우걱우걱 먹었다. 그는 자기 몫을 빨리 먹어치웠다.
"어유, 꽤 배가 고팠나 보네요."
그는 차갑게 고개를 끄덕였다. 나는 덧붙였다.
"아침형 인간은 아닌가 보네요."
"스케줄이 바빠서."

그는 일어서서 서랍장으로 가더니 두꺼운 봉투를 꺼내 내밀었다.

"주급을 안 찾아갔더군요."

"뭐죠?"

"아직도 우리에게서 임금을 받는다는 거죠."

그러더니 나를 바라보며 천천히 말했다.

"그만두려고 생각하는 게 아니라면 말입니다."

곧 그만두려고 한다는 얘기를 할까 하는 생각이 마음속을 스쳤다.

"물론 아니죠."

조던은 접시를 치우면서 말했다.

"마담과 나는 다음 금요일에 하루 종일 외출할 겁니다. 믿고 집을 맡겨도 되겠습니까?"

"그러자고 돈을 주면서 나를 데리고 있는 거겠죠. 뭡니까, 데이트라도 합니까?"

"마담은 〈헬로〉지와 인터뷰를 할 예정입니다. 복귀 준비 차."

"왠지 운이 안 좋을 것 같은데요."

"난 운 같은 건 믿지 않습니다."

"물론 그러시겠죠. 뭐 믿는 게 있기나 합니까?"

그는 흠칫 놀라더니 대답했다.

"마담, 마담만을 믿죠."

이전처럼, 그는 상황을 정확히 말하고 있었다. 하지만 평소처럼 나는 제대로 귀를 기울이지 않았다.

켄징턴 하이스트리트까지 차를 몰고 갔다. BMW 색깔은 혐오스러웠지만, 이 차가 마음에 들었다. 호적 등기소에 가서 일을 깨끗하게 처리했다. 열흘 후면, 우리는 결혼한 사이가 된다.

축하하기 위해 워터스톤 서점에 가서 데릭 레이먼드의 《악마, 휴가를 맞아 고향에 가다》를 샀다.

딱 들어맞는 책이었다.

그다음에는 커피숍에 가서 초콜릿 가루를 뿌리지 않은 카푸치노 큰 컵을 주문했다. 창문가 편안한 자리를 잡아 책을 읽었다. 가끔 이런 문장을 보고 백배 동감해서 고개를 끄덕였다.

웨스트엔드에는 말하는 즉시 목소리에서 허튼소리를 벗겨내 버리는 호텔들이 있다.

제길, 이런 대목은 정말 마음에 들었다.

혹은 주인공이 꾸는 꿈같은 것. 꿈속에서 죽은 아버지가 말을 건다.

"교회에 있는 우리 무덤 위 이름에서 비를 닦아다오."

아버지가 상냥하게 말했다.

"집게손가락으로 닦아줘. 반드시 그렇게 해주겠지, 아들아?"

다른 사람들이 테라스 위의 높은 의자에 앉아 우리를 쳐다보고 있었다. 그들 또한 죽은 사람들이었다.

나는 책을 내려놓고 커피를 홀짝홀짝 마시며 브라이어니를 생각했다. 어렸을 때, 동생은 이런 말을 했었다.

"날 싫어하지 않을 거지, 오빠?"

나는 일곱 살짜리 소년의 공허한 힘과 열렬함을 다해 약속했다.

벌떡 일어나서 커피숍을 나가 애슬링에게로 갔다.

데릭 레이먼드는 비가 내리는 꿈은 죽음의 징조라고 했다. 지금은 비가 내리고 있었다. 열두 살의 브라이어니가 울부짖었다.

"나는 옷도 입지 않고 눈 속에 서서 오빠를 바라볼 거야."

후유.

나중에서야 데릭 레이먼드 책을 켄징턴 하이스트리트의 커피숍 창가에 놓고 온 것을 깨달았다. 어쩌면 레이먼드는 그 편을 더 좋아할지도 모른다. 빗소리를 들으며 사방에 가득한 갓 내린 커피 향을 맡으며.

오후 내내 애슬링과 침대에 누워 뒹굴었다. 나는 그녀에게 물었다.

"좋았어?"

"그럭저럭."

"뭐라고?"

"농담이었어요. 마법 같았어요. 크림 얻어먹은 고양이 같은 기분으로 여기 계속 누워만 있고 싶네요."

빗줄기가 지붕을 두드렸다.

"집 안에 있으니 다행이군."

"서로의 안에 있으니 더 좋죠."

당연한 말씀.

애슬링은 왼손을 들어 불빛 아래 갖다 댔다.

"내 반지 좀 봐요. 빛이 어떻게 튀죠?"

"응?"

"심장 부분 맨 위, 눈치 채지 못했어요?"

반지를 보았다. 작은 황금 하트처럼 보였다. 그래서?

"그래서?"

"이가 빠졌어요."

나는 일어나 앉았다.

"농담도. 당장 크리스에게 따져야지."

"아니, 아니에요. 그 편이 더 마음에 들어요. 작은 오점이 있다는 게 완벽하잖아요."

"뭐?"

"결점이 있어서 이상적이 된 거예요."

이 말을 이해할 수 없었다.

"이것도 아일랜드식 발상인가?"

애슬링은 큰 소리로 웃었다.

"여자애들다운 발상이에요."

"그렇지!"

나는 애슬링을 내 팔 안에 안고 내 가슴에 닿은 그녀의 심장 박동을 느꼈다. '사랑해'라는 말이 입술에 걸렸다.

바로 거기 있었다. 내 머리와 혀가 하나가 되어 한 번도 해본 적이 없는 그 말을 입 밖으로 내보내려 하고 있었다. 그때 그녀가 말했다.

"나를 위해서 뭐 하나 해줄래요?"

"힘을 다해 보지."

"피터 가브리엘 노래 중에 〈내 마음이 아파요〉라는 곡이 있어요."

"그런데?"

"그 노래를 나와 같이 들어줄 수 있어요?"

"뭐……? 지금?"

"네."

"좋아. 하지만…… 당신 불행해?"

"지금이 내 인생 최고의 순간이에요."

"후유! 그러면 피터에게 기회를 줘보자고."

노래를 들으며 그녀는 두 손으로 내 손을 잡았다. 잔뜩 집중한 얼굴은 희열에 차 있었다. 나는 피터 가브리엘에게 딱히 불만이 있는 것도 아니고, 〈바이코〉라는 곡은 좋아하기도 했다. 하지만 이 곡은 어울리지 않았다. 가브리엘의 목소리와 가사에 담긴 슬픔과 고통 탓에 독한 위스키 생각이 간절해졌다. 마침내 노래가 끝나자 애슬링은 얼굴을 내게 돌렸다. 진지함이 전류처럼 흐르는 얼굴이었다.

"자, 이게 바로 아일랜드식이에요."

화요일 밤 느지막이 홀란드파크로 돌아갔다. 〈사우스 파크〉를 보면서 케니* 같은 애라면 망설이지 않고 입양할 텐데 하고 생각했다.

여배우가 내 방 문간에 나타나서 물었다.

"들어가도 되겠어?"

"지금은 좀 지쳤어요, 릴리언."

"자기 물건을 너무 문질러 대서?"

릴리언은 짐작 못했겠지만 근접한 추측이었다. 릴리언은 오른손에 병 하나와 유리 잔 두 개를 들고 있었다. 영화에서 그런 것처럼 병목을 들고 있었다.

아니, 그냥 영화가 아니라 옛날 영화에서 그러듯이. 릴리언이 물었다.

"여자가 자기 남자에게 술 한 잔은 살 수 있겠지?"

맙소사!

"잠자기 전에 한 잔 하는 건 괜찮겠죠."

릴리언은 내게 술을 건네주며 말했다.

"돔 페리뇽이야."

"뭐든 좋아요."

아주 솜씨 있게 코르크를 뽑았다. 당연하게도 샴페인 대부분은 바닥에 쏟아졌다. 사람들은 얼마간 흘리는 정도는 샴페인을

---

* 〈South Park〉, 미국의 텔레비전 코미디 프로그램으로, 애니메이션으로 제작된 것이 특징이다. 케니는 사우스 파크 빈민가 출신으로 다른 등장인물들에 비해 어휘력이 풍부하며, 성적인 단어에서는 타의 추종을 불허한다.

마시는 과정의 일부 정도로 여긴다. 어떤 과정은.

릴리언은 은색 무도회 드레스를 입고 있었다. 농담이 아니다. 릴리언 본인이 그렇게 말했다. 나는 물었다.

"왜요?"

"소박하게 무도회를 여는 것도 기발하다고 생각했어."

"악단도 불렀어요?"

"오케스트라를 불렀지."

나는 그녀의 얼굴을 보았다.

"농담이었으면 좋겠네요."

교활한 미소가 떠올랐다.

"난 농담하지 않아."

"뭐, 복도에 옹기종기 모여 있기라도 해요?"

나는 내 방을 가리키며 덧붙였다.

"그 사람들을 다 들여놓으려면 비좁겠는데요."

"무도장에 있어."

무도장이 어딘지 물어보진 않았지만 속으로 생각했다. '이 집은 대체 얼마나 큰 거야?'

이전에는 한 번도 탐험해본 적이 없었기에, 다가오는 금요일, 그들이 집을 비웠을 때 샅샅이 훑어보겠다고 생각했다. 그래, 가지를 흔들어서 뭐가 떨어지는지 보도록 하자.

우리는 잔을 부딪쳤다. 나는 말했다.

"슬란쳐."

그녀가 물었다.

"그게 무슨 말이야?"

"아일랜드 말이에요."

그녀는 짐짓 역겨운 척 몸을 흔들었다.

"익살꾼과 아양의 나라지."

"어유, 아주 영국인다우신데요."

릴리언은 더 가까이 다가왔다.

"당신에게 프랑스 맛을 보여주도록 할게."

나는 그러도록 허락해주었다.

그녀의 향수는 염소에 담근 좀약 같았다. 샴페인 탓이겠지만, 나는 사정을 했다. 애슬링과 벌써 힘쓰고 난 다음이라 대단하지는 않았고, 슬프게도 찔끔찔끔 나왔다. 크레타 섬에 내리는 비 같았다.

릴리언은 입을 닦았다.

"그 연필에 심 좀 넣어야겠어."

"이제 내 기운을 다 뺐으니, 무도회는 무리예요."

그녀는 이 말을 받아들였다.

"춤은 내일 추도록 하지. 이제 자, 귀염둥이."

릴리언이 나간 후에, 뜨거운 물에 샤워를 했지만 그녀의 손길을 지울 수는 없었다. 침대에 누워 애슬링을 생각하려 했다. 브라이어니를 생각하지 않으려 했다.

어느 쪽도 잘되지 않았다.

그 전화는 토요일 오후 2시에 왔다.
"미첼 씨?"
경찰이었다.
"애슬링 드와이어라는 분과 잘 아십니까?"
"네."
"이렇게 알려드리게 되어 유감스럽지만 비극적인 사고가 있었습니다."
"뭐라고요?"
"피해자의 손가방에 종이 한 장이 들어 있었는데, 거기 미첼 씨 이름과 주소가 쓰여 있더군요."
"애슬링은 지금 어떻습니까?
어디서?
언제?
오, 맙소사!"
나는 이슬링턴 병원의 주소를 받아 차로 달려갔다.

그 이후로 이어진 사건은 기억할 수가 없다. 오직 그녀가 죽었다는 것밖에. 하이스트리트에서 뺑소니를 당했다고 했다. 한 남자가 몸을 앞으로 숙이고 구급차가 올 때까지 그녀 손을 잡아주고 있었다고 했다. 시간이 얼마나 흘렀을까. 누군가 내게 커피를 주었다. 스티로폼 컵 맛이 났다. 그다음에 '갈색 봉투'를 받았다. 그녀의 소지품이었다.

그 안에는

돈

손가방

명함

시계가 들어 있었다고 했다.

반지는 없었다.

집에 두고 온 모양이었다. 나는 애슬링이 반지를 뺐다는 사실에 놀랐다.

목요일 아침 이른 시간에 집으로 돌아갔다. 정신이 나가도록 마셨다.

금요일 정오가 되어서야 서서히 정신을 차렸다. 젠장, 꽤 놀랐던 것 같다. 담배를 마는데 다시 손가락이 춤을 췄다. 이마에서 땀이 폭포수처럼 흘러내려 눈을 찔렀다. 위스키 한 잔만 마시면 진정이 될 것 같긴 한데, 과연 한 잔만 마시고 그만둘 수 있을까.

씹할, 그런들 어떠랴.

소형 냉장고에 가서 맥주를 꺼냈다. 포스터로.

언제 샀냐더라. 아니, 그보다 왜 사놓은 거지?

신경 *끄자*.

뚜껑을 따고 꿀꺽꿀꺽 들이켰다. 턱까지 흘러내려 땀에 젖은 티셔츠를 적셨다. 그런 후에, 〈조스〉에 나오는 리처드 드레이퍼스를 본떠 캔을 우그러뜨려 던져버렸다.

이 간단한 일을 했더니 정신 체계가 안정이 되었다. 샤워와 면도를 하고, 하얀 셔츠와 세탁해놓은 검정 청바지로 갈아입었다. 거울을 힐끔 쳐다보았다.

부루퉁한 웨이터처럼 보였다.

그래, 이제 수색하며 약탈할 시간이다.

집은 고요했다. 정말로 다들 나가고 없었다. 릴리언의 방은 피했다. 너무 익숙했다. 조던의 방을 찾기까지 약간 시간이 걸렸다. 문이 잠겨 있었기 때문에 그의 방임을 확실히 알 수 있었다. 뒷벽에 몸을 기댔다가 발을 날렸다. 경첩이 떨어질락 말락 했다.

신중하게 들어갔다. 부비트랩 같은 게 있을 가능성도 아주 높았다.

방은 검박해서, 군대식의 접이식 침대가 하나 있었고 지나칠 정도로 청결했다.

먼저 옷장부터 뒤졌다. 검은 정장 여섯 벌, 검은 구두, 하얀 셔츠가 있었다. 맨 위 선반에는 신발 상자가 하나 있었는데 그 안에 454구경 카슐 총이 하나 들어 있었다. 끝내주게 무겁고 죽이는 물건이었다. 어느 면모로 보나 정확도는 떨어지지만, 꽉꽉 장전하면 코끼리에게 구멍이라도 낼 만한 총이었다. 조심스럽게 이 총을 허리춤에 끼워 넣었다. 뒤져볼 서랍이 세 개가 더 있었다. 첫 번째 서랍에는 먼지 하나 없이 깨끗한 속옷이 들어 있었다. 두 번째 서랍에는 오래된 극장 전단 더미가 들어 있었다. 물론 모두 릴리언 것이었다. 마지막으로는 양말짝들이 가득 들어 있었다. 속에 손을 넣어 헤집어보았다. 개 목걸이가 하나 나왔다.

"뭐지?"

마른 피가 엉겨 붙어 있고 이름이 붙어 있었다. 바틀리잭.

무어라 반응하기도 전에, 다른 손에 반지 하나가 걸렸다. 반지를 집어 불빛에 비추어보니 그녀가 그렇게도 찬탄해마지 않던 작은 홈이 있는 하트가 보였다. 침대에 털썩 주저앉았다. 머릿속이 빙글빙글 돌았다.

나도 모르게 무의식적으로 들리지 않을 정도로 낮은 소리를 냈던가 보았다. 심한 스트레스를 받은 사람이 깨닫지 못한 채로 소리 내어 말하는 경우가 있다. 모두들 그런 습관이 있지만, 어떤 사람은 좀 더 그런 행동을 하기가 쉽다. 그때보다 스트레스에 더 취약한 때는 없었다. 그 소리는 보통 가청범위 밑이다. 몇 년 전에는 '목에서 나는 생각'이라는 용어로 불렀다. 물론, 스트레스가 높아질수록, 소리도 더 커진다. 내가 낸 소리는 똑똑히 들렸다.

어떤 목소리가 말했다.

"아, 마침내 알아냈군."

조던이 부서진 문에 팔짱을 끼고 기대서 있었다. 목소리를 내기까지 한참 걸렸지만 결국에는 물어볼 수 있었다.

"당신이 그들 모두를 해치웠어?

브라이어니,

개,

애슬링까지?"

조던은 고개를 끄덕였다.

"하느님 맙소사……. 모두를?"

"장애물들이었으니까."

"무슨 장애물!"

"릴리언에게 오지 못하게 하는 장애물."

"당신은 정말 씹할 정신병자야."

"정말 진부하군. 전적으로 예측이 가능하고……."

집사의 몸에 총알을 박아넣었다.

사람들은 그게 세상에서 제일 심한 고통이라고 한다. 문간에 주저앉아 있는 조던도 그 말에 이의를 제기하진 않으리라. 그를 넘어 지나가려 하자, 그가 내 발목을 잡았다.

"끝장을 내줘."

"웃기지 마."

그 자식의 고환을 발로 찼다. 고통의 몫을 두 배로 늘려주었다.

릴리언은 분홍색 숄을 어깨에 두르고 침대에 앉아 있었다.

그녀가 나를 보고 환히 웃으며 물었다.

"자기, 이 소동은 다 뭐였어?"

"집사가 범인이었어."

나른하게 총을 들어 자신을 겨누는 나를 향해 그녀는 토라진 목소리로 물었다.

"어머, 정말 바보 같기는. 그럼 내가 어떤 반응을 보여야 하지?"

내가 웃을 차례였다.

"당신은 여배우잖아. 겁먹은 연기를 해봐."

옮긴이의 말

고전에 피를 흩뿌린 시적인 소설

고전을 재활용하는 것은 작가에게는 유혹적인 동시에 무척 도전적인 작업이다. 좋아하는 거장의 이야기를 자신의 손으로 다시 써보고 싶은 마음이 드는 것도 당연하겠으나 기존 작품의 명성에 걸맞은 수준의 작품을 생산하기란 절대 쉬운 일이 아님을 곧 절감하게 된다. 게다가 같은 서사 장르가 아닌, 영화에서 소설로의 변환을 해야 한다면 문장의 공백을 채우고 이미지를 제거해야 하는 어려움이 한층 더해진다.

《런던 대로》는 이처럼 쉽게 시도하기도 어렵고, 시도한다고 해도 성공하기 어려운 작업을 해낸 작품이다. 아일랜드 출신의 작가 켄 브루언은 빌리 와일더의 걸작 〈선셋 대로〉를 원재료로 삼아 새로운 형식의 스릴러 소설을 창조해냈다. 고전 영화의 팬이라면 누구나 알고 있을 익숙한 플롯과 강렬한 장면들을 소설화한다는 건 무모하거나 자신감의 표현 둘 중 하나일 터이다. 2001년 《런던 대로》를 발표하기 이전에 이미 8년 여 동안 하드보일드와 느와르 소설을 썼고 이미 그 장르에서는 인정을 받고 있었던 켄 브루언은 시리즈가 아닌 스탠드얼론 소설로 《런던 대로》를 발표하면서 작가로서의 역량을 다시 한 번 증명했다. 작가의 아일랜드 정체성과 시적인 문체, 하드보일드와 느와르적 분위기를 섞은 이 작품은 장르에 익숙한 독자라고 해도 흔히 만나기 어려운 독창적인 소설이다.

영화 〈선셋 대로〉와 소설 《런던 대로》

1950년도 영화 〈선셋 대로〉는 이듬해 아카데미 상 11개 부문에 후보로 오르고 그중 미술상과 음악상, 각본상을 수상하며 예술성을 널리 인정받았다. 2007년에 발표한 미국 필름 인스티튜트 선정 20세기 영화 100편 가운데 20위 안에도 들어 있을 정도로 명실상부한 고전이다. '할리우드 스토리'라는 부제가 붙어 있는 이 영화는 평론가 로저 에버트가 말했듯이 "영화에 관해 만들어진 영화 중 최고 걸작"으로 꼽힌다. 무성 영화 시대의 스타였으나 은퇴하고 은둔하고 있는 노마 데스먼드를 통해 환영을 꿰뚫어 보며 헛된 욕망과 좌절된 꿈을 보여주었다. 《런던 대로》는 이 고전에서 인물관계의 골조와 주제 의식을 빌려왔다. 글로리아 스완슨이 연기했던 노마 데스먼드는 릴리언 파머라는 정념 넘치는 연극배우로 변환되었으며 에리히 폰 스트로하임이 잘 구현해냈던 충직하면서도 으스스한 집사인 막스 폰 메이얼링은 조던이라는 기괴한 집사로 바뀌었다.

그렇지만 두 사람의 관계는 동일하며 인물형도 어느 정도 유사하다. 광적인 집착을 보여 주었던 노마 데스먼드에 비해 릴리언 파머는 좀 더 육감적이고 육체적인 측면이 강조되어 있다. 막스와 조던은 여배우의 전남편이자 그녀를 위해서라면 뭐든지 하는 집사라는 역할은 같지만, 조던은 좀 더 극단적인 행동까지도 무덤덤하게 저지를 수 있는 인간으로 그려진다. 소설 안에 등장하는 몇몇 장면들도 영화에서 빌려왔다. 제작자가 차를 빌리기 위해 연락한 것을 모르고 여배우가 과거의 영광을 기대하고 영화사에 찾아가는 장면이라든가, 집 안에서 무대를 만들어 연기하는 장면은 영화 내에도 그대로 등장한다. 여배우를 기쁘게 하기 위해서 집사가 팬레터를 직접 쓴다는 설정도 같다. 하지만 《런던 대로》의 경우에는 역시 '고전적 스토리의 어두운 반전'이라는 원서의 부제처럼 인물들에 좀 더 어두운 그림자를 덧입혔으며, 그로테스크했던 영화 속 인물들은 소설 속에서 좀 더 병리적인 모습을 보인다.

영화와 소설이 가장 다른 점이 있다면 윌리엄 홀덴이 연기했던 영화 속 조와 소설 속 미첼 사이의 괴리일 것이다. 조 길리스는 실패한 시나리오 작가로 불법적인 일에 연루되어 도피 중이긴 하지만, 작가적 이상을 간직하고 있다. 그는 부도덕한 인물이라기보다는 세파에 지치고 불운하며 환멸을 겪는 인물에 가깝다. 반면 미첼은 부도덕과 도덕 사이의 경계선에 서 있는 인물이다. 누명도 쓰고 유혹도 받은 측면이 있지만, 범죄에 대한 강한 거부감도 보이지 않는다. 노숙자인 조에게 애정을 보이지만, 그의 복수를 위해서 소년에게 총알을 박아 넣는 짓도 서슴지 않는다. 약물이나 은행 강도, 폭행도 거침없이 저지르지만 거기에는 자신의 강한 원칙이 있다. 미첼이 저지른 잔학한 행위는 대체적으로 복수라거나 자기보호의 측면이 강하지만, 그가 그에 대해서 큰 죄책감을 보인다고 하긴 어렵다. 애슬링을 사랑한다고 생각할 때도 릴리언과의 관계도 지속하는 등, 애정에 있어서도 충실하지 않은 면모를 보인다. 한편 미첼은 감상적이고 깊은 동정심을 가지고 있다. 감옥에 대한 몇몇 단상에서는 그가 자기만의 윤리적 기준을 갖고 있고, 조와 여동생 브라이어니에 대해서는 헌신적인 애정을 느끼는 인간이라는 것도 알 수 있다. 거칠게 살아왔지만 문학과 음악을 즐길 줄 알고, 취향도 있는 사람이다. 그의 잔인한 행동에 쉽게 공감할 수는 없지만 그의 권태와 좌절, 무력함에 대해 한편으로는 동정할 수 있다. 〈선셋 대로〉의 조나 《런던 대로》의 미첼이나 둘 다 여배우와의 자기 파괴적인 관계에서 벗어나 순진무구한 여성에게서 새로운 삶을 꿈꾸다가 좌절한다는 면은 동일하지만, 그들 운명의 결말도 사뭇 다르다.

영화와 비교해볼 때 소설은 좀 더 하드보일드 스릴러적인 성격이 강해졌으며 마지막의 반전을 통해 충격도 준다. 고전을 비틀고 새로운 장르를 가미한 소설들을 최근의 인터넷 용어를 빌려 '매시업(mashup) 소설'이라고 부르는데, 《런던 대로》는 엄격한 의미로 봤을 때는 매시업 소설이라고 정의하기 모호하지만, 고전을 새롭게 해석하여 영화 아닌 소설로 다른 장르로 변환했다는 측면에서는 21세기 대중소설의 스타일로서 논의되는 매시업의 원형을 제시한다고 말할 수 있다. 고전을 현대식으로 변용한 좋은 전범으로 논의될 만한 작품이다.

소설 〈런던 대로〉와 영화 〈런던 대로〉

소설은 거의 10년 전인 2001년에 발표되었는데 최근에서야 이 소설이 다시 조명을 받고 있는 것은 아무래도 작년인 2010년 영국에서 만들어진 영화 〈런던 대로〉의 덕이라고 할 것이다. 영화 〈런던 대로〉는 역시 제목대로 원전 〈선셋 대로〉보다는 소설 《런던 대로》에 기인하고 있으나 역시 얼마간 차이를 보이고 있다. 전과자 역할의 미첼은 아일랜드 출신의 배우 콜린 파렐이 맡았지만, 은퇴한 여배우 릴리언 파머는 30년 차이는 훌쩍 나는 영국 배우 키라 나이틀리가 맡아 연기하고 있다. 이 조합에서 볼 수 있듯이 이미 기본적인 갈등 구조는 상당히 바뀌었으며 릴리언 파머는 등장하지 않고 키이나 나이틀리는 샬럿이라는 사람들의 눈을 꺼리는 여배우로 나와 완전히 다른 인물로 설정되었다. 감독은 〈디파티드〉의 각본을 써서 오스카상을 수상한 윌리엄 모나한이 맡았는데, 원작보다도 갱스터 영화의 관습에 맞게 각색되었다. 책에서 미첼은 릴리언 파머의 집에 잡역부로 고용되지만, 영화에서는 파파라치에 쫓겨 불안한 샬럿을 보호하는 경호원 역할을 맡으며 액션이 좀 더 강조된다.

〈선셋 대로〉에서 주인공이 사랑했던 베티와 《런던 대로》에서의 애슬링과 딱 일치하는 인물은 등장하지 않는다. 조던 역을 맡은 데이비드 튤리스는 약물에 전 비즈니스 매니저로 바뀌어서 원래 집사가 갖고 있었던 기괴한 정중함은 사라졌다. 영화는 《런던 대로》의 외피를 빌려온 다른 서사라고 보는 편이 옳을 듯싶다. 하지만 영화로 인해 켄 브루언의 소설이 새로이 관심을 받게 되었으며 원작에 대한 평가는 외려 높아지는 효과가 발생했다. 켄 브루언은 추리소설계의 큰 상인 셰이머스상을 수상하는 등, 장르에서 입지를 다져온 작가로, 영화가 개봉되면서 일반 독자들까지도 그를 다시 주목하게 되었다.

아일랜드를 닮은 작가 켄 브루언

켄 브루언은 1951년 아일랜드 골웨이에서 태어났고, 젊은 시절 여러 나라에서 영어 교사를 하기도 했지만 현재도 골웨이에 살고 있다. 따라서 그의 소설에는 아일랜드적 정체성이 깊이 묻어 있다. 그의 시리즈 주인공인 잭 테일러도 아일랜드 경찰이며, 비교적 근작인 《타워》(2009)의 주인공 중 한 명인 닉 또한 아일랜드 혈통의 미국인이다. 조너선 스위프트, 오스카 와일드, 브램 스토커 등 세계적 문호를 배출해낸 더블린 트리니티 칼리지에서 형이상학으로 박사학위를 딴 브루언은 아일랜드인으로서의 문학 정신을 잊지 않고 작품 내에도 의식적으로 반영하고 있다.

실제로 《타워》에는 주인공 한 명이 아일랜드 혈통인만큼 일반적 영어와 다른 아일랜드 은어가 종종 등장하며, 이 책 《런던 대로》에서도 이런 특성을 볼 수 있다. 책 속의 주요인물 중 한 명인 애슬링은 아일랜드인이며, 그녀의 취향도 특별히 아일랜드적이다. 주인공인 미첼과 애슬링은 같이 클라나드를 듣기도 하며 아이리시 커피를 마시기도 한다. 미첼은 애슬링에게 청혼을 할 때 클라다 반지를 준다. 클라다는 골웨이 외곽의 도시 이름을 따서 붙여진 이름으로 두 손이 하트를 잡고 있는 모양의 아일랜드 전통 결혼반지이다.

미국 LA를 배경으로 하는 〈선셋 대로〉를 비튼 《런던 대로》는 작가의 평소 작품 경향과는 딱히 상관없어 보이지만 여기에서도 켄 브루언은 자신이 항상 구현했던 스타일을 잊지 않고 녹여 넣으려고 애썼다. 이로써 이 작품은 고전의 명성에 기댄 단순한 패러디 소설이 아니라, 작가의 작품 세계를 구성하는 한 조각이 되는 것이다. 작가는 자신이 써왔던 일관적 경향에 맞추어 자신만의 언어로 고전의 줄거리를 비틀어 냈다.

하드보일드 하이쿠

소설로서 《런던 대로》의 가장 큰 특성은 하드보일드 문체의 구현이다. 주인공 미첼의 독백을 따라 그의 심리와 사건이 진행되는 이 소설의 문체는 문장의 길이나 통사적 구조는 헤밍웨이

적이며 감상은 챈들러적이다. 하드보일드 문체는 거친 남자이면서도 한편으로는 서정적이며 독서가인 미첼의 성격을 돋보이게 하는 데 효과적인 형식이며 동시에 장르적 관습을 강화하여 소설의 틀을 이해하는 데도 도움이 된다. 감정을 배제한 감상적인 문체를 통해 인물의 복잡다단한 내면이 구축된다.

또한 거기에 더해 켄 브루언은 사물을 여럿 나열하는 열거법을 쓰면서 일본의 하이쿠처럼 간결하면서도 효과적인 배치를 꾀한다. 소설의 문장은 복잡하지 않은 대신 동시대적이며 생략과 반복이 많이 쓰여서 시적인 리듬을 보인다. 즉, 우리가 일상적으로 보고 쓰는 사물들이 소설의 문체를 통해 시적인 정조를 띠는 것이다. 단순한 브랜드 상품이라거나 자잘한 집안일, 추리소설 작가들의 이름, 평범한 일상 용품들의 목록이 시가 되는 것이다. 그가 목록을 반복하는 것은 문장에 운율을 부여하는 동시에, 독서란 또한 시각의 경험이므로 텍스트 배열을 통해 단절과 연속의 느낌을 창조하려는 의도인 듯하다. 지극히 산문적이고 건조하면서도 한편으로는 시적인 이 소설의 문체는 도덕과 부도덕, 냉혹과 다정을 오가는 주인공의 양면적인 모습과 잘 맞아떨어진다. 기실, 하드보일드는 냉정하지만 독자는 하드보일드에서 가장 비정한 서정을 느끼게 마련이다. 우리가 사는 비열한 거리를 묵묵히 살아가는 인간의 쓸쓸한 뒷모습을 가장 잘 표현해내는 건조한 하드보일드 문체는, 아이러니한 인생을 문학적으로 실현해내는 장치이다.

기실 이 작품은 여러 모순적 속성을 간직하고 있다. 고전을 가장 대중적인 스릴러 장르로 구현했으며, 영화에 대한 영화를 소설에 대한 소설로 만들었고, 범죄자지만 완전히 악하지만은 않은 인물이 나오며, 범죄소설이지만 한편으로는 사랑이야기기도 하다. 은어와 속어, 성적 묘사가 있지만 문학에 대한 경의도 가득하며 하드보일드인 동시에 하이쿠 같기도 하다. 어쩌면 이 소설을 대하는 독자들의 자세도 이처럼 모순적일 수도 있겠다. 주인공을 혐오하면서도 공감하기도 하고, 짧은 분량 안에 들어 있는 다양한 요소에 혼란해할 수도 있고 재미를 느낄 수도 있다. 분절이 많은 문체는 난삽하다고 느낄 수 있고, 거기서 발생하는 비정형성에 감탄할 수도 있다. 이런 역설과 모순은 플롯에만 치중하는 추리소설에서는 볼 수 없는 점이고, 이 소설에 내재되어 있는 속성이다.

결국 이런 모순을 다 포용하는 것이 이 소설을 한껏 즐기는 방법이라 생각한다. 역자이기 전, 감상자와 독자로서 이 소설을 대했을 때 나 또한 당황했고, 작업을 할 때는 색다른 요소들이 어우러지는 데 고심하면서 괴로워하기도 했지만, 후에 옮겨진 작품을 눈으로 훑어가며 읽었을 때는 미처 발견하지 못했던 요소들을 발견하며 소설의 진정한 매력을 느낄 수 있었다. 흔히 스릴러 소설이라고 할 때는 한 가지만을 떠올리기 쉽지만 《런던 대로》를 읽으면 새로운 유의 장르와 만날 수 있을 것이다.*

---

* 번역은 영국판 《London Boulevard》(2001, The Do-Not Press)를 대본으로 삼았다.

옮긴이 **박현주**

고려대학교 영어영문학과와 동 대학원을 졸업하고 일리노이 대학교에서 언어학 박사 학위를 받았다. 현재 고려대학교에 출강하고 있으며, 수필가, 번역가로 활발히 활동 중이다. 옮긴 책으로는 트루먼 카포티의 《인 콜드 블러드》《차가운 벽》, 도로시 L. 세이어즈의 《증인이 너무 많다》, 제드 러벤펠드의 《살인의 해석》, 레이먼드 챈들러 선집, 페터 회의 《스밀라의 눈에 대한 감각》《경계에 선 아이들》, 마이클 온다치의 《잉글리시 페이션트》, 모린 제닝스의 《죽음 이외에는》, 하워드 엥겔의 《메모리 북》 등이 있으며, 지은 책으로 에세이집 《로맨스 약국》이 있다.

런던 대로

2011년 3월 18일 초판 1쇄 인쇄
2011년 3월 25일 초판 1쇄 발행

지은이 | 켄 브루언
옮긴이 | 박현주
발행인 | 전재국

본부장 | 이광자
단행본기획실장 | 박지원
책임편집 | 박주희
마케팅실장 | 정유한
마케팅부 | 정남익
책임마케팅 | 조용호 조광환 이지희

발행처 (주)시공사
출판등록 1989년 5월 10일(제3-248호)

주소 | 서울특별시 서초구 서초동 1628-1(우편번호 137-879)
전화 | 편집(02)2046-2869 · 영업(02)2046-2800
팩스 | 편집(02)585-1755 · 영업(02)585-0835
홈페이지 www.sigongsa.com

ISBN 978-89-527-6096-8 03840

본서의 내용을 무단 복제하는 것은 저작권법에 의해 금지되어 있습니다.
파본이나 잘못된 책은 구입하신 서점에서 교환해 드립니다.